Der Ausreiseantrag

Stationen meines Lebens

Eberhard Neckel

Der Ausreiseantrag

Mit dem Wind und gegen den Wind

Ein Leben in beiden deutschen Staaten

bod

»Der Ausreiseantrag« umfasst den Zeitraum 1983 bis März 1984 und ist Teil meiner Lebensgeschichte von den Vierzigerjahren bis zum Ende des Jahrtausends
· www.eneckel.de

Bibliografische Information der Deutschen Nationalbibliothek
Die Deutsche Nationalbibliothek verzeichnet diese Publikation in der Deutschen Nationalbibliografie; detaillierte bibliografische Daten sind im Internet über http://dnb.d-nb.de abrufbar.

© 2009 Eberhard Neckel (Pseudonym)
Herstellung und Verlag: Books on Demand GmbH, Norderstedt
ISBN: 978-3-8370-7456-7

Vorwort

*B*evor ich es schaffte, die erste Zeile der eigenen Lebensgeschichte aufzuschreiben, habe ich lange in mich hineingehört. Inzwischen bin ich sogar fast fertig geworden.

»Der Ausreiseantrag« ist daraus entnommen; die Erzählung umfasst die Zeit 1983 und das Frühjahr 1984.

Im Gründungsjahr der DDR war ich zwölf und hatte vier schlimme Hungerjahre und die Einstimmung auf den Sozialismus hinter mir. Zusammen mit Mutter und zwei älteren Brüdern waren wir nach dem Zusammenbruch des Nazi-Reiches in das karge obere Erzgebirge »umgesiedelt« worden. Wir kamen also auf direktem Wege von dem einen menschenverachtenden System in das nächste. Die Angst meiner Mutter, beim Abhören des Londoner Rundfunks von der Geheimen Staatspolizei (Gestapo) erwischt zu werden, wurde ersetzt durch die Angst vor dem Machtapparat, der sich nach 1945 schnell entwickelt hatte.

Auf diese Weise wuchs ich in den Sozialismus hinein, der von seinen Bürgern die Unterordnung unter die Interessen des Kollektivs forderte. Zu Hause und später in der eigenen Familie konnte ich frei reden, in der Öffentlichkeit war Vorsicht geboten. Gleichsam das Doppelleben eines angepassten DDR-Bürgers.

Eines Tages mochte ich nicht mehr mitmachen, ich wollte raus. Das hatte die erwarteten Konsequenzen.

In den Anlagen spiegelt sich das System DDR, sie zeigen die Denkweise und den heute höchst sonderbar wirkenden Sprachstil der SED-Oberen.

Eberhard Neckel, Dezember 2008

Inhalt

Wie soll es weitergehen?

Die Skrupel werden unerträglich

Nach all den Aufregungen der vergangenen Monate, die Quälerei hatte sich ja immerhin vom Sommer 1980 bis Sommer 1981 hingezogen, war ich ziemlich verzweifelt. Ich stellte mir nur ungern vor, was geschehen wäre, hätte ich keinen Rückhalt bei Irmgard gefunden. Die Familie war es, die mir immer wieder Ruhe und Abstand von den täglichen Bedrängnissen an der Technischen Hochschule gab, auch die regelmäßigen Urlaube boten Erholung und gaben mir neue Kraft, alles Ungemach zu ertragen. Auch halfen gelegentliche Ausflugsfahrten in die nähere und weitere Umgebung, bei denen neue und schöne Eindrücke zur Regeneration beitrugen. Aber an der Hochschule hatte sich nichts geändert. Die Politik der SED wurde rigoros durchgesetzt, und dazu fanden sich immer mehr Leute auch bereit.

Mein Direktor hatte mir im Sommer 1982 zwar wieder ein gutes Zwischenzeugnis ausgestellt, mit dem er mir vielleicht seine Wertschätzung zeigen wollte (Anlage 1). Aber das konnte mir nicht über die Gewissenskonflikte hinweghelfen, sondern war nur ein Fingerzeig dafür, wie er über mich nach den Parteiauseinandersetzungen dachte. Von der Kampfgruppe – und damit von der Hochschulparteileitung – wurde signalisiert, dass man wieder mit mir rechnete, denn sie gaben mir die Urkunde für treue und gewissenhafte Pflichterfüllung (Anlage 2).

Der Urlaub 1982 in Bulgarien mit den Erlebnissen auf der Rückreise durch Rumänien waren für uns ziemlich erschütternd gewesen. Zwar hatte die DDR kein freundschaftliches Verhältnis zum dortigen Ceausescu-Regime, aber die Ähnlichkeiten zwischen Rumänien und der DDR waren nicht zu übersehen. Und ein weiterer Umstand bewegte mich in dieser Zeit: Ina hatte während ihrer Lehrzeit in Thalheim Mathias Lindgut kennengelernt. Im September 1981 wollten sie heiraten. Mir gefiel die ganze Situation nicht, weil ich den Eindruck hatte, dass Mathias auf dem besten Wege war, treuer Diener des Regimes zu werden. Die Gefahr sah ich darin, dass er Ina auf diesem Wege mitnehmen würde. Sie war – ohne dass wir es zunächst wussten – Kandidatin der SED geworden. Das entsprach ganz und gar nicht ihrem Wesen, und ich war zunächst ziemlich enttäuscht, als ich davon erfuhr. Aber immerhin konnte ich ihr keine ernsthaften Vorwürfe machen, hatte ich es ihr doch vorgelebt. Außerdem hatte ich Angst, Detlef (inzwischen achtzehn) und Axel (sechzehn), die bisher derartige Ambitionen nicht gezeigt hatten, könnten in die gleiche Richtung gehen. Was Mathias betraf, so hörte ich, dass sein Vater in das »nicht sozialistische Wirtschaftsgebiet« fahren durfte, also NSW-Reisekader beim VEB NARVA, einer großen Lampenfabrik in Plauen, war. Seine Mutter sei APO-Sekretärin, was ich mit dem Erscheinungsbild der APO-Sekretäre an der Technischen Hochschule verband und es auf die künftige Schwiegermutter von Ina übertrug.

Die Hochzeit kam, und meine Stimmung war nicht die beste. Es ergaben sich erste Gespräche mit Mathias´ Eltern. Vater Lothar machte Andeutungen, die mich den Schluss ziehen ließen, er sei ein »Hundertfünfzigprozentiger«. Aber vielleicht hat er das von mir auch gedacht, war ich doch nicht gerade in einer nachrangigen Position in der Verwaltung der Technischen Hochschule beschäftigt. Jedenfalls steckte mein Misstrauen gegenüber der politischen Einstellung der beiden Elternteile tief.

Irmgard war nicht so ablehnend. Da ich mich von jeher nur schlecht verstellen kann, hat man mir das sicherlich auch angemerkt. In der Tischrede versuchte ich, meinen Standpunkt wenigsten andeutungsweise darzustellen. Der Mensch sollte sich immer so verhalten, dass er sich auch später noch in die Augen blicken kann. Ich verwies darauf, dass es viele Gelegenheiten gebe, um irgendwelcher Vorteile willen sein eigenes Ich zu verleugnen. Das erfordere Stehvermögen und mitunter auch, Schläge unterhalb der Gürtellinie hinzunehmen. Das waren gute Ratschläge, denen ich durch eigenes Vorleben nicht so recht entsprach.

Meine Unterordnung unter die Ideologie der DDR war schleichend und in mehr oder weniger großen Zeitabständen erfolgt: Da ich 1955 studieren wollte, bekam ich zur Antwort: »Bevor wir dich zum Studium delegieren, erwarten wir, dass du den freiwilligen Ehrendienst bei den bewaffneten Organen leistet«. Also ging ich erst einmal für zwei Jahre zur Kasernierten Volkspolizei (später Nationale Volksarmee). – Obwohl ich 1963 schon die Einstellungszusage an einer Betriebsakademie als Lehrer hatte, hieß es auf einmal: »Einstellung und Neubauwohnung und höheres Gehalt nur, wenn du Kandidat der SED wirst«. Also trat ich in die SED ein, das war kurz darauf auch noch gekoppelt an die Kampfgruppe. – Und so weiter, und so weiter. Das eine hatte das andere immer nach sich gezogen. Ich musste mir eingestehen, dass ich mit meinem bisherigen Verhalten ein treuer Mitläufer geworden war. Kurz, meine Situation konnte nicht ewig so andauern. Entweder eine radikale Wende oder die völlige Unterwerfung unter die Ideologie der SED. Aber das Zweite war eigentlich keine ernsthaft in Betracht kommende Lösung. Die Entscheidung erschien mir und auch Irmgard unausweichlich. Vor allem ich musste mich entscheiden. Schließlich wurde die Arbeit als wissenschaftlicher Sekretär im Direktorat für Studienangelegenheiten der Technischen Hochschule nicht besser. Im Gegenteil, durch den wachsenden politischen Druck, der gerade wegen der internationalen und deutsch-deutschen Entspannungsbemühungen entstand, immer unerträglicher. Die Partei versuchte mit teils rigiden Mitteln allen Bestrebungen der Menschen nach mehr persönlichen Freiheiten entgegenzuwirken. Immer mehr Anträge auf Übersiedlung in den Westen wurden bekannt und ebenso die Schikanen, denen Antragsteller ausgesetzt waren. Ursula Klast, eine Arbeitskollegin von Irmgard, war eine solche Antragstellerin. Sie wurde im Betrieb zwar nicht öffentlich diskriminiert, aber bei der Verteilung von Prämien und bei anderen Anlässen spürte sie es schon deutlich. Ihr Sohn fand keine Arbeits- oder Lehrstelle und arbeitete auf einer halben und schlecht bezahlten Stelle als Friedhofswart bei der evangelischen Kirche.

Bei mir waren es die »besonderen Vorkommnisse« besonders bei den Studenten und alles, was ich an anderer Stelle schon geschildert habe. Die Schärfe nahm zu und damit die Sanktionen bei Verstößen gegen die sozialistische Studien- und Arbeitsmoral.

An einen Fall erinnere ich mich besonders ungern. Aus irgendeinem Grunde wurde ich beauftragt, mit einer Studentin eine Aussprache zu führen. Sie hatte ihr Studium erfolgreich beendet, das heißt, alle Prüfungen und das abschließende Diplomkolloquium bestanden, war aber noch nicht im Besitz des Zeugnisses und der Diplomurkunde. Da wurde bekannt, dass sie einen Studenten aus Bangladesch, der das Diplom zeitgleich erworben hatte, heiraten und mit ihm in dessen Heimat reisen wollte. Das gab eine Riesenaufregung! Einbezogen waren der Erste Prorektor, der Prorektor für Studienangelegenheiten und natürlich mein Chef Kurt Meyer als der zuständige Direktor und die Direktoren der Sektion und deren Stellvertreter für Erziehung, Aus- und Weiterbildung (EAW). Die Parteileitung sowieso, denn für solche Sachen interessierten sich Kawroth und Keißler immer. Dass ich einbezogen werden sollte, erfuhr ich erst später. Es wurde nämlich festgelegt, dass die Studentin, eigentlich müsste man sagen Absolventin, vor die Alternative gestellt werden sollte, entweder Diplom oder Heirat und Ausreise. Und dies hatte ich ihr mitzuteilen, ohne Diskussion über Kompromisse. Entweder-oder. So sollte ich ihr die Sache darstellen. Und zwar im Namen des Direktors oder des Rektors, genau weiß ich es nicht mehr, auch nicht, aus welchem Grunde die Angelegenheit so weit nach unten delegiert wurde. Es kann sein, dass gerade eine mehrtägige Klausurtagung der Hochschulleitung in Siebenlehn stattfand. Vielleicht auch, um bei etwaigen Komplikationen – immerhin ging es ja um einen »ausländischen Bürger«, von dem man nicht wissen konnte, welche Verbindungen er zu einflussreichen Leuten in der internationalen Diplomatie hatte – später abwiegeln zu können. Um die Wirkung zu erhöhen, wurden an den Tisch im Zimmer des Direktors oder Prorektors fast alle Abteilungsleiter des Direktorats beordert. Damit sollte sie beeindruckt werden. Ich hatte einen ziemlichen Kloß im Halse, als ich der jungen Frau das Anbefohlene mitteilte, und ich habe mich geschämt, nicht zum ersten Mal. Sie hatte wohl geahnt, was auf sie zukommen würde. Trotzdem weinte sie, und am Ende herrschte eine gedrückte Stimmung bei allen Beteiligten. Mir war regelrecht schlecht, hatte ich mich doch mindesten ihr gegenüber als Vasall dieses verachtungswürdigen Regimes gezeigt. Für mich war das einer der letzten Anstöße, über meine Situation sehr viel ernsthafter nachzudenken. Dieser Vorfall trug wesentlich zur Beschleunigung meiner Entscheidung bei. Mir war endgültig bewusst geworden, dass es kein Lavieren mehr geben könne, wenn ich meine Selbstachtung nicht völlig verlieren wollte.

Es gibt nur die Möglichkeit des Bruchs mit dem Regime

Der geschilderte Vorgang fand im Spätherbst 1982 statt. In dieser Zeit handelte ich mir schon wieder heftige Kritik ein. Anlass war, dass ich die Solidaritätsabgabe der Gewerkschaft FDGB – Solibeitrag – von den obligatorischen fünfzehn Mark, ein Prozent des Bruttogehalts, auf 2 Mark verringert hatte. Ich wollte einfach nicht mehr alles bedingungslos hinnehmen. Begründet habe ich den Schritt damit, dass ich als »Ausgleich« Geschenkpakete zu Verwandten meines Freundes Horst Loskosch, die wir in Oberschlesien besucht hatten und nach Rumänien zu der Familie, die wir im Urlaub 1982 kennengelernt hatten, schicken würde und außerdem Blut spenden wolle. Dabei half mir eine Wende, die der FDGB-Bundesvorstand selbst vorgenommen hatte, um den Auswüchsen bei den Spenden entgegenzuwirken. Es war nämlich über das Westfernsehen bekannt geworden, dass ein großer Teil des gesammelten Geldes zur Unterstützung des Kampfes der »Befreiungsbewegungen« in der ganzen Welt verwendet wird. So sollen daraus zum Beispiel Waffen in den Kongo geliefert worden sein. Das erregte allgemein großen Unmut und viele Fragen wurden gestellt, vor allem von den »Parteilosen« (Anlage 3) und als Informationen von offizieller Seite wieder einmal ausblieben. Im Neuen Deutschland, der

Zeitung des Zentralkomitees der SED, wurde dieses Thema nicht erwähnt, und die unteren Ebenen, zum Beispiel die Parteileitungen, drucksten nur herum. Gerades das forderte eine Zeit lang noch mehr Fragen und verhaltene Kritik heraus. Bis dahin waren nämlich Solispenden bei allen Gelegenheiten eingetrieben worden. Nicht nur über die monatliche Kassierung der Mitgliedsbeiträge, sondern auch, wenn es Jahresendprämie gab, wenn ein »Kollektiv der sozialistischen Arbeit« eine Prämie bekam, wenn Kinder Altstoffe sammelten und dergleichen mehr. Die neue Linie des FDGB, die bei unseren Genossen Funktionären auf wenig Gegenliebe stieß, begünstigte meine Aktion, mich bockig zu zeigen. Die Hochschul-Parteileitung und zwangsläufig auch die nachgeordneten Leitungen glaubten aber zunächst, so wie bisher weitermachen zu können. Es hagelte also sofort wieder eine Menge Vorwürfe. Der Parteigruppenorganisator redete auf mich ein (im Hintergrund die Grundorganisationsleitung, die mich mit meinem Verhalten bestimmt schon wieder auf der Tagesordnung hatte), mein Chef Kurt Meyer und andere. Alle wollten mich wieder auf den rechten Weg bringen. Dieses Mal gab ich nicht nach und ging sogar in die Offensive. In der nächsten Parteigruppenversammlung im November 1982 thematisierte ich die Angelegenheit in einem Diskussionsbeitrag. Dazu begründete ich zunächst die Absenkung meines Solidaritätsbeitrages mit den Geschenkpaketen nach Polen und Rumänien und nahm außerdem Bezug zum Beschluss des FDGB-Bundesvorstandes zum Solidaritätsaufkommen (Anlage 4). Dann kam ich zu der an mir geübten Kritik, und dass ich wiederholt darauf hingewiesen worden war, damit ein schlechtes Vorbild zu sein. Führende Genossen hätten mich aufgefordert, zum alten Betrag des Soli-Beitrages zurückzukehren, Paketsendungen und Blutspenden seien meine Privatangelegenheit. Ich bat zum Schluss die anwesenden Genossen um Ihre Meinung zu diesem Sachverhalt (Anlage 5).

Natürlich hat mir niemand recht gegeben, einige haben vehement widersprochen, aber etliche haben sich nicht geäußert. Mindestens einige der Genossen, die dazu schwiegen, haben damit – so mein damaliger Eindruck – ihr eigenes Unbehagen zur Verwendung des Soli-Aufkommens signalisieren wollen. Jedenfalls behielt ich diese Praxis weiterhin bei und nahm die nicht abreißende Kritik in Kauf. Auch auf anderen Gebieten verweigerte ich den Gehorsam. Was das im Einzelnen war, teilte IM »Karla«, Genossin Klink, ihrem Führungsoffizier beim MfS mit. Dazu konnte ich in meiner Stasi-Akte lesen, dass ich in der Gewerkschaftsversammlung nur Phrasen gedroschen hätte. Außerdem hätte ich in der Versammlung der Abteilungs-Parteiorganisation (APO) trotz der mir angebotenen Hilfe den geforderten Diskussionsbeitrag nicht gehalten und danach auch noch gelogen.

Schließlich meldete sie, dass ich noch immer »BRD-Kontakte« unterhalte und mit meinem Sohn Axel zusammen einen Ungarisch-Kurs an der Volkshochschule belege. Sie schließt den Bericht mit der Einschätzung ab: »Bis jetzt hat er gut gekonnt geheuchelt. Jetzt macht er nichtmal mehr das, sondern läßt keine politische Meinung mehr deutlich werden« (Anlage 6).

In der Tat, immer weniger ordnete ich mich der allgemeinen Parteidisziplin unter, ohne eine offene Opposition zu wagen. Eher war es eine Art Signal, dass man nicht mehr alles mit mir machen kann. Offenes Reden oder gar Handeln jedoch wäre selbstmörderisch gewesen. Das Zitieren von Reden oder Kommentaren aus dem »Neuen Deutschland« gehörte jedoch zu meiner Absicht, »keinen eigenen politischen Standpunkt« zu zeigen, weil mir klar war, kein Standpunkt ist auch ein Standpunkt. Die Vermutung, dass ich Ungarisch lerne, weil ich etwas im Schilde führe, war prophetisch, aber zunächst abwegig. Wir wollten einen Ferienplatz in Ungarn haben, denn die Technische Hochschule hatte mit einer Hochschule in Budapest im Rahmen eines Freundschaftsvertrages für die vorlesungsfreie Zeit gegenseitig Internatsplätze für Mitarbeiter vereinbart. Und da erlernten Axel und ich ein paar Worte der Landessprache, ohne Hintergedanken.

Mein Direktor ließ sich von alledem in der Wertschätzung für meine Person nicht beirren. Er gab mir im Sommer 1983 erneut ein positives Zwischenzeugnis, obwohl ihm die kritischen Stimmen aus der Partei nicht entgangen waren (Anlage 7). Und auch sonst gab es von ihm keine Signale oder gar direkte Hinweise darauf, dass er so wie manche führende Genossen dachte.

Erste Überlegungen

Als der Austauschplatz in Budapest Realität zu werden versprach, hatten Irmgard und ich eine neue Überlegung, nämlich die Flucht von Ungarn aus über die Grenze nach Österreich. Ursel Klast, die ausreisewillige Kollegin von Irmgard, hatte inzwischen ihr Ziel erreicht und die DDR verlassen können. Bei ihr waren zwischen der Antragstellung und der Genehmigung der Ausreise mehrere Jahre vergangen. Irmgard war über vieles informiert. So auch, dass Ursel einige Stellen in der Bundesrepublik, unter anderem die Internationale Gesellschaft für Menschenrechte (IGfM) und Politiker wie Franz Joseph Strauß und Helmut Kohl um Unterstützung gebeten hatte. Das nährte in uns die

Überlegung, Ähnliches zu tun. Zwar war Axel gerade erst siebzehn geworden, aber unter Berücksichtigung jahrelangen Wartens konnte man über einem solchen Antrag schon mal nachdenken. Eine Variante war die Prüfung der Möglichkeit, die Flucht über Österreich zu versuchen. Also versuchte ich, mir Landkarten dieser Gegend zu besorgen. Aber das war leichter gedacht als getan, denn im Handel konnte man da nichts erwarten. Deshalb durchstöberte ich die Bibliotheken der Stadt und der Hochschule und fand nur historisches Material, das für einen solchen Plan ziemlich wertlos war. Um aber überhaupt etwas zu tun, besorgte oder bastelte ich einen kleinen Bolzenschneider und einige Utensilien wie Taschenlampen und Blinker, die die Grenzer ablenken sollten. Wie und wo genau der Grenzübertritt erfolgen könnte, war unklar. Als grobes Ziel hatte ich die Gegend von Sopron vorgeschlagen, weil sich dort der Neusiedler See von Ungarn nach Österreich erstreck und die Gegend vielleicht unübersichtlich und deshalb für uns günstig sein könnte. Wir wussten aber nicht, wie weit man uns an die Grenze heranlassen würde. Nur in einem waren wir uns sicher, dass die Ungarn nicht auf Flüchtlinge schießen. Wenn sie nicht schießen, so müssten sie uns fangen. Darin sah ich eine Chance.

Vor jedermann, auch vor unseren Kindern, haben wir unseren Plan verschwiegen. Mit gemischten Gefühlen und schlechtem Gewissen fuhr ich mit Irmgard und Axel mit dem Skoda in das besagte Internat. Dort eröffneten wir Axel unsere Pläne, worauf er geschockt und ablehnend reagierte. Er war nicht dazu zu bewegen, uns im Falle einer Flucht zu folgen. Damit war die Entscheidung schon gefallen. Allerdings hatten wir auch vor, in die deutsche Botschaft in Budapest zu gehen, um vielleicht einige Ratschläge oder gar Hilfe bekommen zu können. In die Ständige Vertretung der Bundesrepublik in Berlin hatten wir uns nicht getraut, weil wir aus dem Westfernsehen wussten, dass sie durch einen Posten ständig bewacht wird und wir sicher waren, noch vor dem Betreten des Gebäudes verhaftet zu werden. Dann hätte die Bundesregierung von uns nichts erfahren, und wir wären vielleicht spurlos verschwunden. Deshalb also wollten wir auf keinen Fall wieder nach Hause fahren, ohne in der deutschen Botschaft in Budapest gewesen zu sein. Irgendwie hatte ich herausbekommen, wo sie sich befand, und so machten wir uns zu zweit, Irmgard und ich, mit Herzklopfen auf den Weg.

Zum Glück stand kein Posten unmittelbar vor der Tür. Schließlich waren wir drin und wurden von einem Beamten nach unserem Begehren gefragt. Als er hörte, dass wir die Absicht gehabt hatten, nach Österreich zu fliehen, machte er uns die Naivität des Vorhabens deutlich. Er bestätigte, dass es an der Grenze zwar keinen Schießbefehl gebe, jeder

Fluchtversuch sei trotzdem sinnlos, man würde uns in jedem Falle schnappen. Das hat er uns eindringlich klar gemacht. Er empfahl uns, nach Hause zu fahren und einen Ausreiseantrag zu stellen. Er beruhigte uns insofern, als wir mit Verhaftung und Strafen nicht mehr rechnen müssten. Zwar würde ich meine Arbeit an der Technischen Hochschule verlieren, aber die Behörden seien nicht mehr so rigide wie noch vor einiger Zeit. Unsere vorläufige Registrierung in Budapest sei zwar möglich, wir müssten uns aber in der Ständigen Vertretung in Berlin ordentlich registrieren lassen. Der Wachposten vor dem Haus dürfe niemanden am Betreten hindern, wir brauchten also keine Angst zu haben. Dies sei der einzige Weg, um aus der DDR herauszukommen. Wie lange es dauern würde, wisse auch er nicht. Der Beamte hat uns keine Hoffnung gemacht, dass es schnell gehen würde. Am Schluss meinte er noch, dass Personen, welche die Botschaft verlassen, gelegentlich beschattet würden und empfahl uns den Weg durch ein nahes Kaufhaus, weil das dortige Gewimmel mehr Sicherheit geben würde. Wir befolgten diesen Rat und rannten durch die Stadt, um etwaige Verfolger abzuschütteln.

Der Antrag

Zu Hause wieder angekommen, stellte sich die Frage, ob wir den Bruch mit dem Regime sofort oder nach einer gewissen Zeit und in Etappen vornehmen sollten. Irmgard plädierte für einen radikalen Schnitt. Nach dem Besuch der Budapester Botschaft waren wir uns sicher, dass mir die Hochschule kündigen, ich aber nicht mit Arbeitsverbot belegt werden würde. Um Irmgards Arbeit im Buchungsmaschinenwerk machten wir uns keine Sorgen. Ich erinnerte mich an ein Gespräch mit einem guten Bekannten, Peter Rohloff, der eine Schlosserei betrieb, bei dem ich vielleicht arbeiten könnte. Ina und Detlef waren beruflich und finanziell von uns unabhängig, Axel würde es bald sein, denn er stand in der Ausbildung zum Facharbeiter für Datenverarbeitung. Damit konnten wir uns ein geringeres Familieneinkommen leisten. Wenn man uns überhaupt raus ließ, dann erst nach Jahren. Inzwischen wäre Axel ebenfalls im Beruf und könnte entscheiden, ob er mit uns gehen will.

In Wahrheit habe ich nicht daran geglaubt, die DDR je verlassen zu können, weil ich mich in einer beruflichen Position befand, in der man nicht so eben mal »Tschüss« sagen konnte. Ob schleichender oder plötzlicher Bruch, blieb deshalb am Ende egal. Dann doch lieber ein Ende mit Schrecken als ein Schrecken über Monate. Also setzten wir uns am 26. Juli 1983 hin und formulierten den für uns mittlerweile legendären »*Antrag auf Entlassung aus der Staatsbürgerschaft der DDR und Genehmigung der Übersiedlung in die BRD*«, datiert auf den 27.7.1983 (Anlage 8). Beides, die Entlassung aus der Staatsbürgerschaft und die Übersiedlung, so hatte uns der Beamte in Budapest gesagt, müsse beantragt werden. Stunden haben wir gebraucht, um den Text zu formulieren, und ich befand mich dabei unter hoher Anspannung. Von meinem Bruder Leopold hatte ich die Reiseschreibmaschine der inzwischen verstorbenen Tante Erna geliehen und darauf einige Fertigkeiten erworben. Einige Zeit lang übte ich das Zehn-Finger-System, um im Büro, wenn Schreibkräfte fehlten, was öfter vorkam, gelegentlich Texte selbst schreiben zu können. Also schrieb ich mit zwei oder drei Durchschlägen unseren Antrag, nachdem er zuvor handschriftlich, möglichst sorgfältig in der Formulierung, vorbereitet worden war. Bis dahin wollten Detlef und Axel nicht mit ausreisen. Also stellten Irmgard und ich den Antrag nur für uns. Immer unter der Annahme, dass wir sowieso nicht ausreisen dürften, und wenn doch, dann erst nach Jahren. Ich war unter anderem deshalb dieser Meinung, weil ich zu viele Interna der Technischen Hochschule kannte und nicht glaubte, dass man mich mit noch frischem Gedächtnis fahren lassen würde. Wenn das also so lange dauert, dann könnten es sich beide Jungs noch ein paar Mal überlegen, ob sie bleiben oder mitkommen wollten. Dass es ganz anders kommen würde, damit rechneten wir nicht im Entferntesten.

Den Antrag richteten wir an die Abteilung Inneres des Rates der Stadt, wie es uns der Beamte der Botschaft in Budapest empfohlen hatte. Er enthielt als Begründung im Wesentlichen die Mangelwirtschaft trotz fleißigen Arbeitens, Beschränkungen und Schikanen im Reiseverkehr zu den sozialistischen Nachbarstaaten und Unvereinbarkeit meiner Überzeugungen mit denen der Partei. Ergänzend für mich verwies ich auf die Probleme in meiner Arbeit bei der Technischen Hochschule. Daran fügten wir unsere Lebensläufe und eine Kopie unserer Eheurkunde an.

Ebenso schrieb ich meine Austrittserklärungen aus der SED, dem FDGB und der DSF. In ersterer begründete ich diesen Schritt mit den zu groß gewordenen Unterschieden zwischen Wort und Tat der Partei, und dass ich die Politik der Partei nicht mehr verstünde und nicht mehr mittragen könne. Außerdem nahm ich Bezug auf die Auseinandersetzung der Partei mit mir in Sachen BRD-Besuch und vermindertem Solibeitrag (Anlagen 9, 10, 11).

Bevor die Briefe die Adressaten erreichen konnten, vereinbarte ich mit Kurt Meyer einen kurzfristigen Termin, denn er sollte der Erste sein, der die Information erhält. Als ihm die Tragweite meiner Eröffnung klar wurde, stellte er erst einmal die ebenso rhetorische wie überflüssige Frage: »Hast du dir das auch gut überlegt?« – als ob man mit solchen Dingen Spaß machen könnte. Das Gespräch war nicht sehr lang, zurück blieben ein schockierter Vorgesetzter und ein Eberhard Neckel, dessen Ahnung über das, was noch so alles kommen würde, sich ein Stück bestätigte.

Kurt Meyer verhielt sich gefasster, als ich erwarten konnte. Weder brüllte er mich an, noch verfluchte oder beschimpfte er mich. Selbst am Ton änderte sich nichts, auch wenn er selbstverständlich sofort auf Distanz zu mir ging. Und ich tat nichts, was als um Verständnis werbend hätte ausgelegt werden können. Was Kurt sich für diesen Tag auch immer vorgenommen hatte, meine Mitteilung hat ihm alles über den Haufen geworfen, denn er musste erst einmal die Informationsmaschine in Gang setzen. Dabei durfte er keine Minute verstreichen lassen. Vermutlich ist er sofort zu Alfred Kroitz gelaufen, um ihm die Hiobsbotschaft zu überbringen. Ich ging anschließend zum stellvertretenden Sekretär der Grundorganisation der SED (die GO-Sekretärin war wohl im Urlaub), übergab ihm die Austrittserklärung und wollte mein Parteibuch abgeben, was der jedoch ablehnte. Außerdem übergab ich meine Austrittserklärungen aus der Gewerkschaft FDGB und der Gesellschaft für Deutsch-Sowjetische Freundschaft DSF.

Noch vom selben Tage stammt eine Aktennotiz meines Chefs Kurt Meyer, in der er das Wesentliche meiner Information zusammenfasst (Anlage 12). Es war tiefste Urlaubszeit, so dass wahrscheinlich viele Verantwortliche nicht zu erreichen waren. Übrigens stand Kurt kurz vor seiner Silberhochzeitsreise und war im ersten Moment froh, als ich mich unerwartet früher gemeldet hatte.

Gleich am nächsten Tag fand eine Aussprache bei Kroitz statt, an der neben Kurt Meyer auch Hangel, der Direktor für Kader und Qualifizierung, Renate Däne, die AGL-Vorsitzende und Rolf Mauss der Parteigruppenorganisator teilnahmen. Das brachte nichts Neues, außer, dass die Teilnehmer der Runde sozusagen »aus erster Hand« noch einmal hörten, was sie sowieso schon über den vorausgegangenen Informationsweg, einschließlich »Buschfunk«, erfahren hatten. Ich wurde angewiesen, meine letzten Urlaubstage noch in Anspruch zu nehmen, dann wolle man weitersehen (Anlage 13). Auch der amtierende Sekretär der Grundorganisationsleitung GOL informierte die Parteilinie (Anlage 14).

Was in den nächsten Stunden und Tagen so alles geschah, lässt sich aus den in der

Stasiakte gefundenen Papieren erahnen. Unter anderem schrieb die Zentrale Parteileitung der Technischen Hochschule an die SED-Stadtleitung, schilderte darin den Sachverhalt und informierte, dass ein Parteiausschlussverfahren eingeleitet worden sei (Anlage 15). Durchschläge davon erhielten der Sekretär für Wissenschaft, Volksbildung und Kultur (der Stadtleitung?) und die Abteilung Schulen, Hoch- und Fachschulen der Bezirksleitung der SED. Auch das MfS informierte andere Bereiche (Anlage 16). Der Rektor der Technischen Hochschule wurde beim MfS vorstellig und dort auf das Schlussdokument von Madrid hingewiesen (Anlage 17), und der GO-Sekretär schreibt die mit dem MfS abgesprochene Strategie auf (Anlage 18). Der Stadtbezirk legt über mich ein Arbeitsblatt an, in dem übersichtlich aufgeführt ist, welche Aktivitäten wann eingeleitet wurden oder sich ereignet haben. Allein in den restlichen vier Tagen des Juli wurden so etliche Seiten Papier beschrieben.

Was unmittelbar darauf folgte

*A*lles in allem war die Angelegenheit bis hierher so schlecht nicht gelaufen. Niemand hatte mich bisher angeschrien oder sonst welche extreme Äußerungen gemacht, das Schlimmes hätten ahnen lassen. Mir wurde bewusst, dass man noch einmal nachlegen müsste, um deutlich zu machen, dass die wirtschaftlichen Aspekte der DDR nicht das Ausschlaggebende ist. Also schrieben wir einen zweiten Brief an den Rat der Stadt, datiert auf den 2.8.1983. Der Antrag sei »Ausdruck für die Ablehnung vieler, ja sehr vieler Lebensgrundsätze, die uns hier durch den Staat als Normen für die Gestaltung des Lebens und des Zusammenlebens vorgeschrieben werden.« Gleichzeitig wollten wir aus strafrechtlichen Gründen nicht als Gegner der DDR gelten und deshalb die Gesetze der DDR achten. Außerdem aber bezeichneten wir die Bundesrepublik als friedliebenden Staat (Anlage 19).

Der vorläufige Höhepunkt meiner öffentlichen politischen Entscheidung war ein Schreiben vom 2. August 1983 an den Kommandeur der Kampfgruppenhundertschaft, das ich über den 1. Sekretär der Hochschulparteileitung, Hermann Kawroth, schickte, inzwischen gefürchteter und zugleich belächelter Professor geworden. Die Partei war schließlich Trägerin der Kampfgruppe. Darin nahm ich Bezug auf meinen Schritt und schrieb offen über meine Skrupel, und dass meine Mitgliedschaft als »Kämpfer« zum Ausreiseantrag beigetragen hat (Anlage 20).

Solch einen Brief hatte Kawroth bestimmt noch nicht erhalten. Ich hatte aber immer mehr Mut bekommen und wollte diesen Leuten zu zeigen, dass nicht wirtschaftliche, sondern politische Gründe ausschlaggebend für den Übersiedlungsantrag sind. Man musste auch auf die Verlogenheit der Politik dieses Staates hinweisen.

Aus Papieren der Stasiakte geht hervor, dass die oberen Genossen über diesen Brief sehr erbost waren. Er war, das wurde mir nach der Wende wiederholt bestätigt, eine Sensation, denn er wurde in den Parteiversammlungen verlesen. Einige der führenden Funktionäre hätten geschäumt.

Die Informationsmaschine auf Hochtouren

*A*us meiner Stasi-Akte erfuhr ich, dass sich auch am 2. August 1983 die APO-Leitung der SED in meiner Abwesenheit eingehend mit mir befasste (das Protokoll konnte ich der PDS abringen (Anlage 21). Die Genossen Priemt von der Hochschulparteileitung und Köhlert von der Stadtleitung nahmen daran teil. Das bedeutete, dass beide die Linie vorgaben. Dort wurde auch festgelegt, dass ich nicht aus der Partei austreten könne, sondern dass ich auszuschließen sei. Offensichtlich spielte es keine Rolle, dass es nach dem Statut der SED möglich war, die Mitgliedschaft durch Austritt zu beenden. Genosse Köhlert fertigte sich zwei Tage später sein eigenes Protokoll als Notiz über die Leitungssitzung an. Wohl, um die Genossen der eigenen Verantwortungsebene zu informieren (Anlage 22).

Einen Tag später fand dann die angekündigte und offenbar sorgfältig vorbereitete »Arbeitsberatung« mit mir im Zimmer des Prorektors Erziehung und Ausbildung, Kroitz, statt. Daran nahmen neben ihm teil: der Direktor für Kader und Qualifizierung, Genosse Hangel, der wissenschaftlicher Sekretär des Direktors für Studienangelegenheiten und Parteigruppenorganisator, Genosse Rolf Mauss, der Abteilungsleiter und Mitglied der Abteilungs-Parteileitung (APO), Genosse Stefan Zogmeier, die Abteilungsleiterin Weiterbildung und BGL-Vorsitzende, Genossin Renate Däne, die Abteilungsleiterin Fernstudium, Genossin Renate Malowic, der Abteilungsleiter Studienorganisation, Genosse Elmar Günther, der Abteilungsleiter Studieninhalte, Genosse Oleander Schmutzler, der Abteilungsleiter Wohnheime, Genosse Eberhard Lettermann, der wissenschaftlicher Sekretär des Prorektors für Studienangelegenheiten, Genosse Günter Stellwig, die Mitarbeiterin von Zogmeier und Verwalterin der Studentenakten, Kollegin Blisker und die Mitarbeiterin von Zogmeier aus dem Bereich Zulassungen, Kollegin Haunert. Es waren also alle Abteilungsleiter und zwei Parteilose, anwesend. Dass man weitere Parteilose nicht mit hinzugezogen hatte, zum Beispiel meine beiden Mitarbeiterinnen Preil und Klitschmann, mag daran gelegen haben, dass beide politisch nicht zuverlässig genug waren oder man geglaubt hatte, die Anzahl der Personen reiche aus, um mir hinreichenden Respekt einzuflößen.

Diese Veranstaltung nahm einen ganz merkwürdigen Verlauf. Kroitz versuchte, sie als Arbeitsberatung zu deklarieren, und »informierte das Arbeitskollektiv« über meinen Schritt. Anschließend forderte er mich auf, dazu Stellung zu nehmen und meine Beweggründe darzustellen. Ich fragte ihn aber erst einmal, auf welche Weise die Technische Hochschule Einfluss auf das Verfahren nehmen oder dabei behilflich sein könne. Darauf war er nicht gefasst, auf die Möglichkeit, dass ich so »frech« werden könnte, war er nicht vorbereitet, druckste etwas herum und erwiderte schließlich, das sei Sache des Rates der Stadt, die Hochschule habe darauf keinen Einfluss. Darauf sagte ich, dass ich dann auch keine Notwendigkeit sähe, in diesem Kreise über meine Angelegenheit zu sprechen. Darauf wieder Kroitz, dass hier nach den Prinzipien der sozialistischen Demokratie gehandelt werde und ich müsse schon antworten. Darauf erwiderte ich nun, dass ich dieses Prinzip ja gerade ablehne.

Das war für andere ein Grund, mit einem Sturm der Entrüstung über mich herzufallen. Heuchelei, Maßlosigkeit, entsetzt, Verräter waren die häufigsten Vokabeln. Schließlich nannte mich Stellwig einen Gesinnungslumpen. Da fiel ich ihm ins Wort und verwahrte mich gegen diese Art der Beleidigungen. Die Auseinandersetzung drohte zu eskalieren, da schaltete sich Kroitz wieder ein und meinte, dass ich es ja gewesen sei, der das Kollektiv über Jahre hinweg beleidigt hat. Außerdem sei dies eine Arbeitsberatung, in der darüber befunden werde, wie es weitergehe. Hangel fühlte sich noch bemüßigt festzustellen, dass mir das Recht, beleidigt zu sein, nicht zustehe. Noch sei ich Staatsbürger der DDR und unterliege deren Gesetzen. Dann sprachen noch andere aus der Runde und sparten dabei nicht mit Titulierungen, die in einer solchen Situation durchaus zu erwarten waren. Auf sie war ich gefasst, mittlerweile war bei mir eine gewisse Gewöhnung und Abhärtung eingetreten, immerhin kannte ich die Situation aus 1980 und aus Parteiverfahren gegen andere, in denen ähnliche Begriffe verwendet worden waren.

Rolf Mauss fragte in relativ ruhigem Ton: »Seit wann betrügst du deine Arbeitskollegen?« Das war eine Fragestellung, die sicherlich für jemanden, der nicht in der DDR aufgewachsen ist, und deshalb mit dem Umgangston innerhalb der Partei nicht vertraut ist, »starker Tobak«. Wer aber so wie ich Rolf Maus kannte – wir hatten ein gutes kollegiales Verhältnis und waren bis zu einem gewissen Grade sogar befreundet – wusste, dass man diese Frage auch als Ball verstehen konnte, den er mir zuwarf. Er verstand darunter, wie lange ich mich mit dem Gedanken schon getragen hatte. Außerdem war ihm bestimmt wichtig, nicht in den Verdacht zu geraten, von meinen Absichten schon etwas gewusst zu haben. Das betraf übrigens in hohem Maße auch meinen Chef Kurt Meyer. Das wäre ihnen übel angekreidet worden. Daran war mir nicht gelegen, denn beide hätten das nicht verdient. Deshalb nutzte ich die Gelegenheit zu einer etwas ausführlicheren Darstellung. Auch gegenüber Renate Däne und Renate Malowic und Eberhard Lettermann, die ich ebenso nicht als besonders überzeugte Genossen hielt, wollte ich ein Zeichen setzen. Genau könne ich den Zeitpunkt nicht benennen, es handele sich um einen längeren Zeitraum. Es sei ein allmählicher Prozess gewesen, der spätestens mit der allgemeinen Entspannung in Europa begann, mit der gleichzeitig die Politik der SED nach innen härter wurde und das Gegenteil von Annäherung erreichen wollte. Dadurch seien die Widersprüche zwischen der Parteipropaganda und den tatsächlichen Verhältnissen gewachsen. Immer weniger hätte ich es mit mir vereinbaren können, der Politik von Partei und Regierung zu glauben, geschweige, sie gegenüber anderen zu vertreten.

Obwohl meine Rede etwa zwei Minuten gedauert haben muss, also ziemlich lang war, hat mich niemand unterbrochen. Das verwundert heute, weil ich damit eine Plattform hatte, logische Gedanken über einen absurden Staat zu äußern. Es war aber auch eine Hilfe für alle in meinem näheren Umfeld, weil ich ihnen damit indirekt bestätigte, dass sie von meiner Absicht nichts wissen konnten. Vielleicht war Kroitz aber auch nicht so radikal, wie ich geglaubt hatte.

Kroitz beendete schließlich die allgemeine »Diskussion« und sagte, dass bei mir die Voraussetzungen für eine Weiterbeschäftigung als wissenschaftlicher Mitarbeiter nicht mehr gegeben seien, und zitierte aus den Bestimmungen des entsprechenden Gesetzes (Anlage 23). Danach waren Voraussetzung für die Tätigkeit als wissenschaftlicher Mitarbeiter ein hohes sozialistisches Staatsbewusstsein und die Bereitschaft und Fähigkeit zur sozialistischen Erziehung der Studenten. Schließlich fragte er mich, ob es richtig sei, dass ich diese Bedingungen nicht mehr erfülle. Da antwortete ich: »Nach dieser Verordnung nicht«.

Kroitz kündigte mir darauf meinen Arbeitsvertrag mit sofortiger Wirkung. Es entspreche aber der sozialistischen Demokratie, so Kroitz weiter, dass man mir eine andere Arbeit anbiete. Hangel fügte hinzu, dass durch meine Arbeit die Sicherheitsbedürfnisse der DDR beachtet werden müssten. Deshalb biete er mir zwei Stellen zur Wahl an: Ingenieur für die Wartung von Lehr- und Lernmittel bei monatlich eintausendeinhundert Mark oder Küchenhilfskraft für libysche Bürger für achthundert Mark. Letzteres Angebot war wohl nur pro forma, nicht wegen des Geldes allein. Dazu muss man wissen, dass an der Technischen Hochschule libysche Studenten zum Hochschulabschluss geführt wurden. Sie waren in einem eigens für sie eingerichteten Internat untergebracht. Angeblich handelte es sich um Söhne (Frauen waren nicht darunter) reicher Unternehmer und hoher Staatsbeamter, und sie müssten viel Geld für die Ausbildung bezahlen. Damit brächten sie der DDR Devisen. Schon in den Verhandlungen mit Regierungsvertretern der DDR und Libyens (so wurde es von Leitungskadern erzählt) war die ganze Problematik dieses Abkommens deutlich geworden. Nicht nur, dass die Studenten eine hundertprozentige islamische Verpflegung benötigten, nein, auch etliche Privilegien mussten gesichert werden. Ständig gab es Ärger. Mal gingen sie tagelang nicht zu den Vorlesungen, wurden gegenüber Wohnheimleiter und besonders dem Hausmeister aufsässig, und das speziell für sie zubereitete Essen entsprach häufig nicht ihren Vorstellungen, weshalb einige immer wieder gefüllte Essenteller an die Wand warfen und vieles andere. Aus den Wohnheimen trafen wahre Horrorgeschichten ein, war es doch für alle das erste Mal, diese Art hochnäsiger und an Luxus gewöhnter Söhnchen zu erleben, schon gar nicht die mit DDR-Standard vertrauten Angestellten der Hochschule, die sich mit den Libyern zu befassen hatten.

Auf meine Frage, was denn bei der ersten Stelle zu tun ist, konnte mir Hangel nichts sagen, sondern verriet, dass sie erst noch geschaffen werden solle und im Direktorat für Technik, bei Bereichsleiter Kauboldt, angesiedelt sei. Ich konnte es fast nicht glauben. Deshalb also seine Bemerkung zu den Sicherheitsinteressen. Man wollte mich tatsächlich wegen meines Wissens um viele Interna an der Technischen Hochschule unter Kontrolle halten.

Ich stimmte dem Änderungsvertrag zu, der ab dem nächsten Tage, also dem 4. August 1983, in Kraft trat. Später habe ich mich gefragt, ob ich ihn hätte ablehnen sollen. Zwar rechnete ich nicht damit, dass man mir überhaupt eine Ersatztätigkeit anbieten würde. Vielmehr dachte ich, sie würden mich fristlos entlassen, und war deshalb von der Situation überrascht und auch irgendwie froh, ohne längeren Verdienstausfall weiterarbeiten zu können. Auch Zeitgewinn war wohl ein Aspekt meiner Überlegungen. Heute weiß ich, dass die Verweigerung der Unterschrift sinnlos gewesen wäre, denn nach einem Bericht der AKG des MfS zufolge (Auswertungs- und Kontrollgruppe, die als Funktionalorgan eines Leiters für die abteilungsübergreifende Auswertungs-, Informations- und analytische Tätigkeit verantwortlich war), erfolgte der Vorgang in Abstimmung mit dem Ministerium für Hoch- und Fachschulwesen.

Über diese »Arbeitsberatung« gibt es neben dem Protokoll, das Renate Däne verfasste (Anlage 24), auch einen handschriftlichen Bericht des IMS »Liebermann«, alias Zogmeier, in dem alles in verkürzter Form wiedergekäut wird. Gleichzeitig denunziert er darin Däne, sie habe sich als AGL-Vorsitzende zu Neckel nicht geäußert, und das zum wiederholten Male (Anlage 25).

Am Ende entwickelte sich noch ein kleiner Disput mit Rolf Mauss, weil er mich zur Sonder-Parteigruppenversammlung am Nachmittag desselben Tages zum Parteiausschluss-verfahren einlud (übrigens während der allgemeinen Arbeitszeit). Als Nicht(mehr)mitglied sagte ich ihm, dass ich nicht kommen würde. Laut Protokoll dieser Versammlung haben sich einige Genossen noch einmal so richtig ausgelassen: Er hat sich entlarvt, arroganter Kleinbürger, maßloser Egoist, Betrüger, Täuscher übelster Sorte, er ist durchdrungen von gegnerischer Ideologie, er sollte »sicherungsmäßig überprüft« werden (Schmutzler), Partei- und Staatsfeind (Kroitz). Andere äußerten sich moderater (Anlage 26). IM »Karla« aber wärmte die alten Sachen noch einmal auf. Am Ende der zweistündigen Versammlung stand – wie könnte es anders sein – der Antrag der Parteigruppe auf Ausschluss des Eberhard Neckel nebst einer Ergänzung, in der sein Handeln verurteilt wird. Interessant ist darin, dass die Hilflosigkeit angesichts der Frage zum Ausdruck kommt, wie man solche Entwick-lungen künftig verhindern kann.

Auch IMS Liebermann schrieb an seinen Informanden über das Geschehen (Anlage 27), und die Technische Hochschule verfasste am 4. August die Meldung an das Ministeri-um für Hoch- und Fachschulwesen (MHF) über ein besonderes Vorkommnis, die sie auch an fünf innere Adressaten der TH sandte (Anlage 28).

Besonders bemerkenswert finde ich, dass man einen meiner Kollegen aus dem VEB Buchungsmaschinenwerk, ein inoffizieller Mitarbeiter des MfS mit dem Decknamen »Bern-hard«, zur Gesamt-Beurteilung meiner Person aufgefordert hatte. Immerhin handelte es sich um einen zeitlichen Abstand von bis zu zwanzig Jahren. Was sich die Genossen vom MfS davon erhofft haben mögen, ist mir nicht klar geworden. Aber während die

Informanten »Karla« oder »Liebermann« in ihren Berichten sich fast immer auf meine politische Unzuverlässigkeit konzentrierten, und in der Ausdrucksweise keinen Zweifel daran ließen, dass sie mein Verhalten verurteilen und damit zugleich ihre eigene bedingungslose Zugehörigkeit zum System demonstrierten, ging »Bernhard« seine Aufgabe ganz anders an. Möglicherweise hat er sich mit dem Verfassen der zehn handschriftlichen Seiten nicht leicht gemacht. Einersets ist er um Objektivität bemüht und baut darüber hinaus auch Seitenhiebe auf einige Parteifunktionäre und unseren gemeinsamen ehemaligen Vorgesetzten ein. Auch lassen einige Bemerkungen vermuten, dass er mit Belanglosigkeiten Seiten füllen wollte. Andererseits hält er sich schon streng an die Linie, die die Genossen entlang eines Republikverräters ziehen. Er versucht eine umfassende Analyse meiner Person, mein an das System angepasstes Verhalten. Das hat er im Wesentlichen sehr genau beobachtet. Er kann sich aber den Entschluss zur Übersiedlung in die Bundesrepublik nicht erklären. Seine Quintessenz lautet dann auch: »Er riskiert alles, wofür er die letzten 20 Jahre investiert hat! Dies passt nicht zu seinem langfristig geplanten Leben. Das würde er zu gründlich überdenken, um nicht das Risiko zu bemerken. Es muß andere, mir nicht bekannte Gründe oder Einflüsse gegeben, die ihn zu diesem Schritt veranlassen« (Anlage 29). Ob er insgeheim geahnt hat, dass ich so frustriert war, dass mich diese Aussicht nicht schrecken konnte?

Am 8. August 1983, knapp zwei Wochen nach unserem Ausreiseantrag, fand dann eine außerordentliche Versammlung der Abteilungsparteiorganisation (APO) statt, deren Referattext und das Protokoll mir vorliegen. Weil beide ein so anschauliches Bild der Parteiarbeit der Technischen Hochschule bilden (sicherlich typisch für die SED insgesamt), sind sie gleichfalls hinzugefügt (Anlage 30), obwohl wir von den meisten Dingen wir natürlich nichts mitbekamen. Ich sah das erst in meiner Stasi-Akte oder erhielt es von der PDS, die es mir nur sehr widerwillig und erst, nachdem ich energischer geworden war, überließ. Allein für den Zeitraum des Monats August 1983 waren es etwa fünfunddreißig Aktennotizen, Mitteilungen und Bewertungen meiner Person, Redundanzen eingerechnet.

Übrigens, aus dem Protokoll des Parteiausschlussverfahrens erst habe ich erfahren, dass wir, wie sich Kaderdirektor Hangel ausdrückte, alles richtig gemacht haben. Wörtlich wird er wiedergegeben: »Als erster hat er die richtige Reihenfolge der Antragstellung vorprogrammiert. Zuerst Antrag auf Entlassung aus der Staatsbürgerschaft, danach die anderen Anträge (Übersiedlung, Austritt aus Partei und Massenorganisationen).«

Der Antragsteller als Verräter

Gleich nach der »Arbeitsberatung« bei Kroitz hatte ich meinen Schreibtisch, ich glaube an Rolf Mauss, übergeben und meinen Dienst bei Kaubold angetreten. Der schenkte mir reinen Wein ein. Er wisse noch nicht, wie meine Tätigkeitsbeschreibung aussehen soll und gab mir irgendwelche Arbeit. Besprochen wurde dabei nur rein Dienstliches und auch nur das unbedingt Notwendige. Es war eine eigenartige, beklemmende Situation. Wir wussten beide, warum ich da war und wechselten kein einziges Wort darüber. Für mich waren diese wenigen Tage wieder einmal sehr frustrierend.

Für den 9. August 1983 erhielten Irmgard und ich eine Einladung zu einer Aussprache in die Abteilung Inneres des Rates der Stadt. Dort eingetroffen, mussten wir im Vorzimmer erst einmal in einem Fragebogen alles offen legen. Sie wollten unsere Personalien wissen, dann die Personalien der Verwandten ersten Grades, unsere Vermögensverhältnisse, also Geld, Grundstücke, Antiquitäten, sonstige Wertgegenstände, dann die Zugehörigkeit zu Parteien und Organisationen, und schließlich sollten wir unseren Wunsch-Wohnort in der Bundesrepublik angeben. Nach geraumer Zeit wurden wir zum Eintreten beim Abteilungsleiter Schumacher aufgefordert, wo schon »mein« Kaderleiter Hangel (Hochschule) und der Irmgards, Klobitz, anwesend waren.

Von den Dreien sprach nur Schumacher, und er wandte sich fast ausschließlich an mich. Zuerst versuchte er, uns Inhumanität vorzuwerfen, weil Axel noch nicht volljährig war. Dann verlegte er sich auf die politische Tour. So wollte er die beabsichtigte Raketenstationierung nutzen, um die Menschenfeindlichkeit der Imperialisten zu brandmarken und mich in deren Nähe zu stellen. Das Gespräch war alles in allem atmosphärisch unangenehm und im Ton manchmal ziemlich laut, aber nicht ausfallend. Im Ergebnis versuchte er uns klar zu machen, dass für uns nur das DDR-Recht gelte. Darin sei unsere Übersiedlung in die »BRD« nicht vorgesehen. Mein Einwand, dass die DDR alle völkerrechtlichen Verträge unterschrieben und sogar Erich Honecker in einem Interview der Saarbrücker Zeitung betont habe, dass in der DDR Völkerrecht vor Landesrecht gehe, wurde von ihm negiert (Anlage 31). Genau das war ein Beispiel für den Unterschied von internationalem Auftreten und der DDR-Realität. Vielmehr legte Schuhmacher mehrfach Wert auf die Feststellung, dass unser Antrag zurückgewiesen wird, weil ihm die Rechtsgrundlage fehle. Rechtsmittel stünden uns nicht zu. Er war am Schluss ziemlich wütend. Vielleicht deshalb, weil er auf die Zusammenhänge Völkerrecht/Landesrecht schlecht vorbereitet war oder ich für ihn unerwartet zu gut. Er hatte es wahrscheinlich mit der in solchen Fällen bis dahin erfolgreichen Masche der Einschüchterung versucht und gemerkt, dass er hier damit nichts erreichte.

Als wir wieder auf der Straße standen, waren wir zwar nicht erstaunt, dass der Antrag abgelehnt worden war, das hatten wir eigentlich erwartet, trotzdem machte sich ein Gefühl der Ratlosigkeit breit. Abgelehnter Antrag und keine Rechtsmittel? Das konnte nicht hingenommen werden.

Zu Hause fertigten wir erst einmal ein Gedächtnisprotokoll, für das meine Notizen während des Gesprächs die Grundlage bildete, und außerdem formulierten wir einen Brief an den DDR-Minister des Innern, Dickel. Einerseits stellten wir heraus, dass wir die Gesetze der DDR nicht verletzen, andererseits die Ablehnung unseres Antrages nicht akzeptieren wollen. Wir schilderten in dem Brief die Situation, protestierten gegen *eine dem Geist und Buchstaben des allgemein gültigen Völkerrechts widersprechende* Handhabung der Rechtsauffassung durch die Abteilung Inneres und baten um Unterstützung. Dass wir der unteren Verwaltungsebene quasi Rechtsbruch unterstellten, war Absicht. Wir hätten es damals allerdings nicht gewagt, auf diese Weise die Regierenden in Berlin anzugreifen. Wir hatten davor Angst, weil wir damit rechneten, dass man uns einsperren würde. Es war etwas anderes, die »ausführenden Organe« zu kritisieren als vergleichsweise Honecker und seine Politik. Gleich am nächsten Tage lag der Brief im Kasten.

Nun hatten wir zwar den Minister angeschrieben, von Ursel Klast oder auch aus anderen Quellen hatten wir aber gehört, dass bei Ablehnung der Antrag erneuert werden müsse. Es habe Leute gegeben, die die Ausreise x-mal beantragt hätten. Alle Informationen, die wir in Sachen Ausreise so hörten, kamen – wie man heute sagen würde – aus der Gerüchteküche. Man hörte irgendetwas, aber eine Bestätigung hierfür gab es nicht. Die einzig einigermaßen zuverlässige Quelle war das Westfernsehen, die ARD. Also dachten wir: setzen wir uns hin schreiben einen erneuten *Antrag auf Entlassung aus der Staatsbürgerschaft der DDR und die Genehmigung der Übersiedlung in die BRD*. Der Antrag war kürzer als der erste, diesmal verwiesen wir auf unsere Rechte unter Hinweis auf die Internationalen Konvention über zivile und politische Rechte, die im Gesetzblatt der DDR veröffentlicht war. Um sicher zu gehen, dass der Brief auch wirklich ankommt, ließen wir uns bei der Post einen Einlieferungsschein geben.

*D*ie neue Arbeit als Wartungsingenieur für Lehr- und Lernmittel im Direktorat für Technik und materiell-technische Versorgung – so die sperrige Bezeichnung – hätte unter normaleren Umständen zwar sehr gut meiner technischen und handwerklichen Veranlagung entsprochen. Mir aber war klar, dass ich mir eine andere Arbeitsstelle suchen musste. Den ganzen Tag über fühlte ich mich beobachtet, etwas Gescheites war noch immer nicht zu tun, und meine psychische Verfassung war ziemlich trostlos. Da erinnerte ich mich des schon erwähnten Peter Rohloff. Wir hatten ihn und seine Familie in der Kantine der Gartensparte »Lug ins Land« kennen gelernt. Wahrscheinlich haben uns die Kinder zusammengeführt, jedenfalls wusste ich, dass er Techniker war und sich als Schlosser selbständig gemacht hatte. Seine Frau war bei einem VEB angestellt und machte zusätzlich die Buchhaltung für den Betrieb ihres Mannes. Sie wohnten ganz in unserer Nähe.

Peter sicherte mir zu, mich einzustellen, ich könne sofort bei ihm als Arbeiter in der Lohngruppe 8 anfangen. Dass wir einen Ausreiseantrag gestellt hatten, störte ihn nicht. Das war natürlich ein Lichtblick. Die Hochschule allerdings bestand auf der Einhaltung der vierzehntägigen Kündigungsfrist, weil ich nicht sagen wollte, wo ich neu anfangen werde. Der Leiter des Personalbüros, Klugbert, begründete seine Neugier mit der Fürsorgepflicht der Hochschule, so dass ich erst zum 1. September bei Peter anfangen konnte.

Dieses Verschweigen der neuen Arbeitsstelle wurde erstaunlicherweise hingenommen, obwohl es, wie aus meiner Akte zu sehen ist, den Genossen bei der Technischen Hochschule, dem Rat der Stadt und insbesondere dem MfS ziemliche Kopfschmerzen bereitete. Jedenfalls geistert das durch einige Schriftstücke.

Der »öffentliche« Mitarbeiter des Ministeriums für Staatssicherheit an der Technischen Hochschule, der als solcher angestellt war und beim Volksmund die Bezeichnung »Kollege Pst« hieß, lieferte seiner Dienststelle in dieser Zeit einen ausführlicheren Bericht über unsere Familie. Er nimmt darin eine Analyse unserer intimen familiären Situation vor und schildert auch die teils unbefriedigende politisch-ideologische Situation in der Parteigruppe Studienangelegenheiten unter ihrem Parteigruppenorganisator Rolf Mauss. Aus seinen Formulierungen glaube ich die Gedanken der beiden Hauptzuträger Klink und Zogmeier zu erkennen, auf die er sich im Wesentlichen zu stützen scheint (Anlage 32).

Ich bekam in dieser Zeit anhaltende Kopfschmerzen, die besonders in der rechten Seite unerträglich wurden. Deshalb suchte ich einen Arzt auf, der im Flemminggebiet in einer

Außenstelle der Stadtambulanz praktizierte. Ihm deutete ich meine Situation an. Seine Diagnose lautete Migräne, er behandelte mich außergewöhnlich freundlich und schrieb mich für zwei Wochen krank. Zuerst vom 15. bis 19. August wegen 346 und dann eine zweite Woche bis 26. August wegen 722. Dazu muss man wissen, dass im »Ausweis für Arbeit und Sozialversicherung« jeder Arztbesuch registriert und die Diagnose verschlüsselt eingetragen wurde. Zugang zu diesem Schlüssel hatten nicht nur das Gesundheitswesen, sondern auch die volkseigenen Betriebe und wer weiß, wer sonst noch. Auch ich konnte mir die Schlüsselliste besorgen.

Die Begegnung mit diesem Arzt war für mich nach den Wochen der Anspannung und des Frusts plötzlich wie aus einer anderen Welt. Im Vergleich zum Betriebsarzt der Technischen Hochschule, der einem als ein treu ergebener Gefolgsmann des Regimes erschien, glaubte ich hier, jemanden mit Mitgefühl getroffen zu haben. Er hat zwar nichts gesagt, was in dieser Richtung hätte ausgelegt werden können, aber ich fühlte mich wieder einmal als Mensch behandelt. Die Ruhe zu Hause, die Aussicht auf den Wechsel der Arbeitsstelle und viel Bewegung an der frischen Luft hatten einen wesentlich gebesserten Gesundheitszustand zur Folge. Übrigens gibt es selbst über die Krankschreibung eine Mitteilung der Hochschule an die Abteilung XX/3 des MfS, die Nennung des behandelnden Arztes eingeschlossen[a].

Schließlich erhielt ich von meinem Direktor Kurt Meyer das abschließende Arbeitszeugnis, die Abschlussbeurteilung, mit der ich so nicht gerechnet hatte. Bestenfalls hatte ich einen kurzen und negativ gehaltenen Text erwartet. Darin sah ich mich äußerst angenehm getäuscht. Ausführlich beschreibt er auf einer ganzen Seite meine Entwicklung an der Technischen Hochschule und die gute Qualität meiner Arbeit. Den zweiten Teil widmet er ebenso ausführlich den Auseinandersetzungen der letzten Jahre in einem Stil, der mir meine zunehmende Abtrünnigkeit vom System geradezu bescheinigt (Anlage 33). Etwas Besseres hätte ich mir nicht wünschen können. Sollten wir wirklich einmal im Westen ankommen, so dachte ich, wäre diese Beurteilung die beste Grundlage für einen Neuanfang. Ich glaube, Kurt hat mir zum Schluss noch ein Geschenk machen wollen. Immerhin, was wir nicht wussten, zu diesem Zeitpunkt hatte uns das MfS schon längst im Visier, und ich kann mir nicht vorstellen, dass sie diese Beurteilung gesehen haben, geschweige gebilligt

---

[a] Ein Schema am Schluss erklärt die Struktur des MfS und welche seiner Abteilungen sich mit uns befassten

hätten. Dafür bin ich ihm noch heute dankbar.

Gleich nach der Wende habe ich ihn als Einzigen meiner früheren Kollegen und Vorgesetzten besucht. Es stellte sich heraus, dass er wegen Herzproblemen vorzeitig in Rente gegangen war. Dass das etwas mit mir zu tun haben könnte, verneinte er überzeugend. Erst viel später erfuhr ich von ihm, dass er den Entwurf meiner Abschlussbeurteilung lediglich dem Kaderdirektor vorgetragen hat, der aber nur geringfügige Änderungen veranlasste.

Am 30. August 1983 legte die Abteilung XX des Ministeriums für Staatssicherheit den ersten mir bekannten ERGÄNZENDEN ERFASSUNGSBOGEN an. Das ist ein Vordruck, der durch nachfolgende Notizen ständig ergänzt wurde. Es ist ein Beispiel der perfiden Bespitzelungen, mit denen diese Leute gearbeitet haben. Es kann einem noch heute Angst werden, wenn man bedenkt, was alles hätte passieren können, hätten wir bei aller Forschheit im Auftreten gegenüber dem Staat die Schmerzgrenze des MfS überschritten (Anlage 34).

Wie Denunzieren funktionierte, lässt sich in einer Information erkennen, wo über das abweichlerische Verhalten der AGL-Vorsitzenden berichtet wird (Anlage 35).

Mit dem Anlegen des ergänzenden Erfassungsbogens bei der Abteilung XX des MfS begann wahrscheinlich nun ein systematischeres Ausforschen unserer Familie und der Verwandtschaft in der Bundesrepublik. Es gibt mehrere »Auskunftsersuchen zur Person« und dazu die entsprechenden Berichte. In der MfS-Bezirksverwaltung waren in der Folgezeit mehrere Abteilungen aktiv.

Schlosser bei Peter Rohloff Maschinenbau

*A*b 1. September 1983 fuhr ich nun jeden Morgen mit dem Bus in den Stadtteil Siegmar und erreichte nach fünf Minuten Fußweg den Betrieb »Peter Rohloff Maschinenbau«, Am Wald, einer kleinen Straße inmitten eines Wohngebietes. Anfangs hatte ich Angst, man könnte mich beobachten, und schlug deshalb immer wieder kleine Haken, indem ich eine Station früher oder später ausstieg oder einen Umweg lief.

Ich war mittlerweile 46 Jahre alt und hatte das letzte Mal vor über zwanzig Jahren an einer Drehmaschine gestanden. Nun sollte ich also wieder als Facharbeiter arbeiten, ein inzwischen ungewohntes Erlebnis. Mit gemischten Gefühlen und leisen Zweifeln, ob ich noch einmal einen beruflichen Neuanfang schaffen würde, trat ich meinen ersten Arbeitstag an. Peter, wir duzten uns, stellte mich den drei anderen Arbeitern vor und zeigte mir seinen Betrieb, der aus einem Raum bestand, in dem sich dicht gedrängt eine große Fräsmaschine, mehrere Drehmaschinen, eine Rundschleifmaschine und einige andere befanden. In einem Nebenraum hatte er sich ein Büro eingerichtet mit der Möglichkeit der Übernachtung. In seiner Firma wurden alle möglichen Metallteile gefertigt, meist in Auftrag gegeben von volkseigenen Betrieben. Außerdem hatte er die Reparatur defekter Pökelpumpen von Fleischern in das Programm aufgenommen. Dies sei nun mein Arbeitsgebiet, meinte er. Er wies mich in die Arbeit ein, und so war ich auf einmal mit der Reparatur von Pökelpumpen befasst.

Unter der Werkstatt befand sich der Heizungskeller mit einem ansehnlichen Ofen, der in der kalten Jahreszeit abwechselnd von allen, auch von Peter, mit Braunkohlenbriketts befeuert wurde, damit die Werkstatt angenehmere Temperaturen bekam. Der für die Heizung Verantwortliche begann mindestens eine Stunde, bevor die anderen kamen, mit dem Anzünden des Feuers und musste zusehen, dass es möglichst schnell Hitze entwickelte. Tagsüber waren nach Bedarf Briketts nachzuschütten.

In die neue Tätigkeit bei Peter arbeitete ich mich schneller ein als gedacht. Etwa zehn zu reparierende Pökelpumpen, die korrekte Bezeichnung ist eigentlich »Pökelinjektoren«, wurden in einer Art Kleinserie zuerst auseinander genommen und gereinigt. Meist waren die Zahnräder beschädigt und mussten ersetzt werden. Gleiches galt für die Zuleitung zum Manometer. Peter hat die Zahnräder und die zugehörigen Achsen bei einem Kollegen fertigen lassen, der über die dafür geeigneten Werkzeugmaschinen verfügte. Beide wurden dann »bei uns« gehärtet und geschliffen. Zum ersten Male seit meiner Lehrzeit bediente ich wieder eine Rundschleifmaschine. Weiter gehörte zur Reparatur der Anschluss des Manometers. Dazu wurden kurze Kunststoffleitungen zusammengeklebt. Den Kleber Tangit bekam Peter von seinem Onkel aus dem Westen geschickt, denn Vergleichbares gab es in der DDR nicht.

Nun, wenn bei mir Fertigkeiten abhanden gekommen waren oder dort, wo ich mich unsicher fühlte, zeigte mir Peter, wie es ging. Innerhalb von vier Wochen war ich deshalb schon ganz gut eingearbeitet, und der »Chef« zeigte sich zufrieden mit mir. Die Pökelpumpen begleiteten mich die gesamte Zeit. Besonders in der Vorweihnachtszeit kamen viele Pumpen mit hoher Reparatur-Dringlichkeit herein. Nicht selten brachte der Fleischermeister das Gerät höchstpersönlich und dazu ein Paket mit Wiener Würstchen, Schinken oder anderen Raritäten, die man bei ihm im Laden vergeblich gesucht hätte. Die Hälfte davon wurde gleichmäßig unter alle Kollegen verteilt, den Rest benutzte Peter, um bei anderen Firmen Teile einzukaufen, Material zu bestellen oder sonstige rare Dinge zu besorgen.

Ganz so kontinuierlich war die Arbeit nun doch nicht. Peter arbeitete noch an seinem Hof, unter anderem waren drei oder vier Garagen nicht fertig. Und so fragte er mich, ob ich nicht Lust hätte – natürlich während der Arbeitszeit – dabei zu helfen, damit vor dem ersten Frost das Wichtigste getan ist. Also schmiss er den Betonmischer an und ich schaufelte fleißig Sand und Peter verstrich die Betonmasse auf dem Fußboden. Auf diesem Gebiet hatten wir beide kaum Vorkenntnisse, und so bildete sich beim ersten Fußboden eine ziemliche Wasserlache, weil der Beton mit zu viel Wasser hergestellt worden war. Auch bei der Täfelung seines Büros mit Sprelacart (Anlage 36) habe ich geholfen. Innerhalb weniger Wochen war ich in meiner Arbeit nicht nur sicher, sondern Peter bezog mich auch in seine Planungsarbeit ein. Sein Vertrauen in meine Zuverlässigkeit tat mir gut; es half auch ihm, wenn er beispielsweise unterwegs war. Dann übertrug er mir den einen oder anderen kleinen Auftrag, beispielsweise die Auslieferung der fertigen Produkte an die Kunden. Man wurde bei ihm nicht angetrieben, konnte seine Arbeit in gewissen Grenzen einteilen und wurde auch nicht gleich gerügt, wenn einmal Ausschuss entstand. Es stellte sich bei mir ein Gefühl der Zufriedenheit ein, wie ich es seit Jahren nicht mehr gehabt hatte. Bis zu meiner Rente hätte ich dort bleiben wollen, wenn uns nicht unser Ausreiseantrag auch noch beschäftigt hätte.

Übrigens hatte ich bei Peter einen kleinen Arbeitsunfall, dessen Folgenbeseitigung ein bezeichnendes Bild vom offiziell hochgelobten, in Wirklichkeit aber ziemlich maroden

Zustand des DDR-Gesundheitswesens gibt. Einige der Wellen für die Pökelpumpen verzogen sich beim Härten, und das Übermaß reichte nicht, die dadurch entstandene Abweichung von der Zylinderform beim Schleifen wegzubekommen. Also versuchte ich durch Richten mit dem Hammer einige Wellen vor dem Ausschuss zu retten. Plötzlich brach ein kleines Stück aus der Hammerfinne heraus und bohrte sich in meinen linken Zeigefinger. Der Splitter drang tief in das Fleisch ein, und die Wunde verschloss sich augenblicklich, ohne einen Tropfen Blut herzugeben. So sehr ich auch drückte und rieb, der Span kam nicht von allein heraus. Am nächsten Tag musste ich zum Arzt, der nichts feststellte, aber den Finger röntgen ließ. Der Splitter ließ sich nur operativ entfernen, also ging ich in die zuständige Klinik Flemmingstraße. Als ich zur ambulanten Operation in den entsprechenden Raum kam, war die Schwester schon damit beschäftigt, an den OP-Tisch eine Auflage für die rechte Hand anzuschrauben. Ich wies sie darauf hin, dass es sich um die linke handelt. Nun aber gelang es ihr nicht mehr, die Halterung von der in die Jahre gekommenen Pritsche zu lösen. Es dauerte und dauerte, eine zweite Schwester wollte ihr helfen, und nun betrat der Operateur den Raum. Er schimpfte in meiner Gegenwart mit der Schwester, weil sie mit der Technik nicht zurechtkam und verschwand wieder.

Endlich hatten sie es geschafft, ich lag auf der Pritsche und sollte eine örtliche Betäubungsspritze erhalten. Das Medikament hatten die Schwestern wohl ohne Nadel aufgezogen und die Nadel anschließend auf die Spritze aufgesteckt. Nun ging die Nadel nicht durch meine Haut, es tat furchtbar weh, so dass ich aufschrie. Da stellte die Schwester fest, dass die Spitze der Nadel, einem Angelhaken ähnlich, umgebogen war. »Kein Problem, wir nehmen eine andere Nadel«. Sie stach auch problemlos in den Finger, nur ließ sich jetzt die Injektionsflüssigkeit nicht spritzen. Die Schwester versuchte es mit größerer Kraft, aber außer, dass es nun wieder weh tat, tat sich nichts. Die Kanüle war von der vorherigen Benutzung nicht richtig leer geworden und bei der Desinfektion im Ofen eingetrocknet. Erst im dritten Anlauf klappte es dann.

Inzwischen war der Operateur schon wieder anwesend, er wollte endlich schneiden, und die beiden waren noch immer nicht fertig. Er blieb diesmal, wenn auch ungeduldig maulend. Endlich setzte er das Messer an, ich sah natürlich nicht hin. Es dauerte und dauerte, bis mir auffiel, dass er den Span nicht fand. Da merkte ich, dass das Röntgenbild gar nicht dabei war. Ich machte ihn darauf aufmerksam, dass er anhand des Bildes vielleicht schneller zum Ziele käme. Da ließ er es kommen, und der Rest war schnell erledigt.

Anschließend schärfte er mir ein, den Verband eine Woche nicht abzunehmen. Von Wiederkommen war keine Rede. Ich war noch nicht richtig auf der Straße, da fiel der Verband von allein ab. Zu Hause hat mir Irmgard die Wunde neu und ordentlich versorgt. Offensichtlich hat er mir mehrmals Nerven zerschnitten, denn in den nächsten zehn Jahren hatte ich immer noch ein taubes Gefühl an der Stelle. Es ist nur ganz langsam verschwunden.

Auch bei einer früheren Erkrankung unseres Sohnes Detlefs hatten wir ein ungutes Erlebnis mit dem DDR-Gesundheitssystem. Er bekam Fieber, und Irmgard erschienen die Symptome etwas sonderbar. Wir brachten ihn deshalb sofort ins Kinderkrankenhaus, wo mit einem Test Hirnhautentzündung festgestellt wurde, zum Glück in einem frühen Stadium. Er wurde sofort isoliert und wir durften ihn nur zu den Besuchszeiten sehen, allerdings nur durch eine verschlossene Glastür. Drinnen standen drei oder vier Kinder. Vor der Tür, auf dem Gang, die Eltern. Auf beiden Seiten Tränen, eine herzzerreißende Situation. Eine Verständigung durch Worte war nicht möglich, wir durften auch nicht zu Detlef hinein. Ein anderes Elternpaar telefonierte mit ihrem Kind, das wollten wir auch gern. Aber schon nach kurzer Zeit verlangten sie das Telefon zurück. Da merkten wir, dass es sich um privates Eigentum handelte; das Krankenhaus war nicht in der Lage, eine Sprechverbindung zwischen Eltern und Kindern zur Verfügung zu stellen. Detlefs Weinen ging uns mächtig zu Herzen. Mit großer Mühe gelang es mir, für den nächsten Besuch ein Telefon, das eigentlich als Spielzeug gedacht war, zu besorgen. Damit konnten wir dann länger mit dem Jungen reden und auch anderen Eltern helfen. Das Gesundheitswesen der DDR war Teil dieses Staates und wie andere Bereiche, die keine Devisen erwirtschafteten, stark vernachlässigt worden, obwohl immer wieder das Gegenteil behauptet wurde. Übrigens auch auf andere Bereich traf dies zu. Professor Güttler, der große Trompeter aus Dresden, hat es einmal am Beispiel der Kunst erläutert, die zwar hoch gepriesen wurde, aber mangels ausreichender Förderung große Not litt.

Wir lassen nicht locker

Mit unserem Ausreiseantrag waren wir in den ersten Wochen nicht weitergekommen. Es schien, als bewege sich nichts. Das Ministerium des Innern hatte uns nicht einmal den Eingang unseres Briefes bestätigt, obwohl es dazu nach dem Eingabengesetz verpflichtet gewesen wäre. Wir beschlossen deshalb, nun umgehend die Ständige Vertretung in Berlin aufzusuchen, um uns registrieren zu lassen.

Ausgerüstet mit den Durchschlägen des Ausreiseantrages, der Lebensläufe und meines Briefes an die Kampfgruppe (Letzteres weiß ich aus dem Protokoll der »Befragung« beim MfS im Februar 1984) sowie mit einem Stadtplan Berlins machten wir uns am 8. September 1983 ganz in der Frühe mit unserem Skoda auf den Weg. Von Peter Rohloff hatte ich einen Tag Urlaub erhalten. Wir stellten unser Auto in einiger Entfernung zum Gebäude der Ständigen Vertretung in der Hannoverschen Straße ab und gingen die restliche Strecke zu Fuß. Von weitem schon konnte man den Volkspolizisten unmittelbar vor der Eingangstür erkennen. Obwohl wir ja gehört hatten, dass er uns am Betreten des Hauses nicht hindern würde, schlug mir das Herz bis zum Halse. Irmgard und ich vereinbarten, scheinbar gleichgültig so zu tun, als wollten wir am Haus vorbeilaufen, für Kenner bestimmt ein naiver Vorsatz. Auf der Höhe der Eingangstür machten wir eine Neunzig-Grad-Wendung und rannten die zwei oder drei Meter durch die Tür, beinahe auf Tuchfühlung mit dem VP-Mann, der tatsächlich keine Anstalten machte, uns daran zu hindern.

Erleichterung, als wir im Hause waren. Wir hatten dann ein Gespräch mit einem Beamten, dem wir unser Anliegen vortragen konnten. Gleich zu Beginn zeigte er auf das Gebäude auf der anderen Straßenseite und wies darauf hin, dass von dort aus jedes Wort abgehört wird. Nun, es war deutlich zu merken, dass er sich streng an das Protokoll hielt, denn er nahm unsere schriftlichen Dinge nicht offiziell an, hatte aber nichts dagegen, dass wir sie auf dem Tisch liegen ließen. Offensichtlich folgte er einem Ritual, das vermutlich den von der DDR-Seite ausgehandelten Bedingungen entsprach. Zum Schluss wies er uns auf die Straßenkreuzung hin, über die wir auf dem Rückweg wieder gehen mussten. Dort würden wir in jedem Falle von einem Volkspolizisten aufgehalten und nach unserem Personalausweis gefragt werden. Unsere Personalien müssten wir dann laut vorsprechen, weil er unter seiner Uniformjacke ein Mikrofon habe. Wir sollten nicht erst versuchen, dem zu entkommen.

Tatsächlich, es war so. Wir wurden aufgehalten mit einem Anruf in etwa dieser Art: »Volkspolizei, Personenkontrolle, (bitte?) zeigen Sie Ihren Personalausweis!« Dann nahm er den Ausweis und fragte nach den Namen und der Wohnanschrift. Auf alles mussten wir laut antworten. Erst dann durften wir weiter. Er hat sich keine Notizen gemacht, trotzdem waren wir schnell gemeldet. Doch zunächst gab es von der Behörde keinerlei Reaktion.

Unsere Kinder waren über den Ausreiseantrag informiert. Für Ina kam so etwas nicht in Betracht. Sie wollte erst ihren Abschluss als Ingenieurin der Elektrotechnik machen und Mathias, ihr Mann, selbstverständlich sein Hochschulstudium an der Sektion Informationstechnik der Technischen Hochschule beenden. Detlef zeigte sich nicht grundsätzlich ablehnend, aber unentschlossen, immerhin würde er seine Freunde und sein gewohntes Umfeld verlieren. Axel wollte überhaupt nicht darauf eingehen, ebenfalls wegen der Freunde und seiner Umgebung. Vielleicht spielte auch die Aussicht mit, aus der Vormundschaft der Eltern freizukommen. Eines seiner besonders wichtigen Argumente war, dass er in der Bundesrepublik keinen gleichwertigen Ausbildungsplatz finden würde. Er fühlte sich im VEB Datenverarbeitungszentrum wohl und wollte da nicht weg. Leider mussten wir ihm beipflichten, denn auch wir wussten aus dem Westfernsehen, dass Ausbildungsplätze knapp waren. Für mich war Axels Ablehnung kein so großes Problem, da ich ja mit der Ausreise – wenn überhaupt – nach wie vor erst in Jahren rechnete.

Die Berichterstattung der Westsender, besonders die des Fernsehens, war auf einigen Gebieten eher abschreckend und spielte der DDR-Propaganda sehr in die Hände. Alle möglichen Ereignisse wurden, wie heute auch, stark verkürzt dargestellt. So die Lehrstellensituation, die für einen so hochwertigen Ausbildungsplatz, wie ihn Axel hätte haben wollen, in Wahrheit überhaupt nicht zutraf. Die Datenverarbeitung stand auch im Westen noch am Anfang, jedes Unternehmen hätte ihn mit Handkuss als Auszubildender oder gar ausgebildete Fachkraft übernommen. Die bundesrepublikanische Berichterstattung erzeugte bei uns überhaupt ein falsches Bild von der Wirklichkeit. Ellenbogengesellschaft, viele Verbrechen, militante Gruppen, unfähige Richter und so weiter. So hatte ich unter anderem den Eindruck, die westdeutschen Kraftfahrer seien rücksichtslose Raser, die gezeigten Unfälle auf den Autobahnen ließen keinen anderen Schluss zu. Auch über Einbrüche und andere Gewalttaten wurde ständig berichtet, so dass Karl-Eduard von Schnitzler vom Fernsehen der DDR mit seinen Hasstiraden bei vielen, wenn schon nicht Gehör fand, so doch Zweifel säen konnte. Erst als wir in der Bundesrepublik wohnten, wurde uns langsam bewusst, dass die Bundesbürger, die ja das normale Leben kannten, diese Fernsehmeldungen in ihrem Gesamteindruck anders einordnen konnten. Aber darüber wird noch ausführlicher zu berichten sein.

Was also unseren Axel betraf, so hatten wir seinen Argumenten keine handfesten Beweise entgegenzusetzen. Aber wegen der langen Zeit, die uns noch zur Verfügung stehen würde, wollte ich auf den Jungen keinen Druck ausüben. Das war ein Fehler, wie sich bald zeigen sollte. Zumindest wäre es gut gewesen, die Möglichkeiten der Ausbildung im Westen genauer zu erforschen. Ob mir das hinreichend gelungen wäre, ist allerdings fraglich, denn es fehlte an zuverlässigen Informationsquellen.

So vergingen die Tage, ohne dass etwas Neues geschah. Die Arbeit bei Peter Rohloff machte großen Spaß, und so kam ich immer mehr zur Ruhe, ja zu einer immer größeren Zufriedenheit. Die Vergangenheit rückte manchmal sogar weit in den Hintergrund, wenn ich an der Rundschleifmaschine stand und mich auf meine Arbeit konzentrieren musste. Da blieb kein Raum für andere Gedanken. Den ganzen Tag lief außerdem das Radio in der Werkstatt, und meine Kollegen sangen häufig zu den Schlagern. Das sorgte oft für eine gute Stimmung, vor allem, wenn Peter nicht anwesend war. Der Arbeitsintensität tat das aber keinen Abbruch.

In Sachen Ausreise schien uns die Zeit nur langsam zu vergehen, obwohl seit der Antragstellung noch nicht einmal zwei Monate vergangen waren. Wir wollten aber die Sache am Laufen halten und zeigen, dass wir uns mit der Ablehnung ohne Rechtsmittel nicht einverstanden erklärten. Also ging ich am 13. September, fünf Wochen nach unserem ersten Gespräch in der Abteilung Inneres, wieder in die Abteilung und traf dort auf einen Mitarbeiter, den ich nicht kannte, der aber unseren Antrag kannte. Mit dem Völkerrecht war ich ganz gut präpariert, hatte ich doch in der Hochschulbibliothek einiges an Literatur darüber gefunden. Er kam auf den Flur heraus und wollte mich möglichst kurz abfertigen. Ich hatte inzwischen das Staatsbürgerschaftsgesetz der DDR gelesen. Dort stand, dass der Antrag auf Entlassung aus der Staatsbürgerschaft der DDR gestellt werden darf, sofern die Übersiedlung genehmigt ist und wollte von ihm wissen, wer wofür zuständig sei. Seine Antwort lautete, dass beides in der Zuständigkeit der Abteilung liege. Dass wir Rechtsmittel besäßen, verneinte auch er und fügte hinzu, dass zur BRD die bekannten besonderen Beziehungen bestünden und dass es auf vielen Gebieten keine Vereinbarungen bestünden. Die Trennung von Übersiedlung und Entlassung aus der Staatsbürgerschaft im Gesetz erläutert er mir am Beispiel der Übersiedlung in ein sozialistisches Land, wo beides nicht automatisch aneinander gekoppelt sei. Da meinte ich, dass ein Antrag auf Übersiedlung nach Österreich mit Sicherheit auch nicht genehmigt werden würde. Er: für Österreich sei die Abteilung nicht zuständig. Auf dem Flur herrschte reges Treiben und wiederholt wurde er von Vorübergehenden angesprochen, so dass er unser Gespräch unterbrach. Falls wir tatsächlich kein Widerspruchsrecht haben, kündigte ich ihm eine Beschwerde beim Menschenrechtskomitee an. Da warnte er mich davor, mit BRD-Gruppen Verbindung aufzunehmen. Als ich ihm sagte, wir dächten an die Menschenrechtskommission der UNO in Genf, hatte er nichts dagegen, und er ließ mich wie einen Bittsteller stehen.

Es gab in dieser Zeit vieles zu bedenken. So hatten wir Mitte der siebziger Jahre unseren Skoda nur deshalb erhalten, weil die PKW-Bestellung meines Chefs Horst Steppard fällig geworden war. Er besaß einen Wartburg in noch gutem Zustand und war an einem neuen Auto nicht interessiert. Deshalb hatten wir unsere Bestellungen getauscht, und ich hatte »sein« Auto mit seiner Vollmacht in Zwickau abgeholt und bezahlt. Nun, da wir ausreisen wollten, nutzte ihm unser Bestellscheine nichts mehr. Ich rief ihn von einer Telefonzelle aus an, denn ein eigenes Telefon hatten wir nicht, und wollte mich bei ihm entschuldigen. Er regte ein Treffen mit mir an und machte mir so deutlich, dass sich an unserem Verhältnis nichts geändert hatte. Dabei sind wir wohl beobachtet und denunziert worden. In dieser Zeit fertigte ich zu Hause Zinnleuchter an, die ich aus Stangenzinn, in Konservendosen zu Rohlingen gegossen, auf einer kleinen Drehbank drechselte. Dadurch kam es noch einmal zu einem Anruf meinerseits, bei dem ich bei seiner Sekretärin landete. Obwohl ich einen falschen Namen nannte, erkannte sie mich an der Stimme und sie sagte es mir auch in einem ziemlich harschen Ton. Belegt ist, dass sie dies mindestens an Edith Kasten gemeldet hat. Diese, IM »Karla«, hat es schriftlich weitergegeben. Gegen Horst Steppard soll deshalb ein Parteiverfahren durchgeführt worden sein, über nähere Umstände habe ich aber nichts erfahren. Unsere Kontakte stellten wir sofort ein.

Wie ich erst viel später von ihm erfuhr, ist gegen ihn deshalb ein hartes Parteiverfahren durchgeführt worden. Am Ende wurde es zwar »nur« eine Rüge, ihm hatten aber Parteiausschluss und Verlust der Arbeitstelle gedroht. Die Sache habe ihn so mitgenommen, dass er eine Zeit lang Selbstmordgedanken hatte. Einige Zeit später sei er – wahrscheinlich wegen »Verdiensten« in seiner früheren Berliner Tätigkeit – rehabilitiert worden.

Ende September erhielt ich von Peter Rohloff meinen ersten Lohnzettel. Er hatte mir 27.335 Minuten angerechnet, eine fiktive Normerfüllung von rund 250 %. Außerdem gab es noch Zuschläge, so dass nach Abzug von Steuern und Sozialversicherung netto 828,49 Mark verblieben. Das war mehr, als ich einen Monat zuvor noch zu hoffen gewagt hatte. Ich glaube nicht, dass er den anderen Kollegen so viel ausgezahlt hat, für DDR-Verhältnisse war das nämlich ein sehr guter Lohn. Unsere Zusammenarbeit entwickelte sich immer vertrauensvoller, wir brachten einander Respekt entgegen, und nach und nach wurde daraus ein freundschaftliches Verhältnis. Peter hat nach der Wende unter großen Risiken und mit zum Teil erheblichen persönlichen finanziellen Aufwendungen einen neuen Betrieb in Mittelbach bei Chemnitz mit über fünfzig Beschäftigten aufgebaut. Dort habe ich ihn zweimal besucht. Jedes Mal kribbelte es mir in den Fingern bei dem Gedanken, was gewesen wäre, wenn wir nicht ausgereist sondern ich bei ihm geblieben wäre.

Aber zurück zur damaligen Zeit, die so voller Aufregung, voll Neuem und in gewisser Weise abenteuerlich war. Ein Spiel war es jedoch nicht. Uns war bewusst, die DDR-Behörden würden nicht mit sich spielen lassen. Das zeigt zum Beispiel ein Papier, in dem ein inoffizieller Mitarbeiter (IM) mit unserer Ausforschung beauftragt werden soll (Anlage 37).

Gegen Ende September 1983 oder Anfang Oktober war Detlef so weit, dass er sich uns anschließen wollte. Auch ihn stellte Peter Rohloff als Arbeiter ein. Ursel Klast hatte uns geschrieben, berichtete über ihr neues Leben und teilte uns ihre neue Anschrift in Frankfurt mit. In einem anderen Brief lag ein Informationsblatt mit Hinweisen und Ratschlägen zur Unterstützung ausreisewilliger Personen aus der DDR. Dieser Brief hat uns nicht erreicht, von ihm weiß ich aber aus der Stasiakte. Fest seht, zwei Briefe sind geöffnet worden, denn in einem Erfassungsbogen der Abteilung XX vom 3.11.1983 sind die Inhalte dieser Briefe und auch Briefe von uns genau beschrieben. Der unsrige an Ursel war vom 7. Oktober. Darin nahmen wir unter anderem dankbar ihr Angebot an, uns zu helfen. Deshalb schickten wir eine Vollmacht in einem zweiten Brief, die sie berechtigte, in unserem Auftrag und in unserm Namen so zu handeln, dass unsere Übersiedlung beschleunigt wird. Wir wussten nicht, ob die Briefe immer ihren Empfänger erreichen, denn es war bekannt, dass viele geöffnet wurden, ohne dass die Empfänger etwas davon merkten. Andere erreichten sie nie. Unsere Briefe sind zumindest geöffnet worden, die Vollmacht wurde festgehalten. Zum Teil habe ich falsche Absender auf den Briefen angegeben, in Verkennung der tatsächlichen Methoden und Fähigkeiten des MfS ziemlich zwecklos. Anders bei der Beschwerde an die Kommission für Menschenrechte der Vereinten Nationen in Genf. Die aber hat erst Jahre später reagiert.

Obwohl die Stasiakte für diese Zeit eine Vielzahl von Aktivitäten zeigt, drang davon nichts zu uns. Irmgard und ich konnten den normalen Tagesgeschäften nachgehen, wir erhielten keine Verhaltensauflagen, Reiseeinschränkungen oder ähnliche Repressalien. Auch unsere Personalausweise wurden nicht eingezogen. Mit einigem hatte ich eigentlich gerechnet, vermutlich war man aber seit Helsinki vorsichtiger geworden. Die Enthüllungen westlicher Organisationen und die erschütternden Berichte aus Gefängnissen freigekaufter Regimegegner hatten das wahre Gesicht des sozialistischen Staates gezeigt, und man wollte nach Helsinki und den noch ausstehenden Nachfolgetreffen in der internationalen

Öffentlichkeit nicht als Terrorregime dastehen.

Irgendwie gab mir diese vermeintliche Ruhe etwas mehr Sicherheit und den Mut zu einem gewissen Unternehmungsgeist. Deshalb mein nicht gerade schüchternes Auftreten in der Abteilung Inneres oder die Suche nach Dokumenten des Völkerrechts, über das man überraschenderweise in den öffentlichen Bibliotheken Bücher zum Thema und sogar die Wortlaute der wichtigsten Beschlüsse auf diesem Gebiet finden konnte. Übrigens hatten Leser vor mir häufig Randnotizen und Querverweise an vielen Stellen angebracht. Das erleichterte die Suche und sorgte für Lichtblicke. Man konnte sehen, dass es noch andere gab, die sich mit der gleichen Materie beschäftigten. Auch half ich Detlef bei der Formulierung seines Ausreiseantrages und ermunterte ihn, etwas forscher als wir es getan hatten, aufzutreten. Sein zweiseitiger Brief an die Abteilung Inneres ist deshalb ziemlich freimütig. Allerdings vermieden wir wieder direkte Angriffe auf den Staat. Detlef beschränkte sich auf die Themen Unzufriedenheit mit dem Lebensstandard, der Freizeitgestaltung, der geschändeten Natur in der DDR und den eingeschränkten Reisen in das sozialistische Ausland und ging nur an einer Stelle auf die politischen Zwänge in Organisationen und Verbänden bis hin zur Gesellschaft für Sport und Technik (GST) ein.

Unter die Rubrik »mehr Mut gegenüber dem System« fällt unser zweiter Brief an Minister Dickel vom 13. November über drei Seiten. Kurz zuvor, im September, hatte in Madrid ein Treffen der Helsinki-Staaten stattgefunden, und es wurde eine Abschlusserklärung verabschiedet, die der DDR bestimmt nicht gepasst hat, der sie sich aber offensichtlich nicht widersetzen konnte. Nun sprach sich herum, dass in einer Wochenendbeilage des Neuen Deutschland (10./11. September 1983, B-Ausgabe) diese Akte oder ein Teil davon – nur in der Ausgabe Berlin – veröffentlicht worden war. Also fuhr ich eigens zu diesem Zweck in die (ich glaube, so hieß sie) Staatsbibliothek nach Berlin. Dort, in dem für meine Begriffe riesigen Lesesaal, den ich mit einigem Herzklopfen betrat, musste ich nach dem Ablageort des ND fragen. Die Aufsicht führende Frau ließ mich gar nicht erst ausreden, sondern verwies sofort auf ein Regal, in dem das Objekt meiner Begierde lag. Alle Exemplare des ND sahen noch aus wie neu, nur dieses eine war abgegriffen und mit zahlreichen Notizen und Kommentaren von Lesern versehen. Also suchte ich mir einen Tisch und schrieb das Ganze ab.

Zu Hause setzte ich mich an die Schreibmaschine und tippte den gesamten Text ins Reine. Für den Brief an Dickel stellte sich der Inhalt als nützlich heraus, und er stärkte unsere Argumentation. Zunächst monierten wir, dass unser erster Brief nicht beantwortet worden war. Dann nutzten wir die Gelegenheit, auf die völkerrechtlichen Dokumente einzugehen. Bezogen auf die Konferenz von Madrid wiesen wir auf die dortige Formulierung hin, dass alle Teilnehmerstaaten – somit auch die DDR – verpflichtet sind, die Bestimmungen der Schlussakte zu realisieren. Wir ließen uns sogar zu einer Drohung hinreißen. Zum einen wiesen wir nämlich darauf hin, dass Menschenrechte unteilbar sind und es deshalb oberstes Ziel eines jeden Landes sein sollte, das geltende Völkerrecht allen Bürgern zuzubilligen. Zum anderen möge man uns nicht zwingen, zur Durchsetzung unserer Forderungen gegen DDR-Recht zu verstoßen.

Das schien zwar reichlich gewagt, trotzdem glaubten wir, dazu den Mut fassen zu können. Zum Schluss baten wir um einen Besuchstermin und schlugen hierfür den 8. Dezember vor. Da hatten wir uns vorgenommen, wieder die Ständige Vertretung aufzusuchen und wollten so beides am selben Tag erledigen. Übrigens fügten wir noch einen Artikel der lokalen Zeitung bei, in dem in einer Glosse auf die allgemeine laxe Handhabung mit Bürgereingaben Bezug genommen wurde, und meinten, dies solle den Mitarbeitern des Ministers »ins Stammbuch« geschrieben werden.

In dieser Zeit erhielt ich auch eine Einladung zu einem Gespräch in der Stadtleitung der SED. Dort rief ich erst einmal an und fragte, worum es denn geht. Zunächst wollte mir die Sekretärin keine Auskunft geben. Als ich ihr sagte, dass ich dann auch nicht kommen würde, hat sie wohl ihren Chef gefragt und mir schließlich gesagt, es handele sich um meinen Ausschluss aus der Partei. Zum Termin am 20. November erschien ich im Gebäude der SED, im Volksmund »Parteisäge« wegen der winkligen Bauweise genannt. Ich weigerte mich, beim Pförtner meine Personalien in einen Anmeldezettel einzutragen, und verwies auf die Einladung. Nach einigem Hin und Her und erst nach einem Telefonat hat mich jemand ohne diese Formalität nach oben gebracht. Dort empfing mich ein Mann, den ich erst nach seinem Namen fragen musste. Es war der Genosse Kärler von der Parteikontrollkommission, das war mir zu diesem Zeitpunkt noch kein Begriff. Kurz und gut, er informierte mich über den Parteiausschluss. Ich beharrte darauf, ausgetreten zu sein, und weigerte mich, das Schriftstück zu lesen oder gar zu unterschreiben (Anlage 38). Das Gespräch ging so eine Weile hin und her. Als es auf der Stelle zu treten begann, wurde es von Kärler mit der Bemerkung beendet, dass er nicht beabsichtige, mich zurückzugewinnen, da ich sowieso schon "im anderen Lager" stünde.

Bei Gesprächen wie diesem in der Stadtleitung der SED oder anderen, etwa bei der

Abteilung Inneres, hatte ich zu Beginn immer ein beklemmendes Gefühl, das zu einem Teil aus Angst bestand. Man musste sich darüber im Klaren sein, dass der Gegenüber über eine große Machtfülle verfügt und im Gespräch davon nur (noch) keinen Gebrauch macht. Man ist im Unklaren, was sich wohl hinter der Fassade abspielt und was der alles weiß und nicht zu erkennen gibt. Auf diese Gespräche habe ich versucht, mich gründlich vorzubereiten und vor allem, mich so zu konzentrieren, dass nichts Unbedachtes über meine Lippen kam. Bestimmt wäre es mir schlecht bekommen, wenn ich mich zu abfälligen Äußerungen über Personen oder das Regime hätte hinreißen lassen. Zwar waren die Methoden der Leute subtiler geworden, trotzdem oder gerade deshalb durfte ich sie nicht unterschätzen.

Vom Ministerium des Innern erhielten wir keine Antwort, geschweige denn, dass uns der vorgeschlagene Termin bestätigt wurde. Trotzdem setzten wir uns wieder in unseren Skoda und fuhren an 8. Dezember nach Berlin. Ich erinnere mich, dass es ein trüber Tag war. Auf der Autobahn kam das Tageslicht so langsam, dass ich zu Irmgard meinte, es sehe so aus, als wolle es sich der Tag überlegen, ob er überhaupt kommt. Zuerst suchten wir die Ständige Vertretung auf und informierten über den Stand der Dinge in Bezug auf Detlefs Antragstellung und hinterließen auch wieder die entsprechenden Durchschläge. Ich kann nicht sagen, dass der Beamte besonders freundlich oder unfreundlich gewesen wäre. Es war mehr eine sterile Sachlichkeit. Trotzdem fühlte ich mich dort gut aufgehoben.

Die Prozedur danach an der Kreuzung war die gleiche wie beim ersten Mal, nur dass Irmgard diesmal eine große Lippe riskierte. Als sie ihre Personendaten laut vorsprechen sollte, sagte sie: »Sie können doch lesen!« Der Volkspolizist übernahm deshalb den eigentlich ihr zugedachten Part und sprach laut und deutlich: »Sie heißen also Irmgard Neckel …« und so weiter. Dann gab er uns die Ausweise zurück, und wir konnten gehen.

Unser Weg führte uns direkt in das Ministerium des Innern. Dort teilte uns der Wachdienst am Eingang mit, dass an diesem Tage (es war ein Donnerstag) keine Sprechstunde sei und wir zur richtigen Zeit wiederkommen sollten. Das ging natürlich nicht, und so verhandelten wir weiter und drohten, uns so lange aufzuhalten, bis jemand kommt und unser Anliegen entgegennimmt. Das half auf einmal. Nach einer Weile kamen zwei Herren und hörten uns zu. Mit ungewöhnlicher Sachlichkeit und fast schon in einem freundlichen Ton erläuterte uns einer der beiden die bekannte Gesetzeslage in der DDR, wies aber darauf hin, dass dort, wo Bürger der DDR die Ausreise wollten, die »territorialen Organe« zuständig seien. Damit hatte er indirekt gesagt, dass eine Ausreise vielleicht doch möglich sei. Er versprach uns, die Abteilung Inneres des Rates der Stadt zu informieren, damit unser Antrag weiter bearbeitet werde. Das werteten wir schon als einen Erfolg.

Die nächste Gelegenheit zum Gespräch ergab sich nur wenige Tage später am 13. Dezember in eben der Abteilung Inneres. Die Einladung hierzu hatten wir schon vor unserem Besuch im Innenministerium erhalten. Dieses Mal war auch Detlef dabei, wir durften sitzen, und Herr Schumacher hatte sich auf das Völkerrecht besser vorbereitet. Mein dreiseitiges Gedächtnisprotokoll gibt fünf Schwerpunkte des Gesprächs wieder: Der Antrag hat keine gesetzliche Grundlage, Völkerrecht ist nutzlos, wenn es nicht zum Landesrecht wird, Madrid hat nur Absichten geäußert, die UNO hat keine Weisungsbefugnis (Schumacher zitierte in dem Gespräch einen DDR-Völkerrechtler, Professor Graefrath), und das Ministerium des Innern hat auch keine andere Auffassung als die Abteilung zu Hause. Genau diesen Graefrath hatte ich aber auch gelesen, der an anderer Stelle einen Staat, der internationale Vereinbarungen abschließt und diese nicht in Landesrecht umsetzt, als »arglistig« bezeichnet. Das hat dem Herrn Schumacher ganz und gar nicht gepasst, und er hatte sich wieder nicht richtig in der Gewalt.

Mit Irmgards Verwandten im Westen, das waren überwiegend Erich Tutzer und seine damalige Frau Roswitha und Irmgards Schwester, hatten wir vergebliche Postkontakte. Ich glaube, sie haben nicht verstanden, in welcher Situation wir uns befanden. Jedenfalls reagierten sie unverständlich oder gar nicht. Es kann auch sein, dass sie die Briefe nicht erhalten haben. So blieb unsere einzige wirkliche produktive Westverbindung die zu Ursel Klast. Sie engagierte sich in dieser Sache so sehr, dass sie sich mit uns in der Nähe von Chomutov in der Tschechoslowakei (CSSR) traf. Sie wollte auch ihrem Bruder und möglicherweise noch anderen in Sachen Ausreise helfen. Am Treffpunkt informierte sie uns über ihre Bemühungen. So hatte sie die Internationale Gesellschaft für Menschenrechte (IGfM) in Frankfurt am Main angeschrieben, ebenso Franz-Joseph Strauß und Bundeskanzler Kohl. Strauß deshalb, weil er Kontakte mit der DDR geknüpft und ihr einen Milliardenkredit verschafft hatte. Es war bekannt, dass er vielen DDR-Bürgern bei ihrem Ausreiseersuchen wirkungsvoll helfen konnte.
Es war ein sehr schöner Abend in der Hütte oben auf einem Berg; es gab eine Menge zu erzählen.

Früh am Morgen machten wir uns mit unserem Skoda wieder auf den Heimweg. Es hatte nachts geschneit, und wir waren die Ersten, die hinunterfuhren. Der schmale, steil abfallende Weg war so gleichmäßig weiß, dass Konturen zur Böschung kaum zu erkennen waren. Plötzlich kam der Skoda ins Rutschen und wir saßen im Graben fest. Zum ersten Mal in meiner Autofahrerpraxis. Zum Glück fand ich einen tschechischen Bauern, der mit seinem Traktor gerade unterwegs war und uns mühelos wieder auf den Weg zog. Das Auto war nicht beschädigt, und so waren wir mit dem Schrecken und einigen Kronen für den Treckerfahrer davongekommen.

Es verging der letzte Monat des Jahres 1983, ohne dass wir irgendetwas Greifbares erreicht hätten. Ich glaubte nicht, dass wir über die örtlichen Gegebenheiten, und das war eigentlich nur die Abteilung Inneres, etwas erreichen würden. Ich nutzte deshalb die Ruhe zu Weihnachten, um eine Eingabe an den Staatsratsvorsitzenden Honecker vorzubereiten. Dabei war es mir wichtig, einmal alles, was mich bewegte, offen auszudrücken, auch als eine Art Bestandsaufnahme für mich. Deshalb verfasste ich die »Darstellung meiner beruflichen Entwicklung in der Deutschen Demokratischen Republik«. Über vier Seiten beschrieb ich meinen beruflichen Werdegang und wie ich damit allmählich in den Sog des Systems geraten war. Offen beschrieb ich meine Skrupel, die dazu geführt hatten, dass ich seit 1980 dem Kurs der Partei nicht mehr uneingeschränkt gefolgt war und schließlich den Bruch vollzogen hatte. Es war eine ehrliche Darstellung. Natürlich wusste ich, mit wem ich es zu tun hatte, und versuchte deshalb Aussagen zu vermeiden, die mir sofort größeren Ärger hätten einbringen können, weil sie für die Oberen inakzeptabel gewesen wären (Anlage 39).

In dieser Zeit gab es wiederum eine Vielzahl von Aktivitäten der staatlichen Organe, von denen wir jedoch nicht viel bemerkten. Leider, wie wir nach der Akteneinsicht feststellen mussten. Unsere Fantasie reichte nicht so weit, dass wir uns alle Details hätten vorstellen können. Vieles hielt man für nicht möglich. Die fast fünfzig, teils mehrere Seiten langen Schriftstücke aber zeigen, mit welchem Aufwand und mit welcher Genauigkeit die Genossen jede Kleinigkeit registriert oder in Erfahrung gebracht haben. Aber der Reihe nach:

Zunächst entwickelten sich in den Behörden einige Dinge unabhängig voneinder und anfangs auch gegenläufig. Es begann damit, dass am 1. Dezember 1983 das Berliner Innenministerium über den Rat des Bezirkes die Abteilung bei der Stadt beauftragte, sich mit uns auseinanderzusetzen, damit wir in Berlin nicht erst auftauchen (Anlage 40). Diese Order kam aber zu spät, weil das schon beschriebene Gespräch mit uns für den 13. Dezember anberaumt worden war. Das nun aber war gerade auch der Tag, an dem die Abteilung XX des Ministeriums für Staatssicherheit an ihre Kreisdienststelle eine Order ihrer Bezirkskoordinierungsgruppe weitergibt, die eine Wende in unserer Angelegenheit bedeutete (Anlage 41). Um die Verwirrung voll zu machen, schickte die Abteilung II des MfS (Spionageabwehr) die Information, dass wir schon wieder die Ständige Vertretung StäV aufgesucht haben und bittet »um Einleitung operativer Maßnahmen zur Verhinderung weiterer Aufsuchen der StäV«.

Das alles beanspruchte offensichtlich eine gewisse Zeit des Postweges und der Bearbeitung, denn die eigentlich zuständige Abteilung Inneres bei der Stadt antwortete dem Bezirk erst mit einem Brief vom 2. Januar 1984. Darin wird über den Sachstand informiert und auch, ... dass mit den zuständigen Sicherheitsorganen entsprechende Maßnahmen abgestimmt sind und im Ergebnis eine Prüfung zugesagt wird.

Schade, dass wir davon nicht das Geringste ahnten.

Die letzten Wochen in der DDR

Die geplante Eingabe an Honecker wurde hinfällig, weil wir Anfang Januar 1984 plötzlich Bewegung in unserer Angelegenheit bemerkten. Und das kam so: Irmgard und ich wurden kurzfristig für den 10. Januar 1984 in die Abteilung Inneres bestellt. Dort trafen wir auf einen Herrn (den tatsächlichen Abteilungsleiter), der uns auf einmal mitteilte, dass unser Antrag geprüft werde. Das war vielleicht eine Überraschung! Allerdings geschehe dies nur unter der Voraussetzung, dass wir keine weiteren Aktivitäten in dieser Sache unternehmen, mit niemandem darüber sprechen, unsere Arbeitsstelle nicht wechseln und dort auch ordentlich arbeiten und schließlich keine Gesetzesverletzungen begehen.

Man kann sich leicht vorstellen, dass wir diese Bedingungen sofort akzeptiert haben. Der Abteilung Inneres teilte ich einige Tage später bereitwillig die Anschrift meiner Arbeitsstelle mit, die ihr, wenn ich die Akte richtig interpretiere, bis zu diesem Zeitpunkt unbekannt war. Das lässt darauf schließen, dass manche Details der Stasi doch nicht wichtig genug waren, um mich deswegen zu beschatten. Meine Spielchen mit dem Hakenschlagen hatte ich ohnehin längst aufgegeben.

Etwas belustigend war in diesem Zusammenhang, dass Detlef noch immer zu Werbegesprächen bei einer Dienststelle der Nationalen Volksarmee NVA geladen wurde. Er sollte sich als Soldat auf Zeit für mehrere Jahre verpflichten. »Dir hat der Staat eine großzügige Ausbildung ermöglicht, nun erwarten wir von dir, dass du dem Staat etwas gibst«. Er hat dort nie erzählt, dass er die Übersiedlung beantragt hat und sie haben es von den »Kollegen« des MfS nicht erfahren.

Mit einem Schlag war also eine völlig neue Situation entstanden. Den Antrag prüfen zu wollen kam seiner Genehmigung gleich. Das schlug ein wie eine Bombe. Wenn wir mit vielem gerechnet hätten, zum Beispiel mit massiveren Drohungen oder gar Festnahme, damit aber auf keinen Fall.

Auf einmal ging uns alles viel zu schnell, denn Axel stand noch in der Ausbildung und wurde erst im April achtzehn Jahre alt und damit volljährig. Er konnte unmöglich allein zurückbleiben. Unsere Wohnung in der Ernst-Schneller-Straße 66 wäre für ihn nicht nur zu groß, der VEB Gebäudewirtschaft, zuständig für die Wohnraumbewirtschaftung, beziehungsweise die Abteilung Wohnraumlenkung beim Rat der Stadt würde ihn gnadenlos hinauswerfen. Zu Ina und Mathias, die sich in der Waldenburger Straße eine verrottete

Wohnung unter großen Mühen ausgebaut hatten, konnte er nicht ziehen, weil dort kein Platz für eine weitere Person war. In aller Eile überlegten wir, was zu tun sei. Ein Tausch der beiden Wohnungen schien eine brauchbare Lösung zu sein. Da ich sowieso der Abteilung Inneres meine Arbeitsstelle mitteilen wollte, hängte ich gleich noch die Bitte an, uns dabei zu unterstützen.

Während wir noch überlegten, wie man die Sache mit der Sicherung des Wohnrechts für Axel in der gewohnten Umgebung angehen sollte, klingelte es am 29. Januar 1984, ein Sonntagabend, an der Wohnungstür, und zwei Herren in Zivil, die sich als Kriminalpolizei vorstellten, baten mich zum Mitkommen. Auf meine Frage *bin ich nun verhaftet?* lachten sie durchaus freundlich und verneinten dies.

Sie brachten mich in einem PKW zu Abteilung Inneres ins Rathaus. Dort saßen noch andere Leute, es herrschte eine gespenstische Stille, niemand sprach ein Wort. Dann wurde ich von einem jüngeren, hochgewachsenen Mann hereingerufen. Er stellte sich als Mitarbeiter des Ministeriums des Innern vor und fragte mich, ob wir an unserem Ausreisebegehren festhalten. Das bejahte ich natürlich mit großer Bestimmtheit. Daraufhin forderte er mich auf, das zu begründen. Ich sagte ihm, dass wir die Begründung schon abgegeben hätten und ich keine Notwendigkeit sähe, das alles noch einmal zu wiederholen. Er aber meinte ganz ruhig und nicht im Geringsten unfreundlich, eher ohne Emotionen, er wolle es noch einmal hören. Danach forderte er mich auf, ihm eine schriftliche Zusammenfassung der Ausreisegründe zu überlassen. Dann übergab er mir Antragsformulare zur Ausreise und außerdem musste ich eine handschriftliche Erklärung anfertigen. Sie lief darauf hinaus, dass wir drei stillhalten sollten, weil wir andernfalls mit strafrechtlichen Konsequenzen zu rechnen hätten (Anlage 42). Ich fragte ihn am Schluss, ob damit unsere Ausreise endgültig genehmigt sei. Er drückte sich zurückhaltend aus. Aus dem aber, was er sagte, entnahm ich eine – na, sagen wir mal – achtzigprozentige Zusage.

Anschließend war ich entlassen. Irmgard erwartete mich zu Hause mit Sorge und Hoffnung. Nun schien also festzustehen, dass unsere Übersiedlung kurz bevorstand. Freude über das Erreichte, aber auch Sorge um Axel, das waren die Gefühle, zwischen denen wir hin und her schwankten. Irmgard und ich hatten mit Axel einige Male gesprochen und ihn aufgefordert, mitzukommen. Er war aber dazu nicht zu bewegen, und auch jetzt, wo auch für ihn alles in greifbarer Nähe gelegen hätte, lehnte er ab.

Zwei Tage später gaben wir die Ausreiseformulare im Rathaus ab. Es handelte sich um einen zweiseitigen Antrag im A4-Format und die gleichen kleinen DIN A6-Karten, wie wir sie schon von unseren Reisen in die sozialistischen Nachbarländer kannten. Auch ein Formular zur Entlassung aus der Staatsbürgerschaft musste ausgefüllt werden. Darin wurde u.a. eine Begründung gefordert. Wir schrieben einen einheitlichen Text (Anlage 43).

Auch beantragten wir nach Rücksprache mit Ina und Mathias sofort den Wohnungstausch. Uns war schon bewusst, dass es nicht leicht sein würde, unsere Wohnung, die wegen der günstigen Lage im Flemminggebiet, das nicht so zugebaut war wie beispielsweise das Fritz-Heckert-Gebiet in einem anderen Stadtteil, für die Familie zu behalten, denn diese Wohnungen waren besonders begehrt. Wir begründeten den gemeinsamen Antrag mit der vorgesehenen Vormundschaft von Ina für Axel, außerdem damit, dass er bald seinen Dienst bei der NVA ableisten würde. Schließlich würde er als Facharbeiter im Dreischichtbetrieb im VEB Datenverarbeitungszentrum arbeiten. Unser letztes Argument war, dass mit der Wohnung auf der Waldenburger Straße ein neu ausgebauter Wohnraum frei würde, über den die Stadt dann verfügen könnte. Damit hofften wir, bei der herrschenden Wohnungsknappheit ein weiteres Argument ins Feld führen zu können. Mit gleicher Post schrieben wir ein zweites Mal an die Abteilung Inneres und baten erneut um Unterstützung in dieser Sache. Nun hieß es warten.

An der Technischen Hochschule war inzwischen bekannt geworden, dass unsere Ausreise genehmigt wurde. Sie sollte dazu ihre Stellungnahme abgeben. Klawroth, der Erste Sekretär der Parteileitung, versuchte Anfang Februar 1984, dies noch zu verhindern, indem er in der Abteilung XX des MfS vorstellig wurde und auf meinen erheblichen Querschnittsüberblick und die Gefahr des daraus entstehenden Schadens hinwies. Das führte sofort zu einigen Aktivitäten und der entsprechenden Kommunikation (Anlage 44). Wie daraus zu entnehmen ist, hat der 1. Prorektor ihn bei der Entscheidungsfindung bereits übergangen.

Das Warten war mit Zweifeln am Erfolg unseres Wohnungs-Tauschantrages verbunden. Zuständiger Stadtrat war nämlich mein ehemaliger Abteilungsleiter-Kollege, der es über den Parteiweg bis in diese Funktion geschafft hatte. Wir kannten uns gut und haben aus verschiedenen Gründen nicht viel voneinander gehalten.

Zum Schluss überschlagen sich die Ereignisse

Was wir zu diesem Zeitpunkt noch nicht wussten: Das MfS hatte uns bereits stärker ins Visier genommen. Am 4. Februar verfasste die Abteilung IX, die dem Leiter der Bezirksverwaltung direkt unterstand, eine *Einschätzung eines operativen Materials der Abt. XX.* Darin wurde *[...] vorgeschlagen, den N., Eberhard und die N., Irmgard durch die Abt. IX nach § 95 StPO zu befragen und dabei zu prüfen, inwieweit Straftaten gem. §§ 99, 100 bzw. 219 StGB vorliegen. Im Ergebnis dessen ist über die Einleitung von Ermittlungsverfahren gegen die oben genannten Personen zu entscheiden.*

Die Paragrafen enthielten Regelungen zum landesverräterischen Treuebruch (§ 99), zu staatsfeindlichen Verbindungen (§ 100) und zur ungesetzlichen Verbindungsaufnahme (§ 219) (Anlage 45).

Am 14. Februar 1984, kurz nach acht Uhr, Detlef und ich hatten gerade die Arbeitskleidung angezogen, erschienen zwei junge Leute in der Firma und stellten sich als Mitarbeiter des Ministeriums für Staatssicherheit vor. Den einen kannte ich vom Sehen, denn er war einer der zwei oder drei, die öfters in die Technische Hochschule kamen, um bei Frau Blisker in Studentenakten einzusehen. Sie forderten uns auf, uns anzuziehen und zu einer Befragung mitzukommen.

Ich habe den Zusammenhang in naiver Verkennung der Situation gar nicht so schnell begriffen. Gerüchteweise hatte ich nämlich gehört, dass Ausreisewillige manchmal von zu Hause oder von der Arbeit geholt würden und sie innerhalb weniger Stunden oder Tage ausreisen mussten. Und nun glaubte ich, das sei bei uns der Fall. Deshalb packte ich nichts weiter ein und forderte Detlef auf, alles da zu lassen, aber einer der Stasimänner forderte uns auf, unsere gesamten Sachen mitzunehmen. Als ich frohgemut meinte, wir seien ja bald wieder hier und da könnten wir das alles erledigen, sagte er etwas in der Art wie: »Na, wenn Sie meinen«. Dann setzten sie uns ins Auto.

Ich erwartete noch immer, dass die Fahrt ins Rathaus führen würde. Auf einmal aber bogen sie von dieser Richtung ab und fuhren schnurstracks auf den Kaßberg in das Stasigelände. Da beschlich mich denn doch die düstere Ahnung, dass ich mich wohl getäuscht hatte.

Detlef und ich wurden sofort getrennt und ich kam in einen relativ großen Raum. Darin standen eine Couch, ein Tisch und mehrere Stühle; ich wurde angewiesen, auf der Couch

Platz zu nehmen. Der Ton war kurz angebunden, Fragen wurden nicht beantwortet. Der Raum war völlig überheizt, aber ich fror innerhalb weniger Minuten an den Füßen. Es herrschte eine unheimliche Atmosphäre; ein Aufpasser, einer der beiden, die uns geholt hatten, stand schweigend im Zimmer, während von draußen Schritte und Stimmen zu hören waren. Nach einer Weile betrat ein Mann in Zivil den Raum und stellte sich als Hauptmann des Ministeriums für Staatssicherheit vor. Er sagte, dass von der Befragung eine Tonbandaufzeichnung gemacht werde. Außerdem erfuhr ich ziemlich am Anfang, dass sie auch Irmgard geholt hatten. Sie hatte in dieser Woche Nachtschicht und war gerade zu Bett gegangen, als es an der Wohnungstür klingelte und sie auf die gleiche Weise wie Detlef und ich abgeholt wurde. Der Ton des Hauptmanns war überaus bestimmt, nicht laut, aber einschüchternd. Meine Füße wurden immer kälter, zum ersten Male war mir bewusst, was es heißt, »kalte Füße« zu bekommen.

Die genaue Reihenfolge der Fragen bekomme ich nicht mehr zusammen, es war wohl so, dass er wissen wollte, was wir so alles unternommen hätten, um unsere Ausreise zu betreiben. Dann kam er auf unsere letzte CSSR-Reise zu sprechen und wollte wissen, ob wir jemanden – und wenn ja wen – dort getroffen hätten. Ich entgegnete, dass das unsere private Sache sei und wollte von da an nicht weiter aussagen, bevor ich mit Irmgard sprechen könnte. Er erklärte mir, dass das nicht gehe, ich stellte mich stur, beantwortete keine seiner Fragen mehr. Daraufhin verließ er den Raum, und der junge Aufpasser kam wieder herein.

Inzwischen war eine gute Stunde vergangen, und ich wollte einmal aufstehen, um mir die Füße, die einzuschlafen drohten, etwas zu vertreten. Sofort wurde mir befohlen, mich wieder hinzusetzen. Das passierte noch ein weiteres Mal. Als ich später zur Toilette musste, durfte ich zwar, der Bewacher begleitete mich aber und blieb vor der Klotür stehen.

Der Hauptmann kam mit einem Zettel in der Hand zurück. Darauf hatte Irmgard geschrieben, ich solle »meinen Beitrag zur Aufklärung unserer Sache leisten«. Inzwischen war durch meine Aussageverweigerung ja eine etwas verfahrene Situation entstanden: Die Stasi würde sich das Geschehen von mir nicht diktieren lassen. Insofern war die entstandene Pause nützlich, um etwas durchzuatmen und die eigenen Gedanken zu ordnen.

Von nun an lief die »Befragung« ohne Stocken weiter. Zu unserem Treffen mit Ursel Klast ließ ich mir die Würmer einzeln aus der Nase ziehen. Es stellte sich heraus, dass Ursels Bruder schon bei der Rückreise an der Grenze festgehalten worden war und alle

Einzelheiten, auch die Inhalte unserer Gespräche, wiedergegeben hatte. Deshalb war der Hauptmann bis ins Detail informiert und wollte nun von mir die Bestätigung, offensichtlich, um gerichtsverwertbares Material zu bekommen, wie ich heute vermute; damals konnte ich so weit nicht denken. Danach konzentrierte sich die Vernehmung auf Einzelheiten unseres Besuchs der Botschaft in Budapest, der Ständigen Vertretung in Berlin und die damit zusammenhängenden Aktivitäten. Erstaunt und etwas ungläubig zeigte er sich darüber, dass wir fest mit unserer Ausreise rechneten und auch schon die dafür erforderlichen Formalitäten erledigt hatten. Als er Einzelheiten hörte, unterbrach er das Verhör, setzte die Mittagspause an und verschwand.

Ich erhielt mit Butter und Wurst belegte Brötchen und Kaffee. Dann tat sich eine ganze Weile nichts. Als er nach sehr langer Zeit wieder auftauchte (zweieinhalb Stunden Pause, so steht es im Protokoll), herrschte plötzlich ein ganz anderer Ton. Irgendwann sagte er, dass wir gegen die Gesetze der DDR verstoßen hätten und das belastende Material ausreiche, um uns mindestens für drei Jahre hinter Gitter zu bringen. Aber weil unsere Ausreise schon so weit fortgeschritten sei, wolle man sozusagen Gnade vor Recht ergehen lassen. Wörtlich sagte er: »Danken Sie Gott oder an wen Sie sonst glauben«. Und dann begann die eigentliche Anfertigung des Protokolls. Eine Sachbearbeiterin kam und schrieb. Das, was vorher alles abgefragt worden war, kam in eine neue Reihenfolge und Rangordnung. Die Kontakte zu Ursel Klast rückten in den Hintergrund und die mit den Vertretungen der Bundesrepublik wurden ausführlich festgehalten. Ich würde den Inhalt des Protokolls aus dem Gedächtnis nicht annähernd wieder zusammenbekommen, lägen mir nicht die 13 Schreibmaschinenseiten aus der Stasi-Akte vor. Am Schluss diktierte er mir eine Erklärung, wie sie in ähnlicher Weise auch von Irmgard und Detlef abverlangt wurde. Sie nahm Bezug auf das Verhör, und ich hatte zu erklären, dass ich mich wegen unerlaubter Übermittlung von Nachrichten an ausländische Stellen strafbar gemacht hatte. Weiter nehme ich darin die großzügige Geste der staatlichen Organe der DDR zur Kenntnis und anderes mehr. Und wieder eine Stillhalteerklärung (Anlage 46).

Anschließend musste ich noch die nachträglichen handschriftlichen Einfügungen des Verhörleiters und jede Seite unterschriftlich bestätigen und das Protokoll als Ganzes unterschreiben. Zur Verschwiegenheit wurde ich auch verpflichtet. Das Protokoll mochte ich nicht mehr lesen, ich wollte einfach nur weg. Später habe ich mich oft gefragt, was ich da wohl unterschrieben hatte und machte mir Vorwürfe, den Text nicht noch einmal gelesen zu haben. Aber diese Sorge hat sich glücklicherweise als grundlos erwiesen.

Als mich der Hauptmann fragte, ob sie uns nach Hause fahren sollten, lehnte ich ab, anschließend stand ich im Flur und wartete darauf, dass man uns drei wieder zusammenführte. Wir sind dann gemeinsam vom Kaßberg nach Hause gelaufen. Es gab viel zu erzählen.

Die Befragung hatten die Genossen der Abteilung IX des MfS durchgeführt, die zum Bereich »Offizier mit Sonderaufgaben« gehörte. Am Tage danach sandte kommissarische Leiter der Abteilung IX, Major ██████████, an die Abteilung XX, die zum Bereich des »Ersten Stellvertreters Operativ der Bezirksverwaltung« die Mitteilung, dass *im Ergebnis dieser Untersuchungen bewiesen* (wurde), *dass die Genannten Straftaten nach § 219 StGB begingen.* Anliegend übergab er *operatives Material zur operativen Auswertung, die gefertigten Befragungsprotokolle sowie die abverlangten schriftlichen Erklärungen der Genannten.*

Einige Tage später erhielten wir eine Art Laufzettel. Nun galt es, von Banken, der Gebäudewirtschaft und anderen Stellen Bescheinigungen und Abmeldungen einzuholen. Es wurde uns freigestellt, mit der Bahn oder mit einem Möbeltransporter zu fahren, der aber in Westmark hätte bezahlt werden müssen, die wir natürlich nicht hatten. Wir wussten kaum, wo uns der Kopf stand, denn die eingeräumte Frist war viel zu kurz, als dass man noch gründlich hätte alles durchdenken und organisieren können. Auch von der Gebäudewirtschaft hatten wir keine Nachricht, und so blieb nur die Hoffnung, dass Ina und Mathias unsere Wohnung übernehmen können.

Ab 7. März ging dann alles Schlag auf Schlag, nachdem sich bis zum 3. März nichts gerührt hatte und wir deshalb ziemlich verzweifelt waren. Immerhin hatten wir unsere Unterlagen, darunter eine »Schuldenfreiheitserklärung«, schon lange abgegeben. Eine Frau, die auch so weit war wie wir, tröstete uns, sie habe auch nichts mehr gehört. Als wir aber nach Hause kamen, lag eine Karte im Briefkasten, mit der man uns für Mittwoch, dem 7. März ins Rathaus bestellte. Dort teilten sie uns mit, dass wir bis Freitag, dem 9. März 1984, 24 Uhr, die DDR zu verlassen hätten. An diesem Tage um 7:48 Uhr setzte sich unser Zug in Richtung Gießen in Bewegung. Hinter uns blieben viele ungelöste Probleme, vor uns lag eine ungewisse Zukunft. Die letzten DDR-Groschen warfen wir nach Passieren der Grenze aus dem Fenster.

Anlagen

Als Anlagen wurden Papiere aufgenommen, die mich damals begleitet haben. Wegen der verwirrenden Vielzahl an Stasi-Verantwortlichkeiten ist eine Übersicht ihrer Struktur an das Ende gestellt, sie soll die Orientierung erleichtern.

Abschriften sind teils dem Original ähnlich. Schreibmaschinenschriften sind in dieser Schrift, Handschriften *schräg* wiedergegeben. Erklärungen des Autors in dieser Schrift.

1. Zwischenzeugnis meines Direktors im Sommer 1982 auf Kopfbogen der Technischen Hochschule

```
                                        30. Juni 1982

Leistungseinschätzung des Gen. Dipl.-Ing. Eberhard
█████  Pers.-Nr. 2775


Seit der im Juni 1981 vorgenommenen Leistungseinschät-
zung hat sich Genosse ████ ständig weiter mit Aufge-
schlossenheit und Sorgfalt um die exakte Lösung seiner
umfangreichen Aufgaben als wissenschaftlicher Sekretär
und Stellvertreter des Direktors für Studienangelegen-
heiten bemüht.
Seine Arbeitsergebnisse zeugen von Gründlichkeit, über-
legtem Handeln und dem erforderlichen Blick auch für
die Weiterführung und längerfristige Erfüllung der
anstehenden Aufgaben. An die mit ihm zusammenarbeiten-
den Kolleginnen und Kollegen wie auch an sich selbst
stellt er anspruchsvolle Leistungsanforderungen. Dieser
Grundhaltung und seiner eigenen Vorbildwirkung, gepaart
mit einem bescheidenen, hilfsbereiten aber auch kriti-
schen Auftreten, dankt er seine Achtung und Anerkennung
in den Arbeitskollektiven des Direktorates. Hervorzuhe-
ben ist dabei, daß sich Genosse ████ bei der Erfüllung
seiner Arbeitsaufgaben immer von der Verantwortung für
die Einheit von fachlicher und politischer Arbeit lei-
ten läßt. Nicht nur als wissenschaftlicher Sekretär,
sondern auch als Gewerkschaftsvertrauensmann hat er
diesen Grundsatz stets in offenen, kritischen Diskus-
```

sionen, insbesondere in Fragen der Auswertung der
Ergebnisse des Sozialistischen Wettbewerbs im Interesse
der Durchsetzung eines höheren Leistungsmaßes vertreten. Dieses Bemühen hat sichtbar zur verstärkten Auseinandersetzung über die Realisierung hochschulpoliti-
scher Zielstellungen durch die Arbeitskollektive des
Direktorates für Studienangelegenheiten beigetragen.
Auf dem Gebiet der inneren Organisation und weiteren
Rationalisierung der planmäßigen Arbeitsprozesse hat
Genosse ▆▆▆▆ weiter zielstrebig gearbeitet. So konnte
nicht zuletzt auch durch seine intensiven Bemühungen
erreicht werden, die restlichen Planstellenüberziehun-
gen des Direktorates für Studienangelegenheiten erfolgreich abzubauen. Damit ist jetzt die Basis geschaffen,
durch Fortführung von Rationalisierungsmaßnahmen (Studienorganisation, Stipendienstelle) zu weiteren Ar-
beitskräfteeinsparungen zu gelangen.
Parallel zu diesen Aufgaben bemühte sich Genosse ▆▆▆▆
erfolgreich um die Erfüllung einer umfangreichen Kaderarbeit im Direktorat für Studienangelegenheiten, die
vor allem in den Abteilungen Studieninhalt/Studienorga-
nisation und Fernstudium für die stabile und qualifi-
zierte Absicherung der notwendigen Arbeitsprozesse
bedeutsam war.
Nicht unerwähnt sollte auch seine ständige Bereitschaft
bleiben, wenn es um die Übernahme von Aufgaben oder
Einsätzen auch außerhalb der regulären Arbeitszeit
geht.
Neben seiner aktiven Tätigkeit als Gewerkschaftsvertrauensmann leistet er als Kämpfer in der Kampfgruppenhundertschaft der TH ▆▆▆▆▆▆▆▆ eine von Zuverlässigkeit und Einsatzbereitschaft gekennzeichnete gesellschaftliche Arbeit.
Innerhalb seines Wohngebiets gehört Genosse ▆▆▆▆ der
Hausgemeinschaftsleitung an.

gez. Unterschrift

Dr. rer. nat. ▆▆▆▆▆▆ Direktor

URKunde

Als Zeichen der Anerkennung
für zehn Jahre
treue und gewissenhafte Pflichterfüllung
im Dienst der Kampfgruppen der Arbeiterklasse
wird

Gen.

Eberhard Neckel

im Namen des Ministerrates der
DEUTSCHEN DEMOKRATISCHEN REPUBLIK
die

„Medaille für treue Dienste
in den Kampfgruppen der Arbeiterklasse"
in Bronze verliehen

Berlin, den **26.09.1982**

Minister des Innern
und Chef der Deutschen Volkspolizei

3. Genosse – Parteiloser

Im täglichen Sprachgebrauch der SED wurde oft nur zwischen »Genossen« (meist in der männlichen Form) und »Parteilosen« (oder in Versammlungen als Anrede »Liebe Genossinnen und Genossen, liebe Kolleginnen und Kollegen«) unterschieden. Mitglieder anderer Parteien wurden in der Regel nicht besonders erwähnt oder im Bedarfsfall als »Mitglied einer Blockpartei« bezeichnet.

4. Das Präsidium des Freien Deutschen Gewerkschaftsbundes (FDGB) beschließt eine neue Line für das Solidaritätsaufkommen seiner Mitglieder

Aus dem Bericht des Präsidiums an die 2. Tagung ...

Wir handelten und handeln stets im Geiste des proletarischen Internationalismus und der antiimperialistischen Solidarität.

In diesem Zusammenhang faßte das Sekretariat des Bundesvorstandes des FDGB einen Beschluß über die Neuregelung des Solidaritätsaufkommens und seiner Verwendung, der vom 1. September dieses Jahres an gilt. Dieser Beschluß wurde erforderlich, um zu einer einheitlichen Gestaltung des Solidaritätsaufkommens der Mitglieder des FDGB und aller Bürger der DDR zu kommen.

Was ist das Wichtigste dieser Neuregelung?

1. Ausgehend von den Traditionen der deutschen Gewerkschaftsbewegung werden die Mitglieder des FDGB wie bisher ihre Solidarität durch den Erwerb von Soli-Marken leisten. Für alle anderen Bürger gibt es die Möglichkeit, ihre Spenden auf ein zentrales Konto beim Solidaritätskomitee der DDR einzuzahlen. Alle weiteren Sammlungen anderer Organisationen und Einrichtungen werden eingestellt, es sei denn, es liege eine gesonderte Regelung vor.

2. Bei allen Solidaritätsspenden der Mitglieder des
   FDGB ist das Prinzip der Freiwilligkeit zu gewährleisten. Sie dürfen nicht Bestandteil von Wettbe-
   werbsprogrammen und Verpflichtungen sein. Der zu-
   sätzliche Erwerb von Soli-Marken, zum Beispiel der
   Auszahlung von Jahresendprämien, für Sonderschichten
   oder aus anderen Anlässen, wird nicht mehr organisiert.

   Wir gehen davon aus, daß aktives solidarisches Handeln stets aus der politischen Überzeugung unserer
   Gewerkschaftsmitglieder entsteht. Das war so, und
   das soll auch so bleiben.

5. Vorbereitung einer Diskussion in der Parteigruppenversammlung (Hand-
    schrift)

---

*Ich wende mich mit einer Anfrage zum Solidaritätsbeitrag an Euch. Seit Dezember
1981 habe ich zusätzlich zu meinem monatlichen Solidaritätsbeitrag in meiner
Gewerkschaftsgruppe in Höhe von etwa 1% meines Brutto-Monatsgehaltes auch
noch Geschenksendungen nach Polen und Rumänien geschickt. Es handelt sich bei
den Empfängern um zufällige Bekannte in diesen Ländern, von denen ich weiß, daß
sie Lebensmittel und Gegenstände des täglichen Lebens dringend benötigen. Ich
bin diesen Menschen in keiner Weise verpflichtet. Anstoß gab mir die Päckchen-
aktion der Pioniere im Dezember. Insgesamt habe ich jetzt 3 Pakete nach Polen
und eines nach Rumänien im Gesamtwert von etwa 240,- M Inhalt geschickt.*

*Nachdem uns der Beschluß des FDGB-Bundesvorstandes zum Solidaritätsauf-
kommen erläutert wurde, begriff ich in besonders starkem Maße, daß es für eine
wirkungsvolle Solidarität besser ist, materielle Werte zu schaffen. Da ich jedoch
nicht in einem Produktionsbetrieb arbeite, entschloß ich mich zum kostenlosen
Spenden von Blut und will das künftig auch beibehalten. Unter Beachtung der
Solidaritätspakete und der Blutspende (ich beginne damit am 18.11.82, nachdem
ich im Oktoberwegen einer gerade erfolgten Grippeschutzimpfung nicht angenommen wurde), senkte ich den monatliche Geldbetrag bei meinem Kassierer
auf 0,1%.*

Ich bin der Meinung, daß ich mit der Blutspende, zusammen mit den Paketsendungen, wirkungsvoller dazu beitrage, Solidarität zu üben, als wenn ich nur monatlich Geld spende.

An dieser Stelle beginnt jedoch mein eigentliches Problem. Ich wurde von Genossen wiederholt direkt und indirekt kritisiert, weil ich mit der erheblichen Absenkung meiner monatlichen Geldspende als Genosse und Vertrauensmann meiner Gewerkschaftsgruppe ein schlechte Vorbild abgeben würde und andere Gewerkschaftsmitglieder, ob gewollt oder ungewollt, dazu anrege, ebenfalls die Höhe des monatlichen Beitrages zu reduzieren. Hiermit ist wahrscheinlich die Befürchtung verbunden, daß diese Kollegen nicht in gleicher Weise ein Äquivalent zu schaffen bereit sein könnten. Die erwähnten kritischen Meinungen gegen meine Solidaritätsauffassung münden sogar letztlich in der Auffassung, die monatliche Geldspende müsse ich beibehalten. Wenn ich darüber hinaus noch Blut spenden oder Pakete verschicken wolle, habe man nichts dagegen. Das sei aber meine private Angelegenheit.

Was ist dazu Eure Meinung? Durch die zum Teil schon massiv geäußerte Kritik bin ich in Zweifel darüber geraten, ob ich den Beschluß des Bundesvorstandes richtig verstanden habe und tatsächlich eine falsche Auffassung vertrete. Jedenfalls möchte ich meinen Beitrag bei der Erfüllung unserer Solidaritätsverpflichtungen leisten. Und das nicht irgend wie und nur formal, sondern so effektiv wie möglich.

6.   Bericht IM »Karla« (Handschrift)

Gen. Eberhard ▮▮▮   *29.3.83*
wissensch. Sekretär des
Direktors für Studienangelegenheiten

In letzte Zeit wir immer deutlicher, daß er keinen eigenen politischen Standpunkt nach außen hin zum Ausdruck bringt.
Das zeigte sich in der letzten Gewerkschaftsgruppenversammlung. Dort zitierte er Karl Marx, Andropow, Erich Honecker. In der letzten APO-Versammlung sollte er als Gewerkschaftsvertrauensmann darlegen, welche Argumente und Meinungen es zu politischen Tagesfragen gibt. Das lehnte er ab mit der Begründung, daß er für einen solche Diskussionsbeitrag keinen "Stoff" habe. Auch als sich Genossen anboten, ihm Diskussionen zu liefern u. auf Hinweise, daß er doch mit einigen

58

Kolleginnen vorher sprechen könne u. auch im Diskussionsbeitrag seinen Standpunkt zu einigen Fragen darlegen könne, lehnte er ab.

In der Auseinandersetzung in der Parteigruppenversammlung am 28.3. über sein Verhalten schwindelte er, indem er zum Ausdruck brachte, er habe keinen ordentliche Auftrag erhalten.

Wenn Gen. ▯ als Parteigruppenorganisator gegen ▯ auftrat, dann will das was heißen. Bisher haben sich diese Genossen gegenseitig nur vertreten. (unleserlich ca. 3 Worte) ... kann es bei ▯ nicht liegen.

Ich erinnere an die gewaltige Reduzierung der Soli-Beiträge. Jetzt klopft er sich an die Brust, daß er doch Blut spende, und das sei sein Soli-Beitrag.

Heute erzählte mir Gen. ▯, daß er nach wie vor eine aktive Verbindung zur BRD pflege. Das würde seinen damaligen Schlußfolgerungen auf alle Fälle widersprechen.

Es wundern sich alle Genossen darüber, daß ▯ an der VHS gemeinsam mit seinem Sohn die ungarische Sprache erlernt, weil er angeblich nach Ungarn in Urlaub fahren wolle.

Normal könne man das bestimmt glauben, aber bei ▯ denke ich, daß das doch bestimmt einen Hintergrund hat.

Da der Unterricht montags stattfindet, hat er Antrag auf Befreiung von den Parteiveranstaltungen ab 17.30 Uhr gestellt.

Meine Meinung: *Bis jetzt hat er gut gekonnt geheuchelt. Jetzt macht er nicht mal mehr das, sondern läßt keine politische Meinung mehr deutlich werden.*

Karla

7. Zwischenzeugnis meines Direktors im Sommer 1983 auf Kopfbogen der
    Technischen Hochschule

5.Juli1983

L e i s t u n g s e i n s c h ä t z u n g
des Genossen Dipl.-Ing. Eberhard ▯, Pers.-Nr.
2775

Ausgehend von der 1982 vorgenommenen Leistungseinschät-

59

zung hat sich Genosse ███ mit großem Fleiß und Um-
sicht auch im vergangenen Jahr für die Lösung der ihm
übertragenen Aufgaben eingesetzt. Neben der Bearbeitung
einer Vielzahl organisatorischer Probleme wie z. B.
- Einordnung und Kontrolle aller über das Sekretariat
  des DSA laufender Vorgänge,
- Anleitung der Sekretärinnen,
- Verwaltung des Studentenfonds,
- Organisierung von Sondereinsätzen
bemühte er sich für die Abteilungen des Direktorates
für Studienangelegenheiten, im besonderen in enger
Zusammenarbeit mit dem Leiter der Abt. Wohnheime, um
die Vorbereitung einer Reihe kaderpolitischer Probleme,
die vor allem auf die Sicherung der kommerziellen Ausbildung libyscher Bürger an der TH ███████
gerichtet waren.
Darüber hinaus unterstützte er in einer umfassenden
Analyse Möglichkeiten zur Einsparung von Arbeitskräften
im Direktorat für Studienangelegenheiten und leistete
damit einen konzeptionellen Beitrag zur weiteren Rationalisierung der Verwaltungsarbeit unter dem Blick-
punkt der notwendigen Sicherung von Leitungsfunktionen
durch Nachfolgekader. Wenn auch die praktische Umsetzung dieses Materials von noch zu klärenden kaderpolitischen Fragen abhängig ist, so enthält es interessante
Überlegungen und Ansatzpunkte, die bisher erreichte
Planstellengleichheit in der Arbeitskräftebilanz noch
zu verbessern.
Hohe Arbeitsdisziplin, Pünktlichkeit und Zuverlässigkeit zeichnen ihn in der Erfüllung dieser und anderer
Aufgaben auf dem Gebiet inhaltlich analytischer Arbeiten aus. Besonders hervorzuheben sind in diesem Zusammenhang seine koordinierenden Arbeiten in der Aufbe-
reitung der vom Direktorat für Studienangelegenheiten
zu erarbeitenden zentralen Informationen sowie seine
aktive Zusammenarbeit mit den Leitern und dem Direktor
des DSA in der kritischen Einschätzung und Wertung der
Arbeitsergebnisse, sich daraus ergebender Schlußfolgerungen und weiterführender Gedanken.

Genosse ▮▮▮▮ zeigt in der Wahrnehmung seiner gesellschaftlichen Aufgaben als Genosse und Gewerkschaftsvertrauensmann Aufgeschlossenheit und Einsatzbereitschaft.
Dabei wendet er der Organisierung und inhaltlichen
Gestaltung gewerkschaftlicher Aktivitäten wie Gruppen-
versammlungen und -veranstaltungen viel Aufmerksamkeit
zu.
Allerdings gab es innerhalb seiner Gewerkschaftsgruppe
wiederholt zu Fragen der Solidaritätsleistungen und mit
dem Parteigruppenorganisator zur Mitgestaltung einer
Mitgliederversammlung kritische Diskussionen, in denen
er Standpunkte bezog, die nicht die ungeteilte Zustimmung seiner Kollegen und Genossen fanden.
Diese Situation wirkte sich ungünstig auf die politisch-ideologische Atmosphäre im Kollektiv und auch auf
die Wertschätzung des Genossen ▮▮▮▮ in seiner Eigenschaft als Gewerkschaftsfunktionär aus.
In den Reihen der Kampfgruppenhundertschaft der THK
erfüllte Gen. ▮▮▮▮ stets ordnungsgemäß und verant-
wortungsbewußt seine Aufgaben. Im Wohngebiet gehört er
seit Jahren der Hausgemeinschaftsleitung an.

Original erhalten
gez. Unterschrift   gez. Unterschrift
                                           Dr. rer. nat. ▮▮▮▮
                                           Direktor

Auf der Grundlage des RKV Hochschulwesen wird entschieden, Gen. ▮▮▮▮ den
nächsten Steigerungssatz (WM III/7) ~~zu gewähren.~~ *nicht zu gewähren*

gez. Unterschrift   gez. Unterschrift
Dr. rer. nat. ▮▮▮▮   Dipl.-Lehrer ▮▮▮▮
Direktor   BGL-Vorsitzende

(Anmerkung des Verf.: Direktor und BGL-Vorsitzende (letztere nach Beratung in
der Gewerkschaftsleitung) haben einer Gehaltssteigerung zugestimmt. Die Auf-
hebung der Entscheidung ist erst später gefallen. Wo, ist nicht bekannt.

8. Der Antrag

Eberhard ▮▮▮   9091 ▮▮▮▮▮▮▮▮, den 27.7.1983
Irmgard ▮▮▮   Ernst-Schneller-Str. 66

Rat der Stadt ▮▮▮▮▮▮▮
Abt. Innere Angelegenheiten
▮▮▮_▮▮▮▮▮▮▮
Markt 1
Rathaus

Betr.: Antrag auf Entlassung aus der Staatsbürgerschaft
der DDR und Genehmigung der Übersiedlung in die BRD

Die Unterzeichner,

      Eberhard ▮▮▮, geb. 21.04.1937 und
      Irmgard ▮▮▮, geb. ▮▮▮▮, geb. 10.10.1941,

stellen hiermit den Antrag auf Entlassung aus der
Staatsbürgerschaft der Deutschen Demokratischen Republik und Genehmigung ihrer Übersiedlung in die Bundesrepublik Deutschland.

Begründung:
In den zwei Jahrzehnten unseres Berufslebens haben wir
unsere ganze Kraft dafür eingesetzt, daß wir ein erfülltes und freudvolles Leben führen können. Wir sind
immer davon ausgegangen, daß wir in den 80er Jahren,
wenn unser drittes Kind volljährig wird, ein Leben
führen können, das unseren Leistungen im Beruf und
unseren Bedürfnissen entspricht. Wir müssen aber feststellen, daß wir, obwohl wir zusammen monatlich mehr
als 2000 Mark netto verdienen, uns viele Wünsche nicht
erfüllen können. Bemerkenswert ist dabei das Warenange-
bot im Handel. Angefangen bei den Tausenden täglichen
Dingen bis hin zur Anschaffung von Wohnungseinrichtun-
gen oder gar eines PKW stößt man ununterbrochen auf Un-

zulänglichkeiten. Diese Unzulänglichkeiten sind häufig mangelhafte Verkaufskultur, fehlende Waren und die damit verbundenen Probleme wie Lauferei usw. nach dringend benötigten Gegenständen des täglichen Bedarfs. Viele Artikel, z.B. mit besonderer Qualität oder mit einem besonderen Luxusstandard sind überhaupt nicht zu bekommen oder nur in solchen Läden, in denen entweder die Preise sehr hoch sind oder nur mit ausländischer Währung bezahlt werden können. Selbst dort, wo Bestellungen für eine Ware entgegengenommen werden, sind die Lieferzeiten oft unzumutbar lang. Unbefriedigend ist gleichfalls die Ersatzteilversorgung auf vielen Gebieten sowie die Wartezeiten bei einer Reihe von Reparaturen. Selbst die Freizeitgestaltung stößt auf Grenzen, die sehr eng sind. So trifft man häufig auf überfüllte Gaststätten, mangelhaften Service oder fehlende Freizeiteinrichtungen.

Ein besonderes Problem ist die Urlaubsgestaltung. Wenn man nicht gerade das Glück hat, einen Urlaubsplatz in einem modernen Ferienheim zu bekommen, muß man sich auf allerhand Unzulänglichkeiten gefaßt machen. Ferien im Hotel scheiden für uns aus finanziellen Gründen aus. Deshalb haben wir uns auf den Campingurlaub verlegt. Diese Einrichtung ist zwar in der DDR billig, jedoch mit den sich daraus ergebenden Mängeln behaftet. Das betrifft die sanitären Anlagen ebenso wie die technischen Einrichtungen auf den Zeltplätzen, die wir bisher kennenlernten. Die Versorgung durch den Handel läßt ebenfalls viele Wünsche offen.

Will man in das sozialistische Ausland fahren, so muß man eine Reihe von Einschränkungen in Kauf nehmen bzw. ein großes Maß an Selbstdisziplin aufbringen, um nicht gegen bestehende Bestimmungen, die mitunter nicht ohne weiteres einsichtig sind, zu verstoßen. Das beginnt damit, daß man z.B. für eine Reise nach Bulgarien oder Ungarn mit dem Pkw ein recht umständliches Antragsverfahren durchlaufen muß. Hat man endlich die erforderlichen Papiere in der Hand, erfährt man beim Geldwechsel weitere Einschränkungen. So ist für Ungarn, trotz der dort erheblich gestiegenen Preise in den letzten Jahren, nicht nur der ohnehin nicht ausreichende Tagessatz von 30 Mark unverändert geblieben, der jährliche Umtauschsatz wurde sogar noch begrenzt. Von 30 Mark kann man sich in Ungarn aber nicht einmal ordentlich in den Gaststätten der unteren Preisklasse verpflegen, ganz abgesehen von den Kosten für die Übernachtung und das Benzin. Es ist aber nicht erlaubt, mehr als 100 Mark zusätzlich in einem Land umzutauschen. Ähnlich verhält es sich in Bulgarien und Rumänien. Gelingt es dann dennoch, durch ein sehr bescheidenes Leben einiges Geld der Landeswährung zu sparen, so muß man sich genauestens überlegen, was man dafür kauft, um nicht mit den Bestimmungen in Konflikt zu geraten. Dies ist nicht leicht, weil man mitunter Artikel kaufen könnte, die in der DDR nicht, nur schwer oder zu einem höheren Preis zu haben sind. Bei der Wiedereinreise in die DDR schlägt einem nicht selten Mißtrauen durch die Zollorgane entgegen. Peinliche Fragen und Untersuchungen haben wir bisher ausschließlich durch die DDR-Seite erfahren müssen.

Die Aufzählungen ließen sich noch fortsetzen.

Wir sind der Meinung, daß man für eine gute Arbeit auch gut leben dürfte. Arbeit ist zwar ein Bedürfnis, aber nicht das alleinige. Wir sind beide fleißig im Beruf und geben dort unser bestes. Wir leiten daraus einen Anspruch auf einen schnelleren Anstieg der Lebensqualität ab.
gez. Unterschriften

Ergänzend zu den vorstehend genannten Gründen führe ich noch weiteres an:
In meiner Funktion als wissenschaftlicher Sekretär des Direktors für Studienangelegenheiten der Technischen Hochschule ███████████ ist mein Gehalt zuletzt 1977

gesteigert worden. Obwohl alle zwei Jahre weitere Steigerungen möglich gewesen wären und die Einschätzungen meiner Leistungen stets positiv waren, wurde dies mit wechselnden Begründungen abgelehnt. 1983 wurde mir mitgeteilt, daß die bei mir fehlende Promotion A ausschlaggebend sei. Dazu muß ich bemerken, daß ich 1977 bereit gewesen wäre, mich zu qualifizieren. Mein damaliger Direktor riet mir jedoch davon ab, weil in der Funktion die Promotion A nicht erforderlich sei. Dem glücklichen Umstand einer Tarifänderung habe ich eine Gehaltserhöhung von 140 Mark seit dieser Zeit zu verdanken. In den nächsten Jahren, so wurde ich informiert, ist mit weiteren Steigerungen nicht zu rechnen.

Nicht unerheblich belastend wirkte sich in den letzten Jahren mein Verhältnis als Genosse zu SED, insbesondere zu meiner Grundorganisation aus. Ich wurde sehr hart, für meine Begriffe mit weit über das Angemessene hinausgehender Härte kritisiert, weil ich über Besuch aus der BRD nicht rechtzeitig informiert hatte. Auch aus heutiger Sicht habe ich das "Vergehen" von damals noch nicht begriffen. Die Art und Weise, wie man mich ansprach, war für mich ein Schock, den ich noch nicht überwinden konnte. Die Spannungen zwischen mir und der SED-Organisation bauten sich in der nachfolgenden Zeit nicht ab. Immer häufiger war ich Kritiken ausgesetzt. So habe ich z.B. im Zusammenhang mit einem Beschluß des FDGB-Bundesvorstandes meinen finanziellen Solidaritätsbeitrag von 15,-- M monatlich ersetzt durch eine materielle Solidarität (Blutspenden, Lebensmittelpakete). Daraus entwickelte sich erneut eine z.T. heftige Kritik an mir, die ich zurückgewiesen habe. Allerdings sind solche Dinge z.T. zum Bestandteil meiner Leistungseinschätzung 1983 geworden.

Für mich ist es immer schwieriger geworden, die Linie der Partei in allen Details zu begreifen und vor allem durchsetzen zu helfen. Der Austritt ist deshalb für mich die notwendige Konsequenz.

gez. Unterschrift (Eberhard Neckel)

Anlagen: 2 Lebensläufe, 1 Eheurkunde (Abschrift)

Lebenslauf
Ich heiße Eberhard, Georg Oskar ▇▇▇▇ und wurde am
21.4.1937 in Wangern, Krs. Breslau, geboren.
Nach dem Abschluß der 8. Klasse 1951 und dem Facharbei-
terabschluß Feinmechaniker 1954 arbeitete ich noch ein
Jahr im VEB Glashütter Uhrenbetriebe. 1955 ging ich zur
KVP und wurde 1957 als Stabsgefreiter aus der NVA entlassen. Noch im gleichen Jahr begann ich ein Ingenieur-
studium an der Ingenieurschule für Feinwerktechnik in
Glashütte, das ich 1960 erfolgreich beendete. Danach
nahm ich eine Tätigkeit als Fachlehrer an einer Offiziersschule in Dresden auf. Von 1961 bis 1963 absolvierte ich ein Fernstudium an der Karl-Marx-Universität
Leipzig, das ich mit der Fachschullehrerprüfung für das
Fach Fertigungstechnik beendete. Infolge Verlegung der
Dienststelle endete dieses Arbeitsverhältnis und ich
begann 1963 eine Tätigkeit als hauptamtlicher Dozent
und Stellvertreter des Direktors der Betriebsakademie
des VEB Buchungsmaschinenwerk ▇▇▇▇▇▇▇▇.
1970 begann ich die Tätigkeit als Abteilungsleiter im
Direktorat für Weiterbildung an der Technischen Hochschule ▇▇▇▇▇▇. Nach der Zusammenlegung der
Direktorate Erziehung und Ausbildung und Weiterbildung
wurde ich als wissenschaftlicher Sekretär für Weiterbildung eingesetzt und mit der Anleitung der Abteilungen Weiterbildung und Fernstudium beauftragt. Darüber hinaus trug ich im Rahmen meines Aufgabengebietes
dazu bei, daß das Institut für Weiterbildung (später
Institut für Hochschulbildung) Untersuchungen zur Weiterbildung von Hoch- und Fachschulkadern durchführen
konnte.
 Seit 1977 bin ich als wissenschaftlicher Sekretär des
Direktors für Studienangelegenheiten eingesetzt. In
dieser Funktion bin ich mitverantwortlich für die Lei-

tungsprozesse im Direktorat, das die Aufgabe hat, studienorganisatorische Bedingungen für die Ausbildung zu schaffen. Den größten Teil meiner Arbeitszeit nehmen Aufgaben in Anspruch, die sich aus meiner Verantwortlichkeit für die Organisation der Abläufe im Direktorat und der Kaderarbeit ergeben.

1960 heiratete ich Irmgard ▇▇▇▇▇. 1960, 1964 und 1966 wurden die Kinder Ina, Detlef und Axel geboren.

Ich war Mitglied der SED, des FDGB und der DSF. In der SED war ich zeitweilig Parteigruppenorganisator und von 1977 bis 1980 APO-Leitungsmitglied. Seit 1977 bin ich Mitglied der Kampfgruppenhundertschaft. Von 1981 an war ich Gewerkschaftsvertrauensmann.

Auszeichnungen: Kollektiv der sozialistischen Arbeit 1973, 1974, 1976, 1977, 1978; Aktivist 1975, 1978; Urkunde 25 Jahre FDGB 1977.

Qualifizierungen: Sprachkundigenprüfung Ia tschechisch 1976; Betriebsschule des ML´1976; Lehrgang sozialistisches Arbeitsrecht 1978.

▇▇▇▇▇▇▇▇▇▇, den 27.7.1983

Lebenslauf

Ich, Irmgard ▇▇▇▇, geb. ▇▇▇▇▇, wurde am 10.10.1941 in Lahndorf Krs. Stettin geboren. Meine Eltern kenne ich nicht. Aus Berichten weiß ich, daß mein Vater im Kriege vermißt war und meine Mutter 1946 gestorben ist. 1947 kam ich zusammen mit meiner älteren Schwester und meinem ebenfalls älteren Bruder nach Glashütte, Krs. Dippoldiswalde, wohin uns eine Tante, zusammen mit ihren eigenen 5 Kindern, mitgenommen hatte. Dort wurde ich in einem Kinderheim aufgenommen und 1948 vom Ehepaar ▇▇▇▇▇ adoptiert. Meine Geschwister verblieben im Heim.

Mein Vater, Kurt ▇▇▇▇▇, war Hausmeister und verstarb 1978. Meine Mutter, Martha ▇▇▇▇▇, geb. Anders, war Raumpflegerin und verstarb 1982.

Von 1948 bis 1956 besuchte ich die Grundschule in Glashütte und schloß sie mit der 8. Klasse ab. Von 1956 bis

1959 erlernte ich den Beruf Damen- und Herrenfriseur
und war darin bis 1964 tätig.
1960 heiratete ich Eberhard ████. Durch die Geburt und
Erziehung von drei Kindern war ich zeitweilig nicht
berufstätig. Seit 1969 arbeite ich ohne Unterbrechungen
im VEB Robotron-Buchungsmaschinenwerk █████████
als Kunststoffspritzer, jetzt im Dreischichtbetrieb.

████████████, den 27.07.1983

9. Austritt aus der SED

Eberhard ████   ██████████████, den
27.7.1983
Parteigruppe
Studienangelegenheiten

An die
Technische Hochschule ████████
SED- Grundorganisation
Rektorat/Direktorate
Genn. ████████, Sekretär

Sehr geehrte Genossin ████████!

Ich wurde nach einjähriger Kandidatenzeit im Mai 1965
Mitglied der SED. Schon vorher, aber auch von da an war
ich bemüht, die Politik der SED kennenzulernen und zu
verstehen. Das fiel nicht immer leicht, weil die All-
tagsprobleme oft sehr kompliziert sind und für mich
nicht immer gleich die Verbindung zur politischen Grundlinie erkennbar war. Trotzdem habe ich jahrelang versucht, meinen Beitrag dazu zu leisten, daß vor allem die
wirtschaftliche Entwicklung in unserem Lande schnell
vorankommt. Ich mußte jedoch zunehmend feststellen, daß
das in Versammlungen, im Parteilehrjahr und bei anderen
Gelegenheiten verkündete Wollen mit den Gegebenheiten

nicht immer in Übereinstimmung steht. Ich beziehe das z.B. auf den Lebensstandard, den ich bisher erreicht habe. Die Probleme, auf die man im Handel und in der Versorgung trifft, werden nicht kleiner. Bestimmte Dinge werden offensichtlich schon als normal angesehen, denn ich erkenne nicht, daß an ihrer Verbesserung gearbeitet wird. Mitunter begegnet man Argumenten von Genossen der Leitung, die wenig überzeugen und mehr den Charakter ausweichender Phrasen haben.

Auch in der unmittelbaren gesellschaftlichen Arbeit bin ich nicht mehr in der Lage, die Politik der SED so zu vertreten, wie das von mir erwartet wird. Ich verstehe sie teilweise nicht mehr und kann sie deshalb nicht mehr durchsetzen helfen. Die Auseinandersetzungen, die die GO-Leitung im Zusammenhang mit einem nicht rechtzeitig gemeldeten BRD-Besuch in meiner Familie führte, haben mir geradezu einen Schock versetzt, den ich nicht über- winden konnte. Auch spätere Kritiken an mir, im Zusam- menhang mit der Ablehnung der Übernahme einer DSF- Funk- tion, Ablehnung eines Diskussionsbeitrages, haben dazu beigetragen, daß sich keine neuen inneren Bindungen zu der Parteiarbeit bildeten. Besonders die letzte Kritik in der Parteigruppe an meinem Solidaritätsverhalten mußte ich zurückweisen, weil sie aus einer für mich nicht zu akzeptierenden Haltung heraus erfolgte.

Ich möchte betonen, daß ich nicht gegen die Politik der SED bin. Im Gegenteil. Ich bin ebenso für die Erhaltung des Friedens und werde mich auch in Zukunft für diese wichtigste Aufgabe der Völker einsetzen. Ich bin gegen jede Form des Völkerhasses und der Rassendiskriminierung und für die Verständigung der Staaten unterschiedlicher Gesellschaftsordnung.

Ich labe einige Gründe dargelegt, warum ich nicht mehr Genosse sein kann. Deshalb erkläre hiermit meinen Aus- tritt aus der SED mit sofortiger Wirkung.

Hochachtungsvoll
Anlage: Mitgliedsbuch Nr. o.440.153

10. Austritt aus dem Freien Deutschen Gewerkschaftsbund FDGB

```
Eberhard ███████          █████████████████, den 27.7.1983
Vertrauensmann der
Gewerkschaftsgruppe
Bahnhofstraße I

An die
Vorsitzende der BGL
Studienangelegenheiten
Kolln. ████
```

Sehr geehrte Kolln. ████!
Ich informiere Sie, daß ich einen Antrag auf Übersiedlung in die BRD gestellt habe. Ich sehe deshalb keine
Basis mehr für eine weitere Mitarbeit im FDGB. Ich lege
meine Funktion als Vertrauensmann nieder und erkläre
meinen Austritt aus der Organisation mit sofortiger
Wirkung.

  Hochachtungsvoll

Anlage:
Mitgliedsbuch

11. Austritt aus der Gesellschaft für deutsch-sowjetische Freundschaft DSF

```
Eberhard ██████
              9091 ████████████████, den 27.7.1983
An den
Vorsitzenden des DSF-
Bereichsvorstandes DSA
Herrn ████████
```

Sehr geehrter Herr ████████!
Aus persönlichen Gründen erkläre ich hiermit meinen
Austritt aus der DSF.
    Hochachtungsvoll Anlage: Mitgliedsbuch

12. Aktennotiz des Direktors über meine Eröffnungen

Technische Hochschule ▓▓▓▓▓▓▓▓▓▓▓▓▓   27. 7.1983
Direktorat für Studienangelegenheiten

<u>Aktennotiz</u>

Koll. Eberhard ▓▓▓▓, wissenschaftlicher Sekretär des
Direktors für Studienangelegenheiten, trat am 4. 7. 83
seinen Jahresurlaub an. Am 26. 7. 83 bat er mich tele-
fonisch noch vor Aufnahme seiner Arbeit um ein kurzes
persönlich es Gespräch. Am 27. 7. 83 gegen 12.00 Uhr
fand sich Koll. ▓▓▓▓ bei mir ein. Er teilte mir mit,
daß er mit sich "ins Reine" kommen müsse, noch bevor er
wieder zu arbeiten beginne. Im einzelnen ließ er mich
dann wissen, daß er sich seit längerem mit einer Reihe
von Fragen der Politik und der politischen Linie der
SED im Widerspruch befände, und daß er deshalb nicht
mehr Genosse der SED sein könne. Er beabsichtige, im
Anschluß an das Gespräch mit mir, den GO-Sekretär,
Genn. ▓▓▓▓, aufzusuchen, um seinen Austritt aus der
Partei zu erklären.

Darüber hinaus teilte er mit, daß er noch vor diesem
Gespräch (am 27.7.83) einen Antrag auf Entlassung aus
der Staatsbürgerschaft der DDR gestellt habe. Er gab
an, daß ihn allgemeine, wirtschaftliche und politische
Gründe zu diesem Schritt veranlaßt hätten.
Weiter kündigte er an, daß er noch heute die BGL-Vorsitzende, Genn. ▓▓▓▓, aufsuchen werde, um ihr ebenfalls
eine entsprechende Mitteilung zu machen und seinen
Austritt aus dem FDGB zu erklären.

Für mich waren diese Informationen völlig überraschend
und praktisch nicht faßbar. Ich befragte ihn deshalb
über die Endgültigkeit dieser mir gegenüber geäußerten
Absichten bzw. die von ihm bereits eingeleiteten
Schritte unter Hinweis auf die damit verbundenen Konse-

quenzen politischer, gesellschaftlicher und auch familiäre Art. Er sagte, daß er dazu mit mir kein ausführliches Gespräch führen wolle, da das ohnehin demnächst
nötig sein werde.
Seinen Entschluß, bei den dargestellten Absichten zu
bleiben, sei reiflich überlegt und endgültig.
Das Gespräch endete gegen 12.15 Uhr

Dr. rer. nat. ██████
Direktor für Studienangelegenheiten

13. Erste »Aussprache« nach dem Ausreiseantrag

Kurzprotokoll über den am 28.7.83 durch Gen. Dr.
██████ in Anwesenheit des Gen. ██████ (Direktor für
KuQ), Genn. ███ (AGL-Vorsitzende), Gen. ███ (Partei-
gruppenorg.) mit dem Koll. █████ Eberhard geführten
Gespräch.

Ausgangspunkt und Grundlage des Gesprächs bildete eine
durch Direktor formulierte Aktennotiz über die am
27.7.83 durch Koll. █████ an den Direktor übermittelten
Entscheidungen (Ausreiseantrag in die BRD gestellt,
Austritt aus der Partei erklärt). Koll. █████ sprach am
27.7.83 bei dem APO-Sekretär vor und übergab ihm eine
schriftliche Erklärung für seinen Austritt aus der
Partei. Am gleichen Tag sprach er bei der BGL-Vorsitzenden vor und erklärte seinen Austritt aus dem FDGB
und legte damit seine Funktion als Vertrauensmann nieder (kurze schriftliche Begründung wurde übergeben).

Gen. Dr. ██████ brachte zum Ausdruck, daß im Verlauf
des Gesprächs verschieden Teilfragen angesprochen bzw.
weiter geklärt werden sollen.
Koll. █████ wurde aufgefordert vor allem zu folgenden
Fragen Antwort zu geben:
1. Wann, in welcher Form und an welche Adresse wurde

der Antrag auf Ausreise in die BRD gestellt?
2. Für welchen Personenkreis wurde der Antrag gestellt?
3. Für welches Land wurde der Antrag gestellt?
4. Welche konkreten Gründe gibt es dafür?
5. Welche Vorstellungen über die weitere berufliche Tätigkeit gibt es?

Koll. ▮▮▮▮ brachte in Beantwortung dieser Fragen etwa folgendes zum Ausdruck:

- Der Antrag sei per Einschreiben am 27.7.83 an den Rat der Stadt, Abt. Inneres, gerichtet. Es handele sich um einen Ausreiseantrag für sich und seine Frau. Auskunft darüber, warum er den Antrag nicht für seine Kinder gestellt habe bzw. wie er sich die weitere Zukunft der Kinder vorstelle, teilte er mit, daß dies Sache des Organs sei, an das er den Antrag richtete und nicht die Hochschule beträfe.

- Als Gründe für seinen Antrag brachte er anfangs das zum Ausdruck, was in der Begründung zu seinem Parteiaustritt enthalten ist. Auf der Grundlage der von ihm vorliegenden schriftlichen Vorbereitungen führte er sinngemäß folgendes an:

Er stünde seit 2 Jahrzehnten im Berufsleben und wolle ein erfülltes und freudvolles Leben führen. Obwohl er und seine Frau über 2000.- Nettoverdienst im Monat hätten, könnten seine Wünsche nicht erfüllt werden. Das beträfe z.B. die mangelhafte Warenbereitstellung, fehlende Waren, unbefriedigende Verkaufskultur, viel Lauferei, lange Wartezeiten usw. Die Freizeitgestaltung sei begrenzt (Gaststätten seien voll, der Service sei schlecht), die Urlaubsgestaltung sei sehr erschwert, es gäbe schlechte Versorgung, ins soz. Ausland zu fahren sei erschwerend (z.B. lange Anträge stellen, Einschränkungen beim Geldtausch, Umtausch erschwert, Mißstände bei der Wiedereinreise durch Zollorgane u.ä. Ergänzend brachte er zum Ausdruck, daß man für gute Arbeit auch gut leben müsse. Arbeit sei ihm ein Bedürfnis, er sei fleißig, aber allein die Arbeit reicht nicht aus für ein freudvolles Leben. Zu

seiner Tätigkeit als wiss. Sekretär brachte er zum
Ausdruck, daß er trotz seiner Leistungen und Wertungen
1977 das letzte Mal gesteigert worden sei. 1983 sei
ihm praktisch mitgeteilt worden, daß er mit keiner
weiteren Steigerung rechnen könne, da er z.B. nicht
promoviert habe. Er wäre bereit gewesen zu promo-
vieren, jedoch sei ihm 1977 erklärt worden, daß dies
für seine Tätigkeit nicht erforderlich sei.
  Sein Verhältnis zur SED sei besonders vom Standpunkt
der Grundargumentation belastend. Er sei hart und ihm
auch heute noch unverständlicherweise kritisiert
worden, weil er nicht über den Besuch aus der BRD
informierte. Das hätte bei ihm einen Schock ausgelöst.
Seit dem hätten sich Spannungen bei ihm nicht abgebaut. Immer häufiger sei er Kritiken ausgesetzt gewesen. Z.B. im Zusammenhang mit der Senkung seines
monatl. Solidaritätsbeitrages, was er nach wie vor
zurückweist.
Diese an ihm geübten Kritiken seien mehr oder weniger
Bestandteil der Leistungseinschätzung 1983 geworden.
Auch sei ihm schon seit längerer Zeit schwergefallen,
Detailentscheidungen der Partei zu begreifen geschwei-
ge denn durchzusetzen. Trotzdem sei er nicht gegen die
Politik der SED, trete er doch voll für die Friedens-
politik ein.
Auf die Frage des Direktors auf die Frage seiner
weiteren beruflichen Tätigkeit erwarte er vom Direktor
Vorschläge. Von sich aus habe er nicht die Absicht
Aktivitäten zu entwickeln.

Im Verlaufe des weiteren Gesprächs wurde auf der Grundlage der anfangs durch Dr. ████ gestellten Fragen
ergänzende Fragen an Koll. ████ gestellt. So z.B. die
Frage wie er seinen Schritt gegenüber seinen Kindern
verantworten wolle, bedeutet doch sein Antrag nicht
Zusammenführung, sondern Trennung der Familie. Des
Weiteren wurde seine fehlende Konsequenz zur weiteren
beruflichen Tätigkeit angesprochen.

Vor allem trotz aller Verhaltensweisen der Koll. ▓▓▓
wiederholt aufgefordert, seinen Schritt nochmals gründlich zu durchdenken. Zu dieser wiederholten Aufforderung legte Koll. ▓▓▓ mit Nachdruck dar, daß er den
Antrag nicht zurückziehen würde und an seinen Ent-
schlüssen nicht zu ändern sei.
Am Schluß des Gesprächs wurde folgendes zum Ausdruck
gebracht:
. Beim heutigen Gespräch habe es sich um ein Informa-
  tionsgespräch gehandelt.
. Koll. ▓▓▓ wurde nochmals aufgefordert, seine
  Schritte zu durchdenken.
. Er habe seinen beantragten Urlaub bis 2.8.83 wahr-
  zunehmen, so daß er bis dahin nicht anwesend ist.
. Er wurde darüber informiert, daß er den Termin für
  ein weiteres Gespräch erhalten würde, in dessen
  Verlauf bestimmte Festlegungen (Arbeitsübergabe...)
  getroffen werden.
. Alle vertraulichen Dienstsachen habe er sofort an
  den Direktor zu übergeben.

(Protokollantin: vermutlich AGL-Vorsitzende)

14. Aktennotiz des Sekretärs der Grundorganisationsleitung GOL über meinen
    Parteiaustritt

Am 27. 7. 1903 gegen 12.30 Uhr bat mich der Hochschu-
langehörige Eberhard ▓▓▓ in meiner Eigenschaft als
APO-Sekr. um eine Aussprache in einer, wie er sagte,
ernsten Angelegenheit. Er stelle den Antrag, aus der
Partei auszutreten, wobei er Wert auf einen Austritt
legt.
Er könne die Politik der Partei nicht mehr vertreten,
sei aber kein Feind unserer Entwicklung.
Gleichzeitig informierte er mich, daß er mit seiner
Frau den Antrag auf Entlassung aus der Staatsbürgerschaft der DDR und Ausreise in die BRD gestellt habe.

Über diese Absicht habe er seinen staatlichen Leiter, Gen. Dr. ▓▓▓▓ (Direktor für Studienangelegenheiten) und seine BGL-Vorsitzende, Genn. ▓▓▓ informiert, weil er gleichzeitig seine Funktion als Gewerkschaftsvertrauensmann niederlege und aus dem FDGB austrete. Er wollte mir sein Mitgliedsbuch gleich hinterlassen, was ich aber nicht angenommen habe.

▓▓▓ ist wiss. Sekretär beim Direktor für Studienangelegenheiten. Er hat Feingerätetechniker gelernt und später die Ingenieurschule in Glashütte besucht. Auf dem Gebiet der Erwachsenenqualifizierung hat er sich in einem postgradualen Studium an der Karl-Marx-Universität Leipzig den Hochschulabschluß angeeignet.

Er war an der Hochschule zunächst Abteilungsleiter für Weiterbildung und später. Sekretär ~~für~~ im Direktorat für Studienangelegenheiten. Vorher war er Berufsschullehrer im Kombinat Zentronik.
▓. ist verheiratet und hat 3 Kinder, Aussagen des Kaderdirektors, Gen. ▓▓▓, habe ▓. nur die Ausreise für sich und seine Frau beantragt. Ein Sohn ist aber noch minderjährig.
Mit ▓▓▓ gab es vor ca. 3 Jahren eine parteiliche Auseinandersetzung, weil er Westbesuch hatte, den er nicht meldete. ▓. ist zwar nicht VS-verpflichtet, es war jedoch jedem Genossen nahegelegt, solche Kontakte der Partei zu melden. Auf Grund dieser Verhaltensweise gab es mit ihm mehrere Aussprachen. ▓. behauptete, daß diese Kontakte sehr lose seien und er dabei sei, sie abzubrechen. Es handelt sich um Verwandte seiner Frau, die ihn aufgesucht hätten. Ihm wurde nachgewiesen, daß er in seinem Fragebogen insofern unwahre Angaben gemacht habe, da er nur geschrieben hatte, daß seine Frau briefliche Kontakte nach der BRD habe. Zu diesem Zeitpunkt war ▓. noch für einen Auslandseinsatz in Entwicklungsländer vorgesehen.
Bei der "Westverwandtschaft" handelt es sich um eine Schwester der Frau, Edith ▓▓▓ aus Schwenningen und

einen Bruder Heinz ▮▮▮▮▮ aus Hildesheim. Charakterlich ist ▮. sehr verschlossen. Er bekommt auch zu seinen engsten Mitarbeitern keinen persönlichen Kontakt. Er macht den Eindruck eines ausgesprochenen Bürokraten. Er geht an alle Aufgaben sehr formal heran und ist deshalb auch sehr unbeweglich. Dafür hat er schon mehrfach Kritik erhalten. Er war auch einer der ersten, die ihr Solidaritätsaufkommen nicht mehr in der alten Höhe zahlten und dafür kostenlos Blut spenden wollten. Er ist offensichtlich auch sehr geizig.
Mein persönlicher Eindruck ist, daß seine Frau den entscheidenden Ton angibt und auch der Haupttreiber bei dem Ausreiseantrag war.
Im Urlaub war ▮. jetzt in Budapest. Ich vermute, daß er dort Kontakte zu Angehörigen hatte. Gen. ▮▮▮▮▮ hat bereits ein Gespräch mit der Kolln. ▮▮▮▮ aus dem Rektorat geführt, über eventuelle Kontaktaufnahmen von ▮▮▮▮. Frau ▮▮▮▮ war ebenfalls zur gleichen Zeit in Budapest. Über das Ergebnis dieses Gespräches werde ich mich noch informieren.
Als weitere Maßnahmen sind zunächst vorgesehen:
Nachdem die PKK der Stadtleitung bereits gestern über den Vorfall informiert wurde, werden Gen. ▮▮▮▮, Sekr. der ZPL und ich heute 14.oo Uhr in der PKK über die weitere Vorgehensweise beraten.
Von der PKK wurde vorgeschlagen, die notwendigen dienstlichen Maßnahmen gut abzustimmen. Beim Rektor wurde festgelegt, daß der Direktor für Studienangelegenheiten heute eine Aussprache mit ▮. führt, um weitere Informationen über die künftige Tätigkeit von ▮. zu erfahren. 12.00 Uhr wird Gen. ▮▮▮▮▮ (DSA) über das Ergebnis beim Rektor berichten. An diesem Gespräch werde ich teilnehmen.
Vorgesehen war zunächst, ▮. im Bereich der Lehrmittelverwaltung zu beschäftigen. Auf die Empfehlung der Stadtleitung hin wurden jedoch noch keine exakten Festlegungen getroffen. Über eines ist man sich aber im klaren, daß ▮. die gegenwärtige Funktion nicht mehr

ausüben kann.

Über den Fortgang der Maßnahmen werde ich weiter berichten.

███████████████, den 28. 7. 1983

gez. ████████

Handschriftlich: *Anlage: Eine Ablichtung des Schreibens von* █████████

15. Die Hochschulparteileitung informiert die SED-Stadtleitung. Gleichzeitig wird über einen weiteren Fall eines Austritts aus der SED informiert

Technische Hochschule   28.7.1983
████████████████
Zentrale Parteileitung

SED Stadtleitung
Information

<u>9010</u> █████████████████
Karl-Marx-Allee 12

<u>Information</u>

am Mittwoch, dem 27.7.1983 erklärte

    Gen. Eberhard ██████, geb. am 21.4.1937,
    wohnhaft in ████████████████, E.-Schneller-Str. 66,
    tätig als wiss. Sekretär des Direktorates für
    Studienangelegenheiten der TH ████████████████,
    Mitgliedsbuch-Nr. 0.440.153,

gegenüber seinem APO-Sekretär, Gen. G. █████████, seinen
Austritt aus der Partei. Er erklärte, daß er sich seit
längerem in einer Reihe von Fragen im Widerspruch zur
Politik der SED befinde und deshalb nicht mehr Genosse

sein könne. Gleichzeitig übergab er dem Gen. ████ die beiliegende schriftliche Austrittserklärung.

Darüber hinaus teilte er mit, daß er am gleichen Tage (27.7.83) bei den zuständigen staatlichen Organen einen Antrag auf Entlassung aus der Staatsbürgerschaft der DDR und Ausreise in die BRD gestellt habe. Ökonomische und politische Gründe hätten ihn dazu veranlaßt.

Seinen staatlichen Leiter, den Direktor für Studienangelegenheiten, Gen. K. ████, informierte er am gleichen Tage im gleichlautenden Sinne.

Außerdem erklärte er am 27.7.83 seiner BGL-Vorsitzenden, der Genn. ███, seinen austritt aus dem FDGB.

In einer am 28.7.83 durch den Gen. ████ (gemeinsam mit Gen. G. ████, Direktor für Kader und Qualifizierung, Gen. ████, Parteigruppenorganisator und Genn. ████, BGL-Vorsitzende) mit ████ geführten ausführlichen Gespräch erklärte er die Endgültigkeit und Unabänderlichkeit seiner Entschlüsse.

Die zuständige APO-Leitung leitet ein Verfahren zum Ausschluß ████s aus der Partei ein. Eingeleitet wurde auch die Klärung der Arbeitsrechtlichen Konsequenzen durch die zuständigen staatlichen Leiter.

Außerdem wurden wir am 28.7.83 von Gen. ████, Prorektor für Erziehung und Ausbildung, informiert, daß

Genn. Angela ██████████████████████████,

bereits am 15.6.1983 bei ihrem WPO-Sekretär, Gen. Klaus ████, einen Antrag auf Austritt aus der SED abgegeben

hat. Gen. ▋▋▋ erhielt diese Information von Gen ▋▋▋
▋. Genn. ▋▋▋▋ für ihren Antrag ausschließlich
private Gründe (Belastung durch Familie und Haushalt)
an und betont, daß sie keine politischen Gründe zu
diesem Schritt bewogen.

Nach Aussagen von Gen. ▋▋▋ ist im August eine Aussprache in der WPO-Leitung mit ihr vorgesehen.

Unsererseits wird veranlaßt, daß mit ihr zunächst der
verantwortliche Genosse staatliche Leiter ein Gespräch
führt, um genauer in Erfahrung zu bringen, welche Gründe sie jetzt zu einem solchen Schritt bewogen. In Ab-
hängigkeit vom Ergebnis dieses Gesprächs sollte erwogen
werden, ob und in welcher Weise seitens leitender Genossen der GO PEB auf die Klärung der Probleme in der
zuständigen WPO Einfluß genommen wird.

gez. ▋▋▋
▋▋▋

amt. Sekretär der ZPL

Zur Kenntnis:

1 x Sekretär f. Wissensch.,
    Volksbildung u. Kultur
    Gen. H.-Jürgen ▋▋▋

1 x BL, Abt. Schulen, Hoch- und Fachschulen

80

16. Das Ministerium für Staatssicherheit ist sofort informiert
(Handschrift, wahrscheinlich Entwurf für einen Brief)

XX/3   *28.7.83*
                                                                          M

andere Schrift: 28.7.OsL Da.

Information   inf.   Signum
███ *, Eberhard*
PKZ: 210437428210
geb. in Wangern
wh.: 9091 ████████
Ernst-Schneller-Str. 66
Dipl.-Ing.
wissenschaftlicher Sekretär des
Direktors für Studienangelegenheiten
der TH ███ *.*

   erfaßt auf SV XIV/1276/76

████ *setzte am 27.7.83 die TH* ███ *. in Kenntnis, daß er einen Übersiedlungs-antrag in die BRD gestellt hat und erklärte gleichzeitig seinen Austritt aus der SED.*

████ *wurde durch unsere DE 1980 als Auslandskader abgelehnt, da er um-fangreiche BRD-Kontakte besitzt und in politischer Hinsicht über Jahre hin indifferent in Erscheinung trat.*

████ *ist verheiratet mit der*
      ███ *geb.* ████ *, Irmgard*
PKZ: 101041518212
geb. in Lehndorf
wh. dito
VEB Buchungsmaschinenwerk ████ *.*
tätig als Kunststoffspritzerin

   erfaßt auf SV XIV/1276/76

Aus der Ehe gingen die Kinder

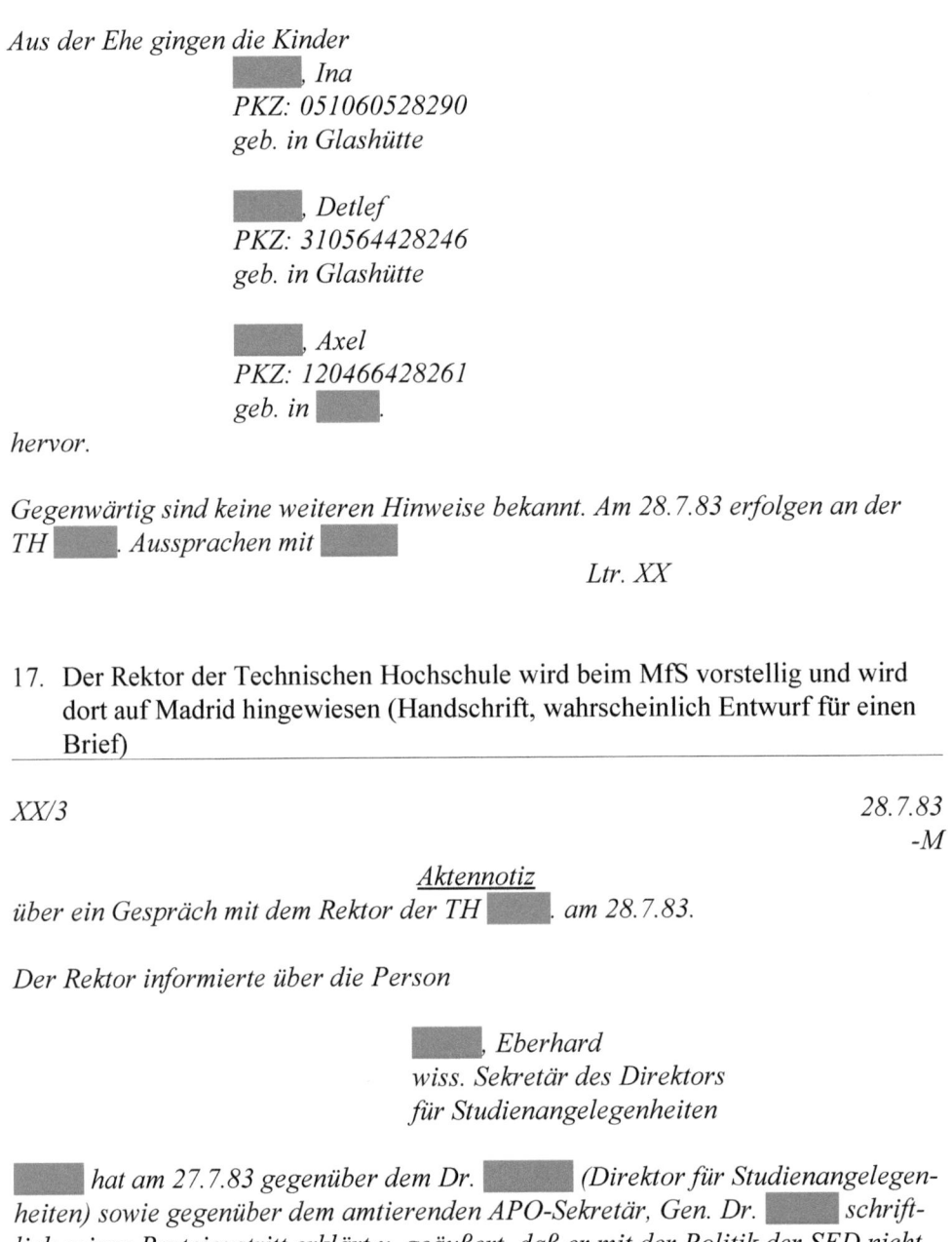

> ▮, *Ina*
> *PKZ: 051060528290*
> *geb. in Glashütte*

> ▮, *Detlef*
> *PKZ: 310564428246*
> *geb. in Glashütte*

> ▮, *Axel*
> *PKZ: 120466428261*
> *geb. in* ▮.

hervor.

Gegenwärtig sind keine weiteren Hinweise bekannt. Am 28.7.83 erfolgen an der TH ▮. *Aussprachen mit* ▮

> *Ltr. XX*

17. Der Rektor der Technischen Hochschule wird beim MfS vorstellig und wird dort auf Madrid hingewiesen (Handschrift, wahrscheinlich Entwurf für einen Brief)

XX/3   *28.7.83*
                                                                          -M

<u>*Aktennotiz*</u>
über ein Gespräch mit dem Rektor der TH ▮. *am 28.7.83.*

Der Rektor informierte über die Person

> ▮, *Eberhard*
> *wiss. Sekretär des Direktors*
> *für Studienangelegenheiten*

▮ *hat am 27.7.83 gegenüber dem Dr.* ▮ *(Direktor für Studienangelegen-heiten) sowie gegenüber dem amtierenden APO-Sekretär, Gen. Dr.* ▮ *schrift-lich seinen Parteiaustritt erklärt u. geäußert, daß er mit der Politik der SED nicht mehr einverstanden ist. Gleichzeitig teilte er mit, daß er einen Ausreiseantrag gestellt habe.*

Durch die TH ▓▓▓ *. wurde am 27.7.83 bei der Abt. Inneres d. Rates d. Stadt geprüft. Dort liegt noch kein Antrag vor.*

Der Parteisekretär des VEB Buchungsmaschinenwerk ▓▓▓ *. wurde vom Rektor informiert, da die Ehefrau des* ▓▓▓ *dort arbeitet. Im VEB Buma war der Sachverhalt noch nicht bekannt.*

Durch den Dr. ▓▓▓ *und durch den Direktor f. Kader u. Qualifizierung erfolgt am 28.7.83 mit* ▓▓▓ *eine Aussprache, um Motive, Hintergründe bzw. Zusammenhänge zu erfahren.*

Am 28.7.83 wird die TH (ZPL) eine Absprache mit der Parteikontrollkommission der BL der SED führen.

Am 29.7.83 erfolgt mit ▓▓▓ *eine Aussprache vor der ZPL.*

Der Rektor informierte, daß Maßnahmen der TH in Abstimmung mit der BPKK[a] erfolgen.

Der Rektor informierte, daß ▓▓▓ *nicht VVS-verpflichtet ist aber Kenntnis über den gesamten Studienprozeß der TH* ▓▓▓ *. hat.*

Der Rektor äußerte den Standpunkt, daß er gegen eine Übersiedlung des ▓▓▓ *ist.*

Der Rektor brachte zum Ausdruck, daß er unser Organ über den Fortgang dieser Angelegenheit informieren wird.

Ich habe den Rektor kurz informiert über die Problematik Abschlußdokumente des Madrider Treffens. Der Rektor deutete an, daß er diesbezüglich durch Prof. ▓▓▓ *vorinformiert sei.*

gez. ▓▓▓ *(?)*
Hptm.

a)   BPKK – Partei- Kontrollkommission des Bezirks

18. Der APO-Sekretär hält die mit dem MfS abgesprochene Strategie fest

```
Zu  ▓▓▓  :

Zur Information vom 28. 7. 1983 ist folgende Korrektur
notwendig:
```

████ hat den Antrag nicht persönlich sondern schriftlich an den Rat der Stadt, Abt. Inneres gestellt, so daß dieser gestern noch nicht eingegangen war.

Gestern fand mit ihm eine Aussprache durch den staatlichen Leiter, den Parteigruppenorganisator, den Kaderdirektor und der BGL-Vorsitzenden statt. Dabei wiederholte █. seine Gründe, die er in seinem schriftlichen Antrag auf Austritt aus der Partei angegeben hatte.

Er wurde gefragt, wie er sich die Angelegenheit mit seinen Kindern vorstelle. Darauf verweigerte er die Aussage. Das sei eine Sache, die er nur beim Rat der Stadt zu beantworten brauche und die die Hochschule nichts anginge. Inzwischen ist mir bekannt, daß die Tochter von █. (1960 geb.) verheiratet und selbst Mitglied unserer Partei ist.

Auf die Frage, wie er sich seine weitere Entwicklung vorstelle, hat █. zum Ausdruck gebracht, daß er dazu Vorschläge von der Hochschule erwarte. Er werde von sich aus keine Aktivitäten entwickeln, um sich eine andere Tätigkeit zu suchen. Er erwarte in dieser Hinsicht Angebote.

In einem Gespräch beim Rektor wurde festgelegt, daß er zunächst bis zum 3. 8. seinen restlichen Urlaub zu nehmen hat und danach von seiner Funktion entbunden wird. Es soll ihm angeboten werden, für die Instandhaltung von Lehrmitteln eingesetzt zu werden. Das ist eine Tätigkeit, für die er noch immer 1100,-M erhält. Schwierig wird die Frage, wenn er diese Tätigkeit ablehnt. Er ist auch von sich aus nicht bereit, einen Aufhebungsvertrag zu unterzeichnen. Das Gespräch in der PKK der Stadtleitung ergab, daß schnellstens gegen ihn ein Parteiverfahren eingeleitet und durchgeführt werden muß. Ergebnis kann nur Ausschluß aus der Partei sein. Dazu findet am 2.8. eine außerordentliche Leitungssitzung und voraussichtlich am 8.8. eine Parteiversammlung statt. Es wurde von der Stadtleitung angeregt, das Verfahren so schnell als möglich abzuschließen. Gleich-

zeitig regten die Genossen an, ▮. an der Hochschule
weiter zu beschäftigen, weil er hier stärker unter
Kontrolle stehe.

Der Parteigruppenorganisator, Gen. Rolf ▮▮▮▮, berichtete heute früh darüber, daß die Parteigruppe und
das Gewerkschaftskollektiv über den Vorfall informiert
wurde und bei allen Genossen und Kollegen große Empörung über diese Verhaltensweise bestehe.

▮▮▮▮▮▮▮▮, den 29. 7. 1983

gez. Unterschrift

19. Wir »legen nach« beim Rat der Stadt mit ergänzenden Bemerkungen zu unserem Antrag

Eberhard ▮▮▮   ▮▮▮▮▮▮▮▮, den 2.8.1983
Irmgard ▮▮

Rat der Stadt
Abt. Innere Angelegenheiten
▮▮▮▮▮▮▮▮
Rathaus

Betr: Ergänzende Bemerkungen zu unserem Antrag vom
27.7.1983

Im Antrag sind im wesentlichen wirtschaftliche und
politische Gründe genannt, die zu seiner Formulierung
herangezogen wurden. Sollte dabei bei einem Leser der
Eindruck entstanden sein, nur kleinliches Nörgeln oder
gar Nichtigkeiten oder persönliche Verärgerung hätten
zu diesem Schritt geführt, so ist dieser Eindruck
falsch. Der Antrag ist kein formaler juristischer
Schritt. Dahinter steht entschieden mehr. Es ist dies
der Ausdruck für die Ablehnung vieler, ja sehr vieler
Lebensgrundsätze, die uns hier durch den Staat als

Normen für die Gestaltung des Lebens und des Zusammenlebens vorgeschrieben werden. Wir sind keine Gegner der
DDR, weil wir gleichfalls deren Grundlagen der Frie-
denspolitik vertreten: Sicherung des Friedens, Abbau
der Spannungen in Europa, Verringerung des Wettrüstens
und friedliches Nebeneinander der Staaten unterschiedlicher Gesellschaftsordnung. Wir sehen aber nicht, daß
die BRD eine entgegengesetzte Politik verfolgt.

Persönlich sind wir in der DDR Beschränkungen im Lebensstandard, im Reisen und anderen Seiten unseres
Lebens unterworfen. Wir identifizieren uns nicht mit
den wirtschaftlichen und vielen politischen Zielstellungen in der DDR, sondern lehnen diese für uns ab. Wir
sind deshalb von uns aus dem gesellschaftlichen Leben
ausgetreten, betrachten uns nicht mehr als mit der DDR
in irgendeiner Weise, außer daß wir uns noch immer in
der Staatsbürgerschaft der DDR befinden, verbunden.
Selbstverständlich werden wir die bestehende Gesetz-
lichkeit in der DDR beachten. Darauf bezieht sich unser
Treueverhältnis mit der DDR. Ein Vertrauensverhältnis
existiert nicht. Wir bitten deshalb, daß unserem o.g.
Antrag schnell und unbürokratisch zugestimmt wird.

gez. Unterschriften

20. Brief an die Kampfgruppe und den 1. Sekretär der Hochschulparteileitung

Eberhard ████   ████████████████ , den 2.8.1983
Direktorat für
Studienangelegenheiten

An den
Kommandeur der Kampfgruppen-
hundertschaft der Techn. Hochschule
Herrn Dr. ██████

über den

1. Sekretär der Hochschulparteileitung
Herrn Prof. ▓▓▓▓▓▓

Sehr geehrter Herr Prof. ▓▓▓▓▓▓!
Sehr geehrter Herr Dr. ▓▓▓▓▓▓!

Wie Sie wissen, bin ich am 27.3.1983 aus der SED aufge-
treten. Am gleichen Tage stellte ich den Antrag auf
Entlassung aus der Staatsbürgerschaft der DDR und auf
Übersiedlung in die BRD.

Ich gehe davon aus, daß damit gleichzeitig meine Zugehörigkeit zur Kampfgruppe beendet wurde. Dennoch möchte
ich einige Gedanken zu meiner persönlichen Einstellung
gegenüber den Aufgaben der Kampfgruppe und den sich
daraus ergebenden Pflichten für mich für den Zeitraum
darlegen, in dem ich Mitglied war, insbesondere in den
letzte ein bis zwei Jahren vor meinem Ausscheiden. Seit
dieser Zeit überlegte ich ernsthaft, wie ich aus dem
Pflichtverhältnis herauskommen könnte. Es hat mich
zeitlich stark belastet und mich viele Stunden meiner
Freizeit gekostet. Obwohl ich nur Hilfskraft in der
Küche war (die Bezeichnung "Koch" ist irreführend, da
ich nicht kochen kann und auch keinerlei Ausbildung auf
diesem Gebiet habe), habe ich dennoch durch meine Arbeit mittelbar dazu beigetragen, daß die Einheit ihre
Aufgaben erfüllte. Bei meinen Vorgesetzten muß der Eindruck entstanden sein, daß ich ein pflichttreuer Genosse bin (dieser Eindruck ist auch insofern richtig, als
ich Pflichtverletzungen nicht begangen habe). Allerdings konnte ich mich innerlich nicht mehr mit den
Aufgaben und Zielen der Ausbildung identifizieren und
deshalb habe ich meine Pflichten auch nur noch formal
erfüllt, oft mit viel innerem Widerstreit.

Was hätte ich tun sollen? Sicherlich wäre der Weg zu

Ihnen zu einer Aussprache möglich gewesen, um die Entlassung zu erbitten. Was wäre dann aber geschehen, wie hätten Sie und die Hochschule reagiert? Welche Konsequenzen hätten sich aus einem solchen Gespräch für meine Tätigkeit an der Hochschule ergeben? In den Parteiauseinandersetzungen mit mir wegen eines nicht rechtzeitig gemeldeten BRD-Besuches in meiner Familie lernte ich kennen, wie solche Reaktionen sein können: unangemessen, in ihrer psychischen Wirkung auf mich brutal. Wenn auch diese Auseinandersetzungen von Anfang 1981 keine arbeitsrechtlichen Folgen hatten, so sind solche doch offensichtlich seitens der TH erwogen worden (dies konnte ich damals den Worten des 1. Prorektors und denen des Direktors Kader und Qualifizierung entnehmen). Was also wäre erst recht geschehen, wenn ich zu Ihnen gekommen wäre um zu sagen, daß ich die Aufgaben der Kampfgruppe nicht mehr verstehe, nicht mehr mittragen will und deshalb ausscheiden möchte? Ich konnte es mir nur denken und deshalb unterließ ich diesen Schritt. Ich hatte einfach Angst davor.

Nun, da ich mich losgesagt habe von der DDR, ich mich nicht nur innerlich, sondern jetzt auch juristisch von einem Staat trennen will, der nicht mein Vaterland ist, hielt ich es für notwendig, Ihnen diese Zeilen zu schreiben. Nehmen Sie das von mir gewollte Ausscheiden aus der Kampfgruppe nicht als Folge meines o.g. Antrages, sondern als einen von vielen Gründen, die diesen Antrag Induziert haben.

Hochachtungsvoll
gez. Eberhard

21. Die APO-Leitung berät über ein Parteiverfahren gegen mich

Technische Hochschule
██████████████████

APO Rekt./Prorekt.

P r o t o k o l l

der Leitungssitzung der APO Rektorat/Prorektorate
am 2. 8. 1983

Tagesordnung: Eröffnung eines Parteiverfahrens gegen
Eberhard ████████

Anwesend: Gen. ████████ (Sekr.)
                   Gen. ████████
                   Gen. ████████
                   Gen. ████████

Als Gäste: Gen. ████████ (Abt.-Ltr. d. Stadtleitung),
            Gen. ████████ (PO)
            Gen. ████████ (Sekr. d. ZPL)

Entschuldigt: Gen. ████████ (krank)

Gen. ████████
erläutert den Sachverhalt, daß ████████ den Antrag auf
Entlassung aus der Staatsbürgerschaft der DDR und Übersiedlung in die BRD gestellt hat und gleichzeitig am
27. 7. 1983 seinen Austritt aus der Partei erklärte.
Mit seinem Verhalten hat sich ████████ selbst außerhalb
der Reihen der Partei gestellt.
Es wird notwendig sein, gegen ████████ ein Parteiverfahren
durchzuführen und ihn aus der Partei auszuschließen.
Wir sollten seien Austritt aus der Partei nicht akzeptieren, weil wir uns von ihm trennen werden und nicht
er von uns.

Gen. ▮▮▮▮▮▮
unterstützt den Antrag auf Eröffnung eines Parteiverfahrens gegen ▮▮▮▮.

Mit seinen Handlungen hat er sich selbst zum Staatsfeind erklärt. Das kommt besonders darin zum Ausdruck,
daß er die Auffassung vertritt, daß die DDR nicht sein
Vaterland sei.
Wir müssen der Mitgliederversammlung diese Auffassung
eindeutig begründen.
Wir wissen heute, daß es bei ihm bereits Anzeichen für
Abweichungen gab. Die Frage, die wir klären müssen ist,
wie er in seinem Kollektiv aufgetreten ist, wie er sich
politisch geäußert hat.
Es wird sicher auch für die Genossen keine andere
Konsequenz geben, als sich von ▮▮▮▮ zu trennen. Wichtig ist aber für uns, daß wir die richtigen Schlußfolgerungen für die weitere Parteiarbeit ziehen.

Gen. ▮▮▮▮▮
gibt eine kurze Begründung, warum die Parteigruppe für
die Durchführung eines Parteiverfahrens ist. Es gibt in
der Parteigruppe Studienangelegenheiten eine einmütige
Verurteilung der Haltung von ▮▮▮▮.
Auch bei den parteilosen Kollegen wird die Handlungsweise von ▮▮▮▮ übereinstimmend verurteilt und es
herrscht im Bereich eine große Empörung darüber vor.
Zur Frage von Gen. ▮▮▮▮ erklärte Gen. ▮▮▮▮, daß ▮.
in kleinen Kollektiven durchaus auch in Diskussionen
positiv aufgetreten sei und sogar als Gewerkschaftsvertrauensmann die Wirtschaftspolitik der Partei erläutert
habe. Deshalb sei jetzt auch der politische Schaden
sehr groß in seinem Bereich, weil er das Vertrauen in
die Partei untergraben habe. ▮. habe es aber immer
abgelehnt, in einem größeren Kreise, wie etwa in der
APO-Versammlung sich politisch zu äußern.
Auseinandersetzungen seien mit ▮. geführt worden und
die Genossen hätten dabei auch einen klaren politischen

Standpunkt gehabt. Die damals geübte Kritik habe ▮.
aber als schockierend bezeichnet.

Gen. ▮
unterstützte ebenfalls den Vorschlag auf Durchführung
eines Parteiverfahrens, mit dem Ziel, ▮ aus der
Partei auszuschließen.
Es hat sich gezeigt, daß ▮ 2 Gesichter hatte. Da er
diesen Schritt ganz offensichtlich lange vorbereitet
hat, hat er sein Kollektiv und seine Vorgesetzten getäuscht. Wir haben ihm auch nach der Auseinandersetzung
1980 noch Vertrauen geschenkt und ihn in seiner staatlichen Funktion belassen. Aus heutiger Sicht zeigt
sich, daß das ein Fehler war. Schon damals gab es Anzeichen dafür, daß er kein klares Freund-Feind-Bild
besitzt. Das wird in seinen schriftlich formulierten
Anträgen deutlich.
Wenn er in seinem Schreiben an die GO-Leitung zum Ausdruck bringt, daß er gegen jede Form der Rassendiskriminierung und Völkerhaß ist, er sich gleichzeitig
von uns lossagt, bleibt offen, was er damit meint.
Verdächtigt er etwa uns des Völkerhasses, weil wir
erklären, daß jeder, der das imperialistische System
unterstützt, auch bereit ist auf uns zu schießen?

Gen. ▮
vertrat ebenfalls die Auffassung, daß gegen ▮ ein
Parteiverfahren durchgeführt werden sollte, um ihn aus
der Partei auszuschließen. Auch wenn es für ihn selbst
kaum eine erzieherische Wirkung haben wird, so muß ein
solches Verfahren zum ideologischen Klärungsprozeß in
der APO beitragen.
In seiner Tätigkeit hat er nie staatsfeindliche Äußerungen getan; im Gegenteil, er hat in Dienstbespre-
chungen u.a., die er selbst leitete die Wirtschaftspolitik der Partei erläutert. Wenn er heute sagt, daß
er diese Politik nicht verstanden habe, dann hat er
offensichtlich geheuchelt.

Es gab keine konkreten Ansatzpunkte für eine Auseinandersetzung mit ihm. Er hat seine fachlichen Aufgaben
erfüllt und keinen Grund für disziplinare Maßnahmen
gegeben.

Gen. ▮▮▮▮
erläuterte die Notwendigkeit, ein Parteiverfahren gegen
▮▮▮▮ durchzuführen. Er sei damals von einer Grundorganisation unserer Partei aufgenommen worden und eine
Grundorganisation könne auch nur darüber entscheiden,
in welcher Form wir uns von ihm trennen. Deshalb können
wir auch seinen Austritt aus der Partei nicht akzeptieren.
Wenn wir diesen Vorfall in der APO auswerten, so müssen
wir Schlußfolgerungen für die Erhöhung der Wachsamkeit
ziehen. Das ist in der angespannten Klassenauseinander-
setzung besonders notwendig. Wir dürfen jedoch auch
keine Atmosphäre des Mißtrauens schaffen. Es erhebt
sich für uns die Frage, wie unter unseren Augen einer
zum Staatsfeind werden konnte, ohne daß wir es bemerkt
haben. Er hat neben uns her gelebt, ohne daß wir ihn
richtig gekannt haben. Daraus gilt es vor allen Schlußfolgerungen zu ziehen.
Im Parteiverfahren kommt es darauf an, die Entwicklung
von ▮▮▮▮ zum Feind unserer Republik deutlich zu machen. Wir müssen zeigen, welche Gefahren es gibt, die
einen solchen Weg begünstigen. Wir sollten auch unter-
suchen, welche Möglichkeiten der Gegner hat, von ▮▮▮▮
abzuschöpfen und uns damit zu schaden.

Gen. ▮▮▮▮
wies darauf hin, daß es notwendig ist, bei der Durchführung des Parteiverfahrens Schlußfolgerungen für die
Erhöhung der Wachsamkeit in unseren Parteigruppen zu
ziehen. Es ist die parteierzieherische Wirksamkeit in
den Vordergrund zu stellen.
Es sind bisher einige Fragen offen, auf die wir eine
Antwort suchen müssen. Er hat bewußt falsche Angaben

92

gemacht, warum wurden daraus keine Konsequenzen gezogen? Unter unseren Augen konnte sich einer zum Parteifeind entwickeln. Was hat uns veranlaßt, ihm auch weiter Vertrauen zu schenken?
▩ stellt den Antrag zu einem Zeitpunkt verschärfter
Klassenkampfbedingungen. Das unterstreicht die Partei-
und Staatsfeindlichkeit seiner Handlung.
In Vorbereitung auf die APO-Versammlung sollten wir auf
möglichst zahlreiche Stellungnahmen orientieren. Dabei
sollten vor allem persönliche Stellungnahmen und weniger kollektive Meinungen zum Ausdruck kommen.
Es muß geklärt werden, warum wir ein solches Verfahren
durchführen, obwohl ▩ sicher nicht erscheinen wird.
Es muß klar sein, daß wir auf der Grundlage unseres
Statuts ein solches Verfahren durchführen, obwohl ▩.
den Antrag auf Austritt gestellt hat.

Beschluß:
Die APO-Leitung schlägt der Mitgliederversammlung die
Durchführung eines Parteiverfahrens gegen Eberhard
▩ vor.
Die Begründung des Antrags wird von Sekretär auf der
Grundlage der in der Leitungssitzung gegebenen Hinweise
formuliert.
Der Sekretär der APO wird auf der Mitgliederversammlung
am 8.8.83 die Begründung verlesen.

Die Versammlung wird von Gen. ▩ geleitet.
                    gez. Unterschrift APO-Sekretär

22. Genosse Köhlert von der Stadtleitung der SED, Teilnehmer an der APO-Leitungssitzung, machte sich seine eigenen Notizen (Erklärung der Abkürzungen durch den Verfasser)

SED-Stadtleitung
WVK (dem Verf. unbekannt) [redacted], den 4. 8. 1983

N o t i z

über die APO-Leitungssitzung - Studienangelegenheiten - der TH am 2. 8. 1983

Außer den Mitgliedern der Parteileitung nahmen teil:

Gen. Dr. [redacted] - stellv. PS der ZPL (PS=Parteisekretär, ZPL=Zentrale Parteileitung)
Gen. [redacted] - Abt.Ltr. SL (SL=Stadtleitung)

Die Parteileitung beschäftigte sich mit 2 Schwerpunkten:

1. Parteiverfahren gegen Eberhard [redacted]
2. Vorbereitung der MV der APO am 8, 8. 1983, 16.30 Uhr, Zimmer 204
(MV=Mitgliederversammlung)
An ihr wird teilnehmen das Mitglied der SL und Parteisekretär der ZPL, Gen. Prof. Dr. [redacted].

<u>Zu 1.:</u>
Gen. [redacted], amt. APO-Sekretär verlas die letzte Zuschrift von E. [redacted] mit seiner Mitteilung über den "Austritt" aus der Kampfgruppe. In diesem Schreiben wird die partei- und staatsfeindliche Position [redacted]s ganz deutlich.

Die Genossen der APO-Leitung sind voll informiert über

alle Zusammenhänge. Jeder Genosse sprach zur Diskussion. Es besteht völlige Einmütigkeit darüber, daß der Antrag ▮▮▮s auf "Austritt aus der Partei" ignoriert wird. Ein Mitglied unserer Partei wird mit Beschluß der GO aufgenommen. Sein Ausscheiden kann ebenfalls nur mit Beschluß der GO geschehen. (GO=Grundorganisation)

Ein entsprechender Entwurf für den Beschluß der MV wurde von Gen. ▮▮▮ vorgetragen mit der Schlußfolgerung, ▮▮▮ aus der Partei auszuschließen. Der genaue Text wird noch mit Gen. ▮▮▮, Vors. der SPKK, abgestimmt. (SPKK=Patei-Kontrollkommission für den Stadt-Bereich)

Der PGO, (Parteigruppenorganisator) Gen. ▮▮▮, trug die einmütige Auffassung der Mitglieder der Parteigruppe vor. Sie distanzieren sich eindeutig von ▮▮▮ und fordern seinen Ausschluß.
Sichtbar wurde, daß in den letzten beiden Jahren in der Parteigruppe oft über Fehlverhalten von ▮▮▮ diskutiert werden mußte. Die Aussprachen endeten in der Regel nach hartnäckigem Verhalten ▮▮▮s dann mit seiner Erklärung, daß er sein Verhalten ändern wolle. Wie sich heute herausstellt, sind das nur formale Versprechungen gewesen.

Zu 2.:
In der MV wird Gen. ▮▮▮ den Genossen den Sachverhalt erläutern und den Beschlußentwurf vorlegen. Anschließend wird Gen. ▮▮▮ die Meinung der Parteigruppe zum Ausdruck bringen. Sollte ▮▮▮ anwesend sein (er wurde persönlich durch den PGO eingeladen, ebenso zur Parteigruppenversammlung am 3. S. 1983) erhält er die Gelegenheit, zu seinem Verhalten zu sprechen.

Für die MV sind 2 Zielstellungen gesetzt:

1. Ausschluß ▮▮▮s aus unserer Partei
2. Schlußfolgerungen für die politische Arbeit in der

APO und für alle Genossen

Dazu wird festgelegt, daß, ausgehend von der Tatsache, daß die Entlarvung ████s durch ihn selbst und sein Verhalten erfolgte und nicht durch die Genossen der Parteigruppe und der APO, herausgearbeitet werden muß, daß der parteiliche und offene Ton und Stil der Partei- arbeit in diesem Bereich zu verstärken ist, ohne daß ein Zustand des Mißtrauens des Einen gegen den Anderen eintritt.

gez. Unterschrift

████████

Abt.Leiter WVK

23. Mitarbeiterverordnung MVO Auszug
(Quelle: Gesetzblatt der DDR Teil II Nr. 127 vom 13.12.1968)

Verordnung über die wissenschaftlichen Mitarbeiter an den wissenschaftlichen Hochschulen-Mitarbeiterverordnung (MVO) - vom 6. November 1968

...

§2 Die wissenschaftlichen Mitarbeiter

(1) Wissenschaftliche Mitarbeiter im Sinne dieser Verordnung sind insbesondere: ... wissenschaftliche Sekretäre.

(3) Voraussetzungen der Tätigkeit als wissenschaftlicher Mitarbeiter sind ein hohes sozialistisches Staatsbewußtsein und die Bereitschaft und Fähigkeit zur sozialisti- schen Erziehung der Studenten.

24. Protokoll der »Arbeitsberatung« im größeren Kreise

Gespräch mit Koll. ▮▮▮▮ am 3.8.1983

Teilnehmer:
Direktor K/Q Gen. ▮▮▮▮
PEA, Prof. ▮▮▮
Arbeitskollektiv:
Gen. ▮▮▮ , Gen. ▮▮▮▮ , Genn. ▮▮▮ , Genn. ▮▮▮▮ ,
Gen. ▮▮▮ ,
Gen. Dr. ▮▮▮▮ , Gen. ▮▮▮▮ , Gen. ▮▮▮▮
Kolln. ▮▮▮ , Kolln. ▮▮▮▮

Prof. ▮▮▮ :
Informiert Arbeitskollektiv, daß Koll. ▮▮▮ aus der
Staatsbürgerschaft der DDR entlassen werden und in die
BRD übersiedeln will. Nach dem ersten Gespräch wurde
ihm ein Überlegen angeraten. Heute soll er dazu nochmal
Stellung nehmen.

▮▮▮ :
Verhandelt nicht mit der THK, da er hier den Antrag
nicht gestellt hat. Es hat sich auch nichts geändert;
verhandelt nicht.

Prof. ▮▮▮ :
Prinzip der soz. Demokratie herrscht bei uns.

▮▮▮ :
Lehnt gerade dieses Prinzip ab

Prof. ▮▮▮ :
Wir stehen dazu und Verfahren danach.

▮▮▮ :
Größte Heuchelei, Maßlosigkeit, wünscht ihm das, wie er

sich verhält, Distanz ist noch wenig.

████████:
Entsetzt, auch das Kollektiv

███████:
Verräter, der uns jahrelang an der Nase herum geführt
hat

███████:
Gesinnungslump

██████:
Hat nicht die Absicht, sich beleidigen zu lassen.

Prof. ██████:
Wer wen beleidigt hat über die Jahre hinweg, ist wohl
eindeutig. Wir führen Arbeitsberatung, wie es weiter-
geht.

██████:
Billigt ihm das Recht "Beleidigung" nicht zu. Beleidigt
uns mit allen seinen Taten und verwahrt sich. Das entspricht jeder realen Basis.
Ist doch Staatsbürger der DDR und Mitarbeiter der THK,
also unterliegt er deren Gesetzen.

██████:
Maßlos enttäuscht über Verhaltensweise - Parteifeind-
lich, republikfeindlich.
Unterstützung mit Füßen getreten, viele Genossen durch
Heuchelei mit Füßen getreten.
Es geht ihm um die Haltung zum Staat, der ihn hat groß
werden lassen. Diese Chancen hat der Staat geboten, und
uns alle hat ██████ belogen und betrogen.
Frage: "Seit wann betrügst Du Deine Arbeitskollegen?"
Kampfgruppe nur Mitglied, weil er mußte? - Warum?
Haben uns mit ihm vielfältig befaßt und geholfen -

warum belügt er uns?
Hat mit Mitarbeitern gesprochen, politische Gespräche
geführt, alles als Lüge, hat uns behandelt als Feinde,
Lügner. Diese menschliche Seite interessiert uns alle.

███████:

Kann dies nicht quantifizieren. Er kann nicht sagen,
seit wann dieser Entschluß existiert.
Übernahme von Funktionen: Er wollte keine Funktionen
übernehmen, er mußte eine Funktion übernehmen. Er hat
immer das getan, was von ihm verlangt wurde. Vieles ist
ihm nicht leicht geworden. Seit 1 - 2 Jahren wollte er
aus der Kampfgruppe ausscheiden, aber wie?
Versteht heute noch nicht die "überzogenen" Auseinandersetzungen in der Partei über den nicht gemeldeten
BRD-Besuch.

███████:

Seiner Stellung macht deutlich, daß er ein ganz großer
Egoist ist, weil egoistische Vorstellungen nicht so,
wie erwünscht, erfüllt werden. Verhalten macht deutlich, daß er auch Feigling ist. Vor Jahren hätte er
kommen müssen, aber dann mit allen Konsequenzen, und
dafür war er zum egoistisch, wegen seines Gehaltes.
Damit ist er nicht nur Heuchler, sondern Lügner.
Hat alles, was er sich wünscht, z. B. Auto, nimmt Ferienplatz nach Ungarn in Anspruch und beschwert sich
darüber, daß das Geld nicht reicht u.a.m.
██████ zieht die Konsequenzen: Aussiedlung in die BRD,
Partei- und FDGB-Austritt, aber, daß er nicht mehr
wiss. Sekretär sein kann, diese Konsequenz zieht er
nicht.
Ihm ist es lieber, wenn jemand ehrlich seine Meinung
sagt, aber nicht hintenrum anders denkt, als es ins
Gesicht gesagt wird.

Prof. ██████:
Diskussionsrunde hat gezeigt, wie die Kollegen zu die-

sem Schritt denken. - Eindeutige Ablehnung und Verurteilung.
Insgesamt ergibt sich daraus, daß die Voraussetzungen zur Tätigkeit als wiss. Sekretär des DSA nicht mehr existieren (MVO § 2, Abs. 3).

███:
Das ist richtig. Nach dieser MVO ist sie nicht mehr möglich.

Prof. ███:
Mit Wirkung vom 03.08.1983 wird diese Tätigkeit beendet.
Entspricht der soz. Demokratie, daß die THK eine andere Tätigkeit anbietet.

███:
Bei Angebot einer anderen Tätigkeit dürfen die Sicherheitsbestimmungen der Republik nicht verletzt werden.
Nach gründlicher Diskussion bieten wir an:
1. Wartungsingenieur zur Wartung der Lehr- und Lernmittel (1100,- M)
2. Küchenhilfskraft für libysche Bürger (800,- M)

███:
Kann er Informationen über das Tätigkeitsgebiet (1) einholen?

███:
Muß Planstelle erst einrichten, liegt im Bereich des Genossen ███

███:
Stimmt zu, zur Tätigkeit 1

███:
BGL stimmt zu

███████ :
Änderungsvertrag wird abgeschlossen.

Prof. ███████ :
Mit Wirkung vom 4.8. beginnt die neue Tätigkeit, 3.8.
werden Unterlagen übergeben.

███████ :
Einladung zur Parteigruppenversammlung am 3.8.83, 14.30
Uhr wegen Parteiverfahren.

███████ :
Ist aus der Partei ausgetreten und sieht damit keinen
Basis an der Teilnahme der PV.

Prof. ███████ :
Wir handeln nach den Leninschen Parteinamen und laden
ein.

███████ : Nimmt Versammlung nicht wahr.

gez. Unterschrift
Protokollant

25. IMSª Liebermann informiert über die »Arbeitsberatung« und darüber, dass
sich die Genossin AGL-Vorsitzende nicht geäußert hat (Handschrift)

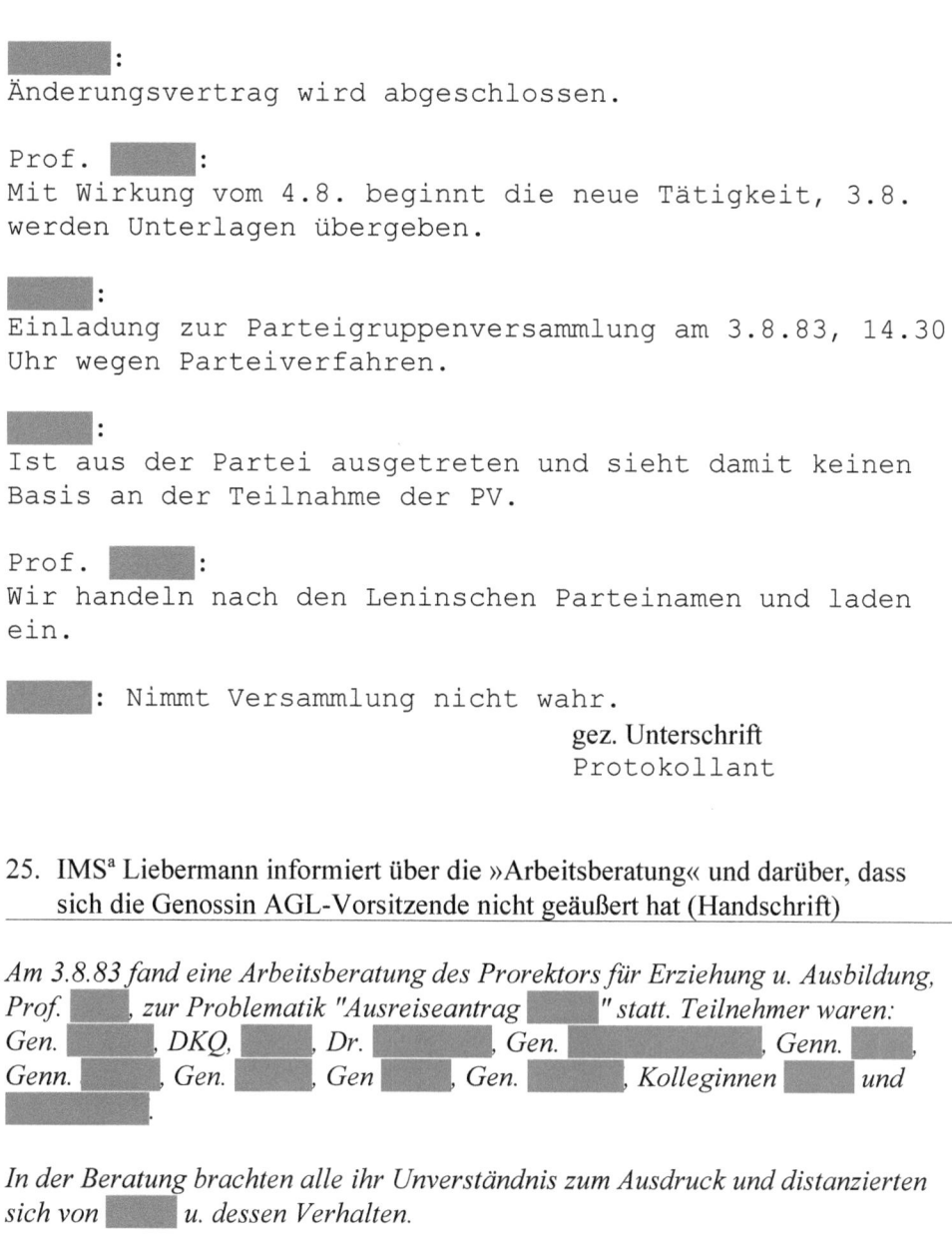

Am 3.8.83 fand eine Arbeitsberatung des Prorektors für Erziehung u. Ausbildung,
Prof. ████, zur Problematik "Ausreiseantrag ████" statt. Teilnehmer waren:
Gen. ████, DKQ, ████, Dr. ██████, Gen. ██████████, Genn. ████,
Genn. ████, Gen. ██████, Gen ████, Gen. ██████, Kolleginnen ████ und
████████.

In der Beratung brachten alle ihr Unverständnis zum Ausdruck und distanzierten
sich von ████ u. dessen Verhalten.

Es kam deutlich sein übersteigerter Egoismus, seine Rücksichtslosigkeit und
Heuchelei bzw. Lügerei zum Ausdruck.

███ *verhielt sich äußerst anmaßend und trat in unverschämten Ton auf. So verwahrte er sich gegen unsere "Beleidigungen" und brachte zum Ausdruck, daß er nicht die Absicht habe, über seine Beweggründe mit der THK zu sprechen, da er seinen Antrag an staatliche Organe gerichtet habe.*[b]

In der Diskussion wurde klar, daß er infolge seiner Verhaltensweise nicht mit Nachsicht rechnen kann und er als seinen eigenen Vorteil in den Vordergrund stellte.

Es kam klar zum Ausdruck durch ███, *daß er sich schon seit langem (er konnte auf diese Frage keine Angabe genau machen) mit der Problematik "Ausreise" beschäftigt, so habe er sich bereits vor einem Jahr die Frage nach dem Austritt aus der Kampfgruppe vorgelegt, aber verworfen, weil damit Konsequenzen verbunden gewesen wären.*

Durch Gen. ███ *wurde* ███ *als Konsequenz seiner Verhaltensweisen u. Äußerungen mitgeteilt, daß er die Bedingungen, die wiss. Mitarbeiter der TH erfüllen müssen, nicht mehr erfüllt und deshalb eine andere Arbeitsstelle angeboten bekommt.* ███ *erkannte die Konsequenz an. Das Angebot, als Instandhaltungsmechaniker für Lehrmittel zu arbeiten, nahm* ███ *an.*[c] *Er erhält ein Gehalt von 1100,- M.*

In der Beratung brachte z.B. Kolln. ███ *zum Ausdruck, daß sie sich enttäuscht sieht und sich distanziert. Sie betrachte ihn als Verräter. Ähnliches sagte die Kolln.* ███. *Gen.* ███ *brachte zum Ausdruck, daß ihm der Vertrauensbruch besonders schwer erscheint.* ███*s Verhaltensweise stoße ihn ab. Er habe nicht mit so etwas gerechnet.* ███ *ging auf Beispiele helfender Kritik u. Hilfe ein und klagte* ███ *des Verrats u. der Heuchelei u. Lüge in unverschämter Größenordnung an.*

In der Diskussion kam auch sein polit. Versagen u. Lügnerei zur Sprache. Ebenso wurde der Wunsch ausgedrückt, daß es ihm entsprechend seiner Verhaltensweise ergehen möge.

Genn. ███ *äußerte sich in dieser Beratung sowie in zwei vorangegangenen nicht zu dieser Angelegenheit obwohl sie als AGL-Vorsitzende in der Zusammenkunft der Gewerkschaftsgruppe, Parteigruppe und des Arbeitskollektivs aktiv hätte auftreten müssen. Sie äußerte in einem persönlichen Gespräch die Sorge, daß sie über ihren Mann mit dafür gesorgt hätte, daß ein Sohn* ▓▓▓ *s eine Lehrstelle bei Robotron erhielt.*

Mir (?) wurde mitgeteilt, daß am 2.8. ▓▓▓ *ein Schreiben an "Herrn Prof.* ▓▓▓ *u. Dr.* ▓▓▓ *" gerichtet habe, in dem er erklärt aus der Kampfgruppe auszutreten. Als Begründung gab er sinngemäß an, daß er sich bereits seit Jahren nicht mehr dort wohl fühle, die DDR nicht als seine Heimat betrachte. Er habe nur mitgemacht, weil er mußte. Er betonte im Schreiben, daß er nicht als Koch, sondern als Küchenhilfskraft tätig war. (Information von Gen.* ▓▓▓ *)*

gez. Liebermann

a) **IMS** Inoffizieller Mitarbeiter, der mit der Sicherung eines gesellschaftlichen Bereichs oder Objekts beauftragt ist - 1968 mit Richtlinie 1/68 vom Januar 1968 eingeführte Kategorie - 1979 wie folgt definiert: Inoffizieller Mitarbeiter zur politisch-operativen Durchdringung und Sicherung des Verantwortungsbereichs.

b) Ich hatte auf die entsprechende Aufforderung von Prof. ▓▓▓ gefragt, in welcher Weise die TH Einfluss auf das Verfahren nehmen kann (oder mir behilflich sein kann - oder so ähnlich). Da er natürlich nur sagen konnte, dass die TH nichts machen könne, habe ich mich im o.g. Sinne geäußert.

c) Nicht erwähnt wird, dass Kaderdirektor ▓▓▓ auch alternativ "Küchenhilfskraft in Lybien-Küche" angeboten hat.

26. Die außerordentliche Parteigruppenversammlung am 3.8.83 mit Antrag auf Ausschluss aus der SED und Ergänzungen

Parteigruppe Studienangelegenheiten   4.8.1983

P r o t o k o l l

über die außerordentliche Parteigruppenversammlung am 3.8.1983

Beginn: 14.3o Uhr   Ende: 16.15 Uhr

Anwesend: Gen.
             "
             "
             "
             "   Prof.
             "

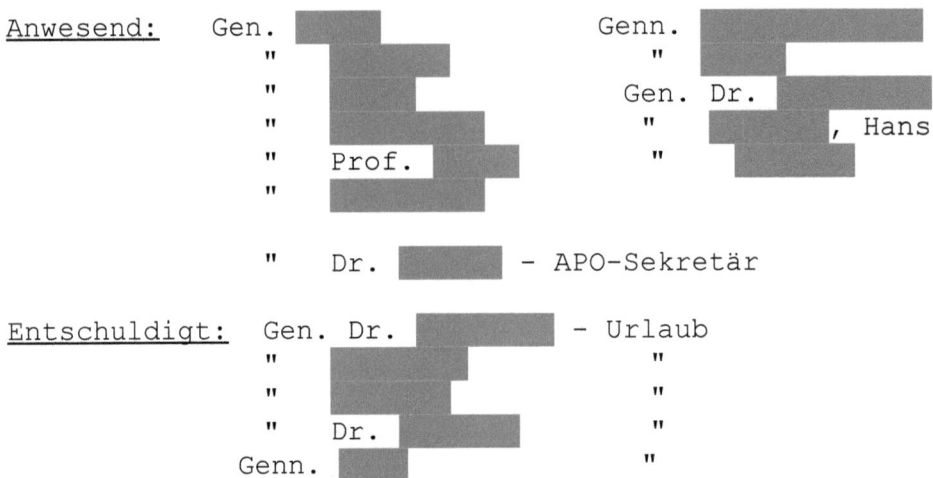

Genn.
"
Gen. Dr.
"   , Hans
"

             "   Dr.   - APO-Sekretär

Entschuldigt: Gen. Dr.   - Urlaub
               "   "
               "   "
               "   Dr.   "
             Genn.   "

Nicht anwesend: E.   - er war eingeladen, lehnte
                          die Teilnahme ab, da er aus
                          der Partei ausgetreten sei.

Tagesordnung: Stellungnahme zum Verhalten von E.

Der Parteigruppenorganisatior informierte die Genossen
über den gegenwärtigen Stand seit der Bekanntmachung
über die Verhaltensweisen von E.   (Antrag auf
Entlassung aus der Staatsbürgerschaft der DDR - Austritt aus der Partei und dem FDGB):

Es fanden mit E.   2 Beratungen statt:

1. Gen.   Dr.   - DSA - Gesprächsleiter
   "   - DKQ
   Genn.   - BGL-Vorsitzende
   Gen.   - Parteigruppenorganisator

2. am 3.8.83 Prof.   - PEA - Gesprächsleiter
             alle Abteilungsleiter des DSA

104

Gen.  - DKQ
" - Parteigruppenorganisator
Kolnn. - amt. Gew.-Vertrauensmann
" - DSF-Gruppenvorsitzende

In beiden Gesprächen, wie auch in schriftlichen Erklä-
rungen, wurde deutlich, daß sich E. ▓▓▓ selbst als
Partei- und Staatsfeind entlarvt (Trotz wiederholter
Hinweise, seine Schritte nochmals zu durchdenken).

Ab 4.8.83 wird E. ▓▓▓ als Wartungs-Ing. für Lehr- und
Lernmittel an der Hochschule eingesetzt. Der Änderungsvertrag wurde unterschrieben.
Die Unterlagen aus der bisherigen Tätigkeit als Wissenschaftlicher Sekretär des Direktors für Studienangelegenheiten wurden heute Gen. ▓▓▓ übergeben.

Weiterer Ablauf:

1. Vortragen des Entwurfs des Antrages der Parteigruppe
   auf Parteiausschluß und einer ergänzenden Stellungnahme der Gruppe, die in der APO-Versammlung am
   8.8.83 vorgetragen werden soll. (Anlage)

2. Gen. Dr. ▓▓▓ gab ein Schreiben von E. ▓▓▓ an
   den 1. Sekretär der ZPL und an den Kommandeur der
   Kampfgruppe bekannt.

3. Diskussion

Gen. ▓▓▓:[a]
Die Handlungsweise von E. ▓▓▓ hat Empörung und Verurteilung hervorgerufen. Er galt immer als pflicht-
bewußter Genosse. In der mit ihm geführten Aussprache
hat er sich entlarvt. Er ist ein ganz arroganter Kleinbürger und maßloser Egoist, Betrüger und Täuscher übelster Sorte. Er ist schon von der gegnerischen Ideologie
durchdrungen.

Er stellt eine außerordentliche Informationsquelle für
die andere Seite dar (Kenntnis über Kampfgruppe - verantwortlich für Kaderarbeit im DSA u.a.).
Vorschlag: Es sollte eine sicherungsmäßige Überprüfung
            stattfinden - Verbindung in Ungarn und
            CSSR.
            Antrag auf Übersiedlung sollte abgelehnt
            werden.

Gen. ▮▮▮▮▮▮▮▮▮:
Wir sollten auch daran denken, wie wir unsere Arbeit in
Zukunft weiterführen. Wir sollten uns von Zustimmungen
unserer Mitarbeiter nicht täuschen lassen, denn der
angerichtete politische Schaden ist groß.

Gen. ▮▮▮▮▮▮▮:
Wir machen es uns vielleicht etwas leicht bei der Feststellung
"er hat sich selbst entlarvt".
Er ist 18 Jahre Mitglied der Partei und konnte sich so
entwickeln, ohne daß wir Anzeichen hatten. Es hat Anzeichen gegeben. Wir sind über einige Dinge zu leicht-
fertig hinweggegangen, die prinzipienfester behandelt
werden mußten. Vor 2 Jahren war das der erste Anlaß.
Hätten wir ihn nicht schon damals entlarven können?

Gen. Prof. ▮▮▮▮▮▮:
Durch seine Stellungnahme und sein Auftreten hat er
eindeutig seine Position charakterisiert.
Er hat es verstanden, sich geschickt zu tarnen als
Partei- und Staatsfeind. Die Frage lautet: wie konnte
sich eine solche Entwicklung unter unseren Augen voll-
ziehen.

Gen. ▮▮▮▮▮▮▮:
Wir müssen uns mehr bemühen, den Motiven von Handlangen
mehr Aufmerksamkeit zu schenken.

106

Genn. ████████████:
Er war immer als einer der besten Genossen bekannt. Die
parteilosen Kolleginnen der Stundenplanung bringen ihre
Enttäuschung zum Ausdruck und stellen die Frage, ob
noch nie etwas bemerkt worden ist.

Genn. █████:
Es hat in der Vergangenheit schon Auseinandersetzungen
gegeben. Beispielsweise wurde er kritisiert, als er
sine monatliche Solidaritätsspende auf 2,- M reduzier-
te. Wir haben uns letztenendes mit seiner Antwort zufrieden gegeben, daß er Blut spenden wolle und doch
Päckchen in die VR Polen und nach Rumänien schicke.
Unsere parteilosen Kolleginnen waren empört darüber,
vor allen auch von der Vorbildwirkung als Vertrauensmann der Gewerkschaft. Wir haben ihn auch kritisiert,
weil er den Auftrag nicht erfüllt hatte, einen Diskussionsbeitrag in der APO-Versammlung zu leisten. Vom
politischen Engagement her haben wir aber nicht diskutiert. Im neuen Arbeitskollektiv wird es nicht so einfach sein. Dort kommt es vor allem auf eine erhöhte
politische Wachsamkeit an.

Gen. ██████:
Er ging vor allem auf die Zugehörigkeit von E. ██████
zur Kampfgruppe ein. Auch in seiner Tätigkeit in der
Küche hatte er wesentlichen Einblick in die Kampfgrup-
penarbeit. Das sollte bei der Entscheidung über seinen
Antrag beachtet werden.

4. Abschließende Festlegungen
- Der Antrag auf Ausschluß aus der Partei wurde ein-
  stimmig bestätigt.
- Zur Diskussion in der APO-Versammlung wurden die
  Genossen Dr. ███████, ██████ und ██████ angespro-
  chen (persönliche Meinungsäußerungen).
- Am 9.8.83 wird in der Gewerkschaftsgruppe der Aus-
  schluß aus der Gewerkschaft behandelt und über die

Mitgliedschaft zur DSF beraten, da E. ▓▓▓ inzwischen seinen Austritt aus der DSF erklärte.

Anlagen

bestätigt: gez. Unterschrift   *gez.* gez. Unterschrift
            Parteigruppenorganisator   *Protokollant*

a)   Die Namen der Diskussionsredner sind in der Vorlage geschwärzt, konnten
     aber bis auf zwei rekonstruiert werden.

Parteigruppe Studienangelegenheiten
                            ▓▓▓▓▓▓▓▓▓▓▓▓▓▓, 3. 8. 83

Antrag der Parteigruppe auf Ausschluß des Eberhard ▓▓▓
▓▓▓ aus der Partei im Ergebnis der außerordentlichen
Gruppenversammlung 03. 08. 1983

Die Parteigruppe Studienangelegenheiten hat am Mittwoch, dem 03. 08. 83 über Handlungs- und Verhaltensweisen von Eberhard ▓▓▓ beraten.
Ausnahmslos alle Genossen der Parteigruppe verurteilen
seine, eines Genossen unwürdigen Haltungen. Sie sind um
so verwerflicher, weil es gerade in der gegenwärtigen
internationalen angespannten Klassenkampfsituation, in
der im Ergebnis imperialistischer Politik die Gefahr
eines atomaren Krieges droht, besonders darauf ankommt,
dieser gefährlichen Situation unter Einbeziehung aller
Kräfte energisch zu begegnen.
Die Verhaltensweisen von E. ▓▓▓ werden auch deshalb
eindeutig verurteilt, weil er durch seine berufliche
Tätigkeit, seine fachliche und politische Qualifikation
durchaus in der Lage ist, seine - wie er ausdrückte -
reichlich überlegten Schritte zu überschauen. Die Mitglieder der Parteigruppe distanzieren sich nicht nur

von den Partei- und republikfeindlichen Verhaltensweisen von E. ▮▮▮ und verurteilen ganz entschieden
sein verräterisches Verhalten, sondern stellen zugleich
den Antrag auf Ausschluß aus der SED

gez. ▮▮▮
Parteigruppenorganisator

Parteigruppe Studienangelegenhe▮▮▮▮▮▮▮▮▮, 3. 8. 83

Ergänzungen zum Antrag der Parteigruppe auf Ausschluß
des Eberhard ▮▮▮▮ aus der SED

Wie aus dem Antrag der Parteigruppe Studienangelegenheiten auf Ausschluß des E. ▮▮▮ aus der SED sichtbar
wird, werden seine Denk-, Handlungs- und Verhaltensweisen eindeutig verurteilt. Wer seinen sozialistischen
Staat, dem er letztlich seine Qualifizierung, seine
ganze Entwicklung zu verdanken hat, aus engstirnigen,
egoistischen Gründen, aus kleinbürgerlichen Denkweisen
heraus den Rücken kehrt, um in einen imperialistischen
Staat, in die BRD, umsiedeln zu wollen, entlarvt sich
von selbst.
Für uns, den Genossen seiner Parteigruppe sind zwar
bestimmte widersprüchliche Verhaltensweisen des E.
▮▮▮ nicht völlig neu, jedoch hat keiner von uns mit
derart verräterischen Haltungen und Handlungen gerechnet. Nicht völlig neu deshalb, weil es in den letzten
Monaten immer wieder Anlässe gab, sich kritisch mit E.
▮▮▮ auseinanderzusetzen.
Das begann vor allem damit, daß er - obwohl er sich als
Auslandskader beworben hat - seinen Zusatzfragebogen
bezüglich seiner BRD-Beziehungen nicht ehrlich aus-
füllte und über BRD-Besucherkontakte die Partei und den
staatlichen Leiter nicht informierte.
Auseinandersetzungen mit ihm setzten sich fort über die
Herabsetzung seiner monatlichen Solidaritätsspende auf

2.- M mit der Begründung, daß er Blut spenden und an
zwei ihm bekannte notleidende polnische und rumänische
Familien Päckchen schicken wolle. Wir mußten uns mit
ihm auseinandersetzen, weil er nicht gewillt war, als
Vertrauensmann in einer APO-Verssammlung über die politisch-ideologische Situation und die politische Massen-
arbeit seiner Gewerkschaftsarbeit in Form eines Diskussionsbeitrages zu berichten. Die ihm dabei wiederholt
angebotene Hilfe bei der Erarbeitung des Beitrages nahm
er nicht wahr, sondern schwindelte sich mit Ausreden
heraus. In diesem Zusammenhang wurde deutlich, daß er
sich scheute, vor einem größeren Kreis politisch aufzutreten, während er das im kleineren Kreis formell
tat, allerdings, wie sich inzwischen herausstellte, nur
in heuchlerischer Weise. In ähnlicher Richtung gab es
weitere Kritiken die E. ███████ nur schwer oder erst nach
wiederholter Kritik, zumindest mit Worten, anerkannte.
Daß er diese erzieherischen Kritiken nicht verarbeite-
te, wurde daran sichtbar, daß die an ihm geübten Kritiken mit als Begründung für seine Entfernung von der
Partei anführte. So hätten ihm die parteilich geführten
Gesprächs über seine BRD-Kontakte einen Schock versetzt
und die Kritik z.B. an der Senkung seines Solifonds,
hätten die vorhandenen Spannungen zwischen ihm und der
Partei nicht abgebaut, sondern verstärkt.
All unsere Bemühungen und Auseinandersetzungen ändern
nichts daran, daß bei allen Bedenken gegenüber E. ███
███, bei aller Differenziertheit der Einstellungen
durch einzelne Genossen ihm gegenüber, hat keiner mit
einer solchen heuchlerischen, verräterischen Verhalten
gerechnet.
Es kann für uns als Parteigruppe nicht ausreichen, das
Verhalten von E. ██████ ganz und gar zu verwerfen. Für
uns ergibt sich die Frage, wie kann sich unter unseren
Augen ein Genosse zum Partei- und Staatsfeind entwickeln.
Diese Frage ist nicht einfach zu beantworten, hat doch
E. ████, wie seine inzwischen vorgenommenen schriftli-

chen und mündlichen Aussagen beweisen, bewußt und ge-
tarnt geheuchelt, ja gelogen. Er hat sich nicht nur als
ein ausgesprochener Egoist, sondern auch als Feigling
gezeigt, da er nicht den Mut fand, seine Überzeugungen
offen darzulegen. Im Gegenteil täuschte er Aktivitäten
vor. Das wird an seiner Einstellung zur Kampfgruppe
deutlich, der er ablehnend gegenüberstand, aber ab-
sichtlich den Eindruck eines pflichtgetreuen Kampf-
gruppenmitgliedes, wie er selbst schrieb, machte.
Wenn auch die parteilosen Mitarbeiter, vor allem die
seiner Gewerkschaftsgruppe, gleichfalls seine Verhaltensweisen verurteilten und ihn als Verräter bezeichneten, so ändert das nichts daran, daß E. ███ großen
politischen Schaden anrichtete, den es systematisch
abzubauen gilt. Auch aus moralischer Sicht hat er seine
Mitarbeiter betrogen, war unehrlich und unaufrichtig zu
ihnen, hat er doch ihr Vertrauen mit Heuchelei belohnt.
  Es ist nicht leicht, aber notwendig, Schlußfolgerungen
für die weitere Arbeit zu ziehen. Ohne Zweifel ist es
erforderlich, bestimmte Erscheinungen, Äußerungen,
Denk- und Verhaltensweisen noch ernster zu nehmen, noch
tiefgründiger zu beleuchten, sie nicht aus dem Auge zu
verlieren. Ohne im geringsten Mißtrauen zu sähen zu
wollen, müssen wir uns als Genossen noch näher kommen,
noch enger aneinander rücken, jeden Genossen gewinnen,
sich des Genossen neben ihm anzunehmen, sich mit Pro-
blemen, Fragen, aber auch mit Sorgen, Unklarheiten
rechtzeitig an seine Genossen zu wenden. Solche Verhaltensweisen dienen unserer gemeinsamen Sache, der wir
uns als Genossen verschworen haben und den Interessen
jedes einzelnen. Anders ausgedrückt ergibt sich die
Frage, ob wir uns als Genossen gegenseitig genügend
kennen. Es kann nicht ausreichen, jeden Genossen zu
überzeugter Argumentation anderen gegenüber zu befähi-
gen. Noch stärker ist die Einheit von Wort und Tat zu
beachten und ausnahmslos bei jedem Genossen ständig
Einfluß auf seine Vorbildwirkung als Kommunist zu nehmen.

In diesem Sinne werden wir als Parteigruppe unsere
weitere Arbeit angehen.

gez. *Unterschrift*
Parteigruppenorganisator

27. IMS Liebermann informiert über die Parteigruppenversammlung vom 3.8.83 (Handschrift)

*In einer PG-Versammlung am 3.8.83 zur Problematik "Ausreiseantrag ▮▮▮ "
wurde der Vorschlag einstimmig angenommen, der Mitgliederversammlung den
Ausschluß des ▮▮▮s anzutragen.*

Alle Sprachen zur Diskussion.
*Kernpunkte waren: Durch vielfältige Einblicke u. Kenntnisse ist ▮▮▮ in der Lage
Strukturen, Kaderangelegenheiten u. ä. zu verraten. Es wurde Hoffnung zum
Ausdruck gebracht, die Ausreise zu verhindern (▮▮▮, ▮▮▮). Von
mehreren Gen. wurde Hinweis u. Forderung laut, daß in Zukunft genauer nach
wirklichen Motiven für Verhaltensweisen gesucht werden muß. Ausgehend von
vorangegangenen Auseinandersetzungen, so wurde betont (▮▮▮, H., ▮▮▮)
wäre es nötig gewesen noch parteilicher u. härter die Auseinandersetzung zu
führen, um die Betreffenden eher zu erkennen oder positiv beeinflussen zu können.*

*Gen. ▮▮▮ brachte Bedenken zum Ausdruck, daß wir zu oft zu viel vertrauen u.
formal vorgehen. Als Beispiel nannte er das Aufwachen als Problematik ▮▮ᵃ
sichtbar wurde oder jetzt ▮▮▮. "Kaderakte das eine, der Mensch etwas ganz
anderes".*

*Von mehreren Gen. kann die Meinung, daß ▮▮▮ bestimmt schon Kontakte,
eventuell sogar mit Material od. Info-austausch, gepflegt habe. Seine öfteren
Auslandsfahrten wurden als Möglichkeiten genannt. (▮▮▮, ▮▮▮, ▮▮▮).*

*In den Reden der einzelnen Gen. kam z.T. zum Ausdruck, daß sie ▮▮▮ bisher,
trotz der vorangegangenen Auseinandersetzungen, als aufrechten Kommunisten
betrachteten (▮▮▮, ▮▮▮, ▮▮▮).*

Es wurde auch die Frage aufgeworfen, wie trotz 18-jähriger Parteimitgliedschaft solche Entwicklung eintreten könne.

Es wurde auch deutlich, daß wir ▇▇▇ *zu wenig in seinem wirken außerhalb d. TH* ▇ *kannten.*

Gen. ▇▇▇ *nannte die Meinung der Hausgemeinschaftleitung* ▇▇▇ *s: überheblich, arrogant, unpolitisch.*

Der zur Gruppenversammlung anwesende APO-Sekretär, Gen. ▇▇▇, *Gerhard verlas* ▇▇▇ *s schreiben an "Herrn Prof.* ▇▇▇ *u. Herrn Dr.* ▇▇▇ *". Die dort gemachte Aussagen machen allem das wahre Gesicht* ▇▇▇ *s deutlicher, wie auch zum Ausdruck gebracht wurde.*

Als besonders verwerfliche Eigenschaften wurden Doppelzüngigkeit, Heuchelei, Lüge, Egoismus bei ▇▇▇ *erkannt.*

Liebermann

a) Vor einigen Jahren waren der Sekretär des Rektors, ▇▇▇, und ein Zweiter wegen des Besitzes an West-Literatur aus der Partei ausgeschlossen worden. Nach meiner Erinnerung verloren sie auch ihre Arbeit.

28. Zusammenfassende Information der Technischen Hochschule. Information »P 33 - Besonderes Vorkommnis«

Technische Hochschule 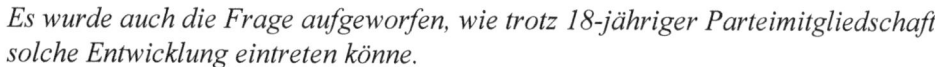   04. 08. 1983

P 33 - Besonderes Vorkommnis

1. 27. 07. 1983, 12.00 Uhr
2. Prof. Dr. ▇▇▇, Prorektor für Erziehung und Ausbildung
3. 27. 07. 83, TH▇
4. Nomenklatur-Nr. 1
   Eberhard ▇▇▇, Dipl.-Ing., Wissenschaftlicher
   Sekretär des Direktors für Studienangelegenheiten,
   teilte am 27. 07. 83 (einen Tag vor Beginn der Ar-

113

beitsaufnahme nach seinem Jahresurlaub) dem Direktor für Studienangelegenheiten in einem persönlichen Gespräch mit, daß er mit sich "ins reine" kommen müsse, noch bevor er wieder zu arbeiten beginne.

Im einzelnen ließ er wissen, daß er sich seit längerem mit einer Reihe von Fragen der Politik und der politischen Linie der SED im Widerspruch befände und daß er deshalb nicht mehr Genosse der SED sein könne. Er beabsichtige im Anschluß an das Gespräch mit dem Direktor für Studienangelegenheiten den GO-Sekretär aufzusuchen, um seinen Austritt aus der Partei zu erklären.

Darüber hinaus teilte er mit, daß er noch vor diesem Gespräch (am 27. 07. 83) einen Antrag auf Entlassung aus der Staatsbürgerschaft der DDR gestellt habe. Er gab an, daß ihn allgemeine wirtschaftliche und polititische Gründe zu diesem Schritt veranlaßt hätten. Weiter kündigte er an, daß er die BGL-Vorsitzende aufsuchen werde, um ihr ebenfalls eine entsprechende Mitteilung zu machen und seinen Austritt aus dem FDGB zu erklären.

Für den Direktor für Studienangelegenheiten waren diese Informationen völlig überraschend und praktisch nicht faßbar. Er befragte E. ▇▇▇ deshalb über die Endgültigkeit dieser ihm gegenüber geäußerten Absichten bzw. die von ihm bereits eingeleiteten Schritte unter Hinweis auf die damit verbundenen Konsequenzen politischer, gesellschaftlicher und auch familiärer Art. ▇▇▇ sagte, daß er dazu mit dem Direktor ausführliches Gespräch fuhren wolle, da das ohnehin demnächst nötig sein werde.

Sein Entschluß, bei den dargestellten Absichten zu bleiben, sei reiflich überlegt und endgültig.

In der Zwischenzeit hat E. ▨ in einem Schreiben
an den Sekretär der Zentralen Parteileitung und den
Kommandeur der Kampfgruppenhundertschaft seinen
Austritt aus der Kampfgruppe erklärt und zu begründen versucht. An den Bereichsvorsitzenden der DSF
erklärte er schriftlich seinen Austritt aus der DSF.
Den im Gespräch mit dem Direktor für Studienangelegenheiten angekündigten Austritt aus dem FDGB nahm
er inzwischen gleichfalls schriftlich vor.

Seinen Parteiaustritt erklärte er gegenüber dem APO-
Sekretär in Verbindung mit der Übergabe einer
schriftlichen Begründung, die in der ZPL vorliegt.

Im Zusammenhang mit dem von ihm vorgenommenen Aus-
tritten aus der SED, dem FDGB, der Kampfgruppe und
der DSF sowie dem Antrag auf Entlassung aus der
Staatsbürgerschaft der DDR und dem damit verbundenen
Antrag auf Ausreise in die BRD richtete er großen
politischen Schaden an, zumal er als wissenschaftlicher Sekretär tätig war und die Funktion eines Ge-
werkschaftsvertrauensmannes ausübte.

5. Die Ursachen für seine Handlungs- und Verhaltensweisen werden in den schriftlich übergebenen Begründungen an die ZPL über seinen Austritt aus der SED
   und der Kampfgruppe deutlich. Auch in den mit ihm
   geführten zwei Aussprachen wurden vor allem die
   folgenden Gründe angeführt:
   1. Widerspruch zu den Fragen der Politik und der
      politischen Linie der SED und des Staates
   2. Nichterfüllung seiner Ansprüche an ein erfülltes
      persönliches Leben
   3. Unzufriedenheit gegenüber dem nicht gewährten
      Steigerungsstufen
   Weitere Aussagen zu den angedeuteten Gründen sind
   aus den vorliegenden schriftlichen Erklärungen zu
   seinem Parteiaustritt und seinem Austritt aus der

Kampfgruppe zu entnehmen.

6. Nach Bekanntwerden der an den Direktor für Studienangelegenheiten gegebenen Informationen durch E.
███ informierte der Direktor sofort in Form einer
Aktennotiz und mündlichen Informationen den Rektor,
der gemeinsam mit der Partei- und Gewerkschaftsleitung unter Einbeziehung des Prorektors EA und des
Direktors für Kader und Qualifizierung die weiteren
Maßnahmen beriet und die erforderlichen Festlegungen
traf.

So wurde am 28.07.83 durch den Direktor für Studienangelegenheiten in Anwesenheit des Parteigruppenor-
ganisators, der BGL-Vorsitzenden und dem Direktor KQ
mit E. ███ ein Gespräch zur weiteren Klärung noch
offener Fragen zu seinen Verhaltensweisen durchgeführt. Über dieses Gespräch liegt ein Protokoll
vor. Im Ergebnis dieses Gespräch wurde angewiesen,
daß ███ bis 02.08.83 seinen Urlaub wahrnimmt und
sofort alle vertraulichen ihm Sachen dem Direktor
übergibt.

Am 03.08.83, gleich nach der Wiederaufnahme der
Arbeit von ███, wurde ein weiteres Gespräch mit
ihm im Rahmen des Arbeitskollektivs geführt, an dem
alle Abteilungsleiter des Direktorat des, 2 parteilose Mitarbeiter seiner Gruppe (derzeitiger Vertrauensmann und DSF-Gruppenleiter), der amt. Direktor
für Studienangelegenheiten und der Direktor für KQ
teilnahmen. Der PEA leitete dieses Gespräch, über
das gleichfalls ein Protokoll vorliegt. Im Ergebnis
dieses Gespräches wurde festgelegt, daß ███ die
Funktionen des wiss. Sekretärs auf der Grundlage der
Arbeitsordnung der THK nicht mehr ausüben kann.
Gleichfalls wurde er aufgefordert, alle Unterlagen
am selben Tag zu übergeben.

Er nahm das Angebot, als Wartungsingenieur für Lehr-
und Lernmittel im Direktorat Technik und materiell-
technische Versorgung ab 04.08.83 tätig zu sein, an
und unterschrieb den neuen Arbeitsvertrag.

Durch die Parteiorganisation wurde ein Parteiverfahren eingeleitet. Seitens der Gewerkschaft wird sich
die Gewerkschaftsgruppe in den nächsten Tagen mit
seinem Austrittsantrag beschäftigen.

7. Es wurden inzwischen informierte:
   - die staatliche Leitung
   - die Zentrale Parteileitung
   - die Zentrale Gewerkschaftsleitung
   - der Kampfgruppenkommandeur
   - die Mitglieder seiner Partei- und Gewerkschafts-
     gruppe sowie
   - die Abteilungsleiter des Direktorates für Stu-
     dienangelegenheiten.

Verteiler:
MHF (HI) 9100 9200 ZPL 92030
Nomenklatur 1 (Bedeutung unbekannt)
MHF Ministerium für Hoch- und Fachschulwesen
ZPL Zentrale Parteileitung (der Hochschule)

29. IM Bernhard, Kollege während meiner Zeit im VEB Buchungsmaschinenwerk
    bis 1970, charakterisiert mich umfassend. (10 Seiten Handschrift)

5.8.1983

Bericht zur Person ▓▓▓ *, Eberhard*
Wiss. Sekretär an der TH ▓▓▓▓▓▓▓

▓ *. ist mir seit 1963 bekannt. Er war zunächst mein Mathematikdozent im
Fachschulstudium und von 1964 bis zu seinem Weggang an die TH (ca. 1970)
arbeiteten wir gemeinsam in der Betriebsakademie des VEB Buchungsmaschinenwerk* ▓▓▓▓

Er muß in der Uhrenfabrik in Glashütte Werkzeugmacher gelernt haben, war in der NVA, studierte dann an der IS für Feinwerktechnik Glashütte, muß danach kurzzeitig nochmals in der Uhrenfabrik tätig gewesen sein. Nach eigener Darstellung hat er dann noch 2 Jahre an einer Offiziersschule in Dresden Unterricht erteilt (als Zivilangestellter?) bevor er im Sommer 1963 seine Tätigkeit als stellv. Direktor der Betriebsakademie (BAK) im Buchungsmaschinenwerk aufnahm. In der Leitungstätigkeit fühlte er sich nie richtig wohl, obwohl ihm bestätigt werden muß, daß er stets um volle Aufgabenerfüllung bemüht war und das auch erreichte.

Mit Sicherheit störte ihn die mit der Leitungstätigkeit verbundene Parallelität zu anfallenden Aufgaben und Terminen. Das war gegen seine Natur, er <u>muß als Pedant betrachtet werden</u>, der eine einzelne Aufgabe beginnt und solange ungestört daran arbeiten kann, bis kein Problem offensteht. Auch fehlte ihm dabei mitunter der Blick für das Wesentliche. Mit Wahrscheinlichkeit hat ihn aber auch die mit der Leitungstätigkeit verbundene politische Stellungnahme gestört. Die Leitungstätigkeit nahm er aber an, weil sie ihm zunächst in finanzieller Hinsicht schneller vorwärts brachte als eine reine hauptberufliche Lehrtätigkeit. Diese war aber sein erklärtes Ziel, auf das er auch hin arbeitete. Dies hatte er dann 1968 auch erreicht. Es wurde ein neuer stellv. Dir. eingesetzt und er unterrichtete fortan in den Fächern Mathematik, Physiker, technische Mechanik. Zwischenzeitlich hatte er ein Abendstudium an der ▬▬▬ *abgeschlossen. Der berufliche Wechsel an die TH erfolgte dann vor allem mit der Begründung der Promotionsmöglichkeit. Diese hat er begonnen, aber nicht zum Abschluß gebracht.*

Seine Tätigkeit als stellv Dir. der BAK bestand fachlicherseits in der Stundenplanung, Planung des Dozenteneinsatzes, Belegung- u. Hospitationstätigkeit. Das schloß auch die "Werbung" neuer nebenberuflicher Lehrkräfte ein und damit Verbindungen in viele andere Bereiche, Betriebe u. Institutionen. <u>Mir sind z. B. folgende Personen in Erinnerung, die durch ihn geworden u. eingesetzt bzw. leitungsmäßig betreut wurden:</u>

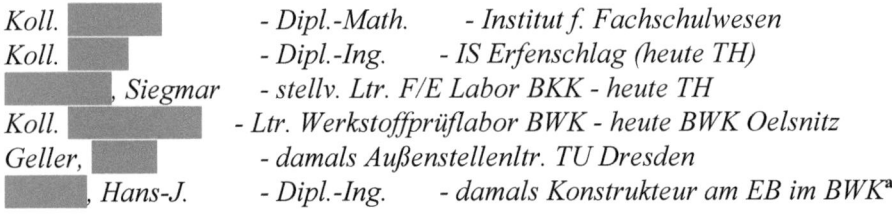

Koll. ▬▬▬   - Dipl.-Math.   - Institut f. Fachschulwesen
Koll. ▬▬▬   - Dipl.-Ing.   - IS Erfenschlag (heute TH)
▬▬▬ *, Siegmar*   - stellv. Ltr. F/E Labor BKK - heute TH
Koll. ▬▬▬   - Ltr. Werkstoffprüflabor BWK - heute BWK Oelsnitz
Geller, ▬▬▬   - damals Außenstellenltr. TU Dresden
▬▬▬ *, Hans-J.*   - Dipl.-Ing.   - damals Konstrukteur am EB im BWK[a]

██████, *Manfred*   *- Außenstellenltr. IS Breitenbrunn*
(unleserlich), *Siegfried   - Konstrukteur im BWK*
Das ist nur eine kleine Auswahl.

Aus der Funktion des stellv. Dir. resultierte im Bedarfsfall aber auch die Mitver-
antwortlichkeit für die Erwachsenenbildung im Betrieb. Die BAK war verantwort-
lich für Qualifizierungsmaßnahmen bei Überleitungen von Neuentwicklungen in
die Stufe K2. Das betraf damals speziell die Erzeugnisse EB und KB$^{\mathbf{b}}$ *und schloß*
Erarbeitung und Kenntnis von Ausbildungsunterlagen ein und damit Kontakte und
Gespräche zu Personen wie ████, ████(?), ██████(?), ████████, ██████,
██████, ██████, ██████(?), ████████(?), ██████, ██████ *u.ä. Ständige Kon-*
takte in die Leistungsebenen der produzierenden Betriebsteile waren erforderlich,
so zu ████, ████████, ██████, ██████(?), ██████, ██████, ██████: ██████,
Eberhard.

Aus eigener Erfahrung kann ich bestätigen, daß <u>die Arbeit auf diesem Gebiet in</u>
<u>*kurzer Zeit betriebliche Über- u. Einblicke verschaffte, die nicht jeder in dieser*</u>
<u>*Vielfalt hatte.*</u>

Hinzu kam die Mitarbeit in solchen Projekten wie z.B. die Übernahme der Stein-
kohlewerke Oelsnitz, der Übernahme des VEB Fahrzeugelektrik und verschiedener
kleinerer Betriebe und die damit verbundene Organisation und Durchführung von
Qualifizierungsmaßnahmen.

Er hat also in dieser Zeit einen großen Einblick in volkswirtschaftliche Prozesse
gehabt, die nicht jedermann zugänglich sind.

<u>*Seine politische Haltung ist schwerer durchschaubar.*</u> *Formal sprachen für ihn*
positive Fakten wie z.B. Parteizugehörigkeit, FDGB, DSF, Zugehörigkeit zur
Kampfgruppe.

Bei genauerer Betrachtung fällt dabei aber <u>eine gewisse Zweckbestimmtheit</u> auf.
Kandidat der SED wurde er 1964, weil ihm seine damaligen Vorgesetzten Heinz
██████ *u. Irmtraut* ██████ *bei seiner Leitungsfunktion keinen Spielraum mehr ließen.*
Aber die einzige Funktion, die er damals übernahm, war die eines "Agitators", also
weder gewählt noch mit abrechenbaren Aufgaben belegt.

Da sein Vorgesetzter Heinz ▮ *in der Kampfgruppe Stellv. f. Ausbildung war,
ließ dieser natürlich "keine Luft" in dieser Frage auftreten.* ▮. *trat ein und ca. 1968
wieder aus, mit einem ärztlichen Attest, das ihm Kreislaufstörungen bestätigte. Das
Attest hat er in einer Privatkonsultationen erwirkt, die er trotz seiner damals sehr
angespannten finanziellen Lage selbst bezahlte.*
*Es entstand damals, und nicht nur bei mir, der Eindruck, daß er seine gesell-
schaftlichen Aktivitäten einteilte und sehr wohl "dosierte". Er dosierte sie so, daß
er meist zu möglichen Gehaltserhöhungsterminen auch etwas politisch Wirkendes
"beisteuern" konnte. Wie das Beispiel Kampfgruppe zeigte, scheute er sich nicht,
diese Aktivität dann wieder abzubauen, wenn er das persönliche Ziel erreicht sah.*

*Bei politischen Stellungnahmen formulierte er stets vorsichtig. Mir ist nicht
bekannt, daß er einmal etwas geäußert hätte, was sich grundsätzlich gegen die
gesellschaftlichen Verhältnisse in der DDR gerichtet hätte. Aber er war <u>im
privaten Gespräch in den Formulierungen seiner Haltung für diese Verhältnisse
ebenso vorsichtig.</u> Dazu muß allerdings gesagt werden, daß in seiner Arbeits-
umgebung einige für ihn maßgebliche Personen die staatliche und gesellschaftliche
Politik im Bereich bestimmten, die man als Dogmatiker und Formalisten klassifi-
zieren musste. Sie hatten für jeden klare politische Verhaltensregeln außer für sich
selbst. (Helmut* ▮, *Margarete* ▮, *Hellmut* ▮, *Heinz* ▮ *u.a.m.)*

Meines Erachtens war ▮. *niemals fähig und bereit, diese Personen als eben
subjektive Mängel einzustufen. Es war wohl viel mehr seine Auffassung, daß eben
das gesellschaftliche System in der DDR solche Personen zwangsläufig hervor-
bringt. Zu Auseinandersetzungen mit diesen Personen war er nur bedingt bereit,
aber nicht in Grundsatzfragen sondern dann, wenn er persönliche Vorstellungen
gefährdet sah.*

*Mein Gesamteindruck aus dieser Zeit: <u>Er lehnte den Sozialismus nicht ab, sah
zeitbedingte und subjektiver Mängel als die zwangsläufigen, unangenehmen
Kehrseiten dieses Systems (in dem er nun einmal lebte) und versuchte, eine
persönliche Welt von Glück innerhalb dieser Bedingungen zu erreichen, indem er
Auseinandersetzungen weitgehend vermeidet und eine gewisse politische Mindest-
anpassung zeigt.</u>*

*Daraus darf aber nicht abgeleitet werden, daß er generell Angst vor Auseinander-
setzungen hatte, das wird noch aufgezeigt.*

Hinsichtlich seiner Verbindungen gab es wenig Bemerkenswertes im privaten Bereich. Es gab Besuche bei den Eltern seiner Frau in Glashütte, bei seinem Bruder in Dresden und im <u>Wohngebiet lockere Kontakte</u> zu ▮▮▮, Hans Jochen und ▮▮▮, Jürgen (damals stellv. Hauptmechaniker). Hinweise auf NSW-Verbindungen gab es nicht.

▮▮▮ *liefert äußerlich das Bild eines korrekten und beherrschten Menschen. Er wirkt wohlüberlegt, durchdenkt jedes Wort, formuliert exakt, vermeidet weitgehend Kraftausdrücke, benutzt mit Vorliebe "termini technici" wie er sie selbst nennt, also technische Fachausdrücke und -slogans, wo er kann liegt er auch ein lateinisches Sprichwort ein kurz: er versucht den wohlüberlegten Akademiker herauszustellen, der er gar nicht ist. Das alles ist eine Art "Image", das er haben will, da scheut er sich nicht, kleine "professorale" Zerstreutheiten einzubauen und zu berichten. Er genierte sich z. B. nicht zu berichten, daß er um eine Litze auf notwendige Länge zu bringen, sie gleich in die Steckdose gestreckt und am anderen Ende an Ort u. Stelle mit einer Kneifzange gekürzt habe - der elektrische Erfolg war eindeutig. Ebenso seilte er sich auf dem Balkon an, um einen Dübel in der Decke anzubringen. Er habe sich darauf verlassen, daß seine Frau das Seil hält, stattdessen habe diese sich etwas zum Lesen geholt. Solche Episoden ergänzten seinen "Image" waren aber nie ganz glaubwürdig.*

Wenn man ihn länger kannte und beobachtete, so ergaben sich ausreichende Gelegenheiten um sein wahres Bild zu erkennen. Nach diesem ist er <u>impulsiv, nachtragend, kleinlich berechnend, erkennt genau seinen Vorteil und kalkuliert ihn genau</u>. Alles andere ist Schaustellung. Er plant auch sein Leben nach gewissen Etappen und ordnet diesen auch Zielpunkte zu. Die jeweilige Etappe will er im positiven wie im negativen Sinn voll auskosten. Der Etappe der Ausbildung folgte die Familiengründung, Kindererziehung und die Schaffung der Existenzgrundlagen für eine nächste Etappe, die dann wohl als die des "Wohlstandes ohne Kinder" bezeichnet werden könnte.

Zur Etappe der Kindererziehung (zwei sind zuwenig) gehörte für ihn ganz offensichtlich die ...(unleserlich) der Eltern. Die Frau arbeitet nicht, im Interesse der Kindererziehung, die finanziellen Mittel sind ... (unleserlich) dann knapp, daher geht man bescheiden (auch ärmlich) gekleidet, verzichtet auf vieles, aber man hat sein "Elternpflicht". Er konnte sich in dieser Zeit finanziell nichts leisten. Er kam selbst zu einem Vergnügen im "Chemnitzer Hof" in seinem Alltagsanzug mit zerrissenen Schuhen. Aber er trug dies mit einer so beneidenswerten Würde, daß nie ihm gegenüber ein abfälliges Wort fiel. Aber diese Würde hat wohl nur, wer glaubt, daß dies so sein muß.

Mit seinem 30. Geburtstag stellte er plötzlich fest, daß die Hälfte des Lebens vorbei sei und nun gehe er ... (Unleserlich) mit seiner Frau in den (damals noch) "Marmorpalast". Das tat er dann auch.

Für seine Frau, gelernte Friseuse, hatte er eine gebrauchte Trockenhaube besorgt und repariert (der Unpraktische!!), im Vorsaal eine Eckbank eingebaut, so daß sie dort Frauen frisieren konnte.

Über die Ehe gab es nichts nachteiliges. Beide waren sich auch offensichtlich einig über das gemeinsame "Opferleben" für die Kinder, aber ... (Unleserlich) ebenso in der Vorstellung über später zu erwartenden Wohlstand, wenn die Kinder aus dem Hause sind.

Gegenüber anderen Frauen war ▮▮▮ gleichgültig, d.h. er registrierte durchaus gutes Aussehen und Figur, machte auch eine unzweideutige Bemerkung - aber das war´s dann auch.

Im Trinken war er mäßig. Er ging einem Skat- oder Bierabend nicht aus dem Weg, trank aber nie zuviel.

Zur Entwicklung seiner finanziellen Verhältnisse:
Damals besaß er eigentlich nur das Allernotwendigste, der Wohnungseinrichtung sah man an, daß darin 3 Kinder umgingen. Einziges Wohlstandszeugnis aus "vorehelicher" Zeit war ein Motorroller. Vor dem Weggang an die TU brachte er seine Frau noch in der Kunststoffspritzerei des BWK unter. Vor einigen Jahren traf ich Ihn in der Stadt, er erzählte, daß er sich einen gebrauchten Trabant 500 gekauft habe. Vor ca. 4 Jahren fuhr er abends in einem Skoda S 100 an mir vorbei. Im Vorjahr sah ich ihn vor der Klempnerei "Kreysig" - Limbacher Str. mit einem sandgelben Skoda der Baureihe S 105/120.

Wir hatten gelegentlich Zufallsbegegnungen in der Stadt. Bei solchen Begegnungen erzählte er mir, daß er die Promotion aufgegeben habe. (Man wird älter u.

langsamer und viel mehr Geld bringt es auch nicht). Vor ca. 1,5 Jahren erzählte er, daß er jetzt Wiss. Sekretär sei, ein "besseres Mädchen für alles" und daß <u>er etwas anders ... (unleserlich),</u> Forschung in der Industrie o.ä. Er würde sich umtun.

Der mir bekanntgewordene Fakt, daß er den Antrag auf Aberkennung der Staatsbürgerschaft gestellt hat, steht für mich im Widerspruch zu seiner Persönlichkeit.

<u>*Es mag noch logisch erscheinen, wenn ausschließlich die politische Grundhaltung bewertet wird, die immer ohne politisches Motiv sondern nur Anpassung war.*</u> *Aber weil für ihn dieses politische Moment eben nur "notwendiges Übel" war, würde es allein ihn nie zu diesem Schritt bringen.* <u>*Der Widerspruch entsteht vor allem zu der Berechenbarkeit und Nüchternheit der Denkweise.*</u> *Er hat immer kalkuliert, er hat langfristig und nicht ohne Mühe (selbst mit "politischem Aufwand") an seiner Existenz gebaut. Er hat zumindest finanziell erreicht, was für ihn erreichbar ist. Er weiß genau um das Problem, daß allen leitenden Kadern im Bildungswesen anhängt: Man ist durch den Unterricht zwar ständig in der Theorie "fit" kann sie aber nicht in Forschung umsetzen, da man mit ... (unleserlich) Leistungspraxis ausreichend belastet ist, hat den Jahren gelernt somit die praktische Tätigkeit der Menschen dieser perfekten .. . (unleserlich). Bei dem ... (unleserlich), daß er noch nie in einer betrieblichen Aufgabe gearbeitet hat, die eine ... (unleserlich) dieses Wissens ... (Rest des Satzes unleserlich).* <u>*Er muß wissen, daß er mit rund 47 Jahren weder bei uns noch in der BRD noch erfolgreich in eine solche Tätigkeit einsteigen kann.*</u> *Er kann auch in der BRD kaum mit äquivalenter Lehrtätigkeit rechnen. Also: Er riskiert alles, wofür er die letzten 20 Jahre investiert hat! Dies passt nicht zu seinem langfristig geplanten Leben. Das würde er zu gründlich überdenken, um nicht das Risiko zu bemerken.* <u>*Es muß andere, mir nicht bekannte Gründe oder Einflüsse gegeben, die ihn zu diesem Schritt veranlassen.*</u> *Dabei ist noch nicht betrachtet, daß er an seinen Kindern hing. Er ist familiärer veranlagt bis zum Haus... (unleserlich). Jetzt sollen ihn plötzlich die Kinder nicht mehr interessieren? Das erscheint nicht glaubwürdig!*

VT: 1x Gen. (unleserlich) XVIII/4
     1x Abt. XX Antragsteller   , Eberhard

                                                Bernhard

a) BWK - Buchungsmaschinenwerk

b) EB - elektronischer Buchungsautomat KB - Kleinbuchungsautomat
c) BAK - Betriebsakademie
d) IS - Ingenieurschule
Textunterstreichungen stammen wahrscheinlich nicht vom Autoren
Die Schrift des Verteilers ist wahrscheinlich die gleiche Handschrift wie bei den
Hervorhebungen

30. Begründung des APO-Sekretärs zur Durchführung eines Parteiverfahrens
    gegen Eberhard ▇▇▇ am 8.8.83 und Protokoll der außerordentlichen APO-
    Versammlung.

Begründung zur Durchführung eines Parteiverfahrens
gegen Eberhard ▇▇▇ in der Mitgliederversammlung am
8.8.1983

Liebe Genossinnen und Genossen !

Es ist kein angenehmer Anlaß, der unsere heutige außerordentliche Mitgliederversammlung erforderlich macht.
Wir haben ein Parteiverfahren gegen Eberhard ▇▇▇
durchzuführen, der sich durch sein Verhalten, durch
seine Handlungsweise selbst außerhalb unserer Reihen
gestellt hat.

Zunächst zu den Fakten:

Am 27. 7. 1983 erschien Eberhard ▇▇▇ bei mir und
erklärte schriftlich seinen Austritt ans der Partei.
Gleichzeitig teilte er mit, daß er und seine Frau Antrag auf Entlassung aus der Staatsbürgerschaft der DDR
und Übersiedlung in die BRD gestellt haben.

▇▇▇ schreibt in seiner Begründung:

"Ich wurde nach einjähriger Kandidatenzeit im Mai 1965
Mitglied der SED. Schon vorher, aber auch von da an war
ich bemüht, die Politik der SED kennenzulernen und zu

124

verstehen. Das fiel nicht immer leicht, weil die All-
tagsprobleme oft sehr kompliziert sind und für mich
nicht immer gleich die Verbindung zur politischen
Grundlinie erkennbar war. Trotzdem habe ich jahrelang
versucht, meinen Beitrag dazu zu leisten, daß vor allem
die wirtschaftliche Entwicklung in unserem Lande
schnell vorankommt. Ich mußte jedoch zunehmend feststellen, daß das in Versammlungen, im Parteilehrjahr
und bei anderen Gelegenheiten verkündete Wollen mit den
Gegebenheiten nicht immer in Übereinstimmung steht. Ich
beziehe das z.B. auf den Lebensstandard, den ich hier
erreicht habe. Die Probleme, auf die man im Handel und
in der Versorgung trifft, werden nicht kleiner. Bestimmte Dinge werden offensichtlich schon als normal
angesehen, denn ich erkenne nicht, daß an ihrer Verbesserung gearbeitet wird. Mitunter begegnet man Argumenten von Genossen der Leitung, die wenig überzeugen und
mehr den Charakter ausweichender Phrasen haben.

Auch in der unmittelbaren gesellschaftlichen Arbeit bin
ich nicht mehr in der Lage, die Politik der SED zu vertreten, wie das von mir erwartet wird. Ich verstehe sie
teilweise nicht mehr und kann sie deshalb nicht mehr
durchsetzen helfen. Die Auseinandersetzungen, die die
GO-Leitung im Zusammenhang mit einem nicht rechtzeitig
gemeldeten BRD-Besuch in meiner Familie führte, haben
mir geradezu einen Schock versetzt, den ich nicht überwinden konnte. Auch spätere Kritiken an mir, im Zusammenhang mit der Ablehnung der Übernahme einer DSF-Funktion, Ablehnung eines Diskussionsbeitrages, haben dazu
beigetragen, daß sich keine neuen inneren Bindungen zu
der Parteiarbeit bildeten. Besonders die letzten Kritiken der Parteigruppe an meinen Solidaritätsverhalten
mußte ich zurückweisen, weil sie aus einer für mich
nicht zu akzeptierenden Haltung heraus erfolgten.

Ich möchte betonen, daß ich nicht gegen die Politik der
SED bin. Im Gegenteil. Ich bin ebenso für die Erhaltung

des Friedens und werde mich auch in Zukunft für diese wichtigste Aufgabe der Völker einsetzen. Ich bin gegen jede Form des Völkerhasses und der Rassendiskriminierung und für die Verständigung der Staaten unterschiedlicher Gesellschaftsordnung."

Die letzten Sätze klingen wie ein Hohn. Was heißt bei ihm Völkerhaß und Rassendiskriminierung? Ist er vielleicht der Auffassung, daß unser klares Freund-Feind--Bild, unsere klare Sprache, daß wir Kriegstreiber auch als solche bezeichnen, eine Form des Völkerhasses ist?

Diese Frage müssen wir stellen, weil er in einem weiteren Antrag auf Entlassung aus der Kampfgruppe der Arbeiterklasse "die Katze aus dem Sack" läßt und sein wahres Gesicht zeigt.

Er schreibt u.a.:

"Obwohl ich nur Hilfskraft in der Küche war, habe ich dennoch durch meine Arbeit mittelbar dazu beigetragen, daß die Einheit ihre Aufgaben erfüllte. Bei meinen Vorgesetzten muß der Eindruck entstanden sein, daß ich ein pflichtgetreuer Genosse bin (dieser Eindruck ist auch insofern richtig, als ich Pflichtverletzungen nicht begangen habe). Allerdings konnte ich mich innerlich nicht mehr mit den Aufgaben und Zielen der Ausbildung identifizieren und deshalb habe ich meine Pflichten auch nur noch formal erfüllt, oft mit viel innerem Widerstreit.

Was hätte ich tun sollen? Sicherlich wäre der Weg zu Ihnen (dem Sekr. der ZPL - **Bemerkung des Referenten**) möglich gewesen, um die Entlassung zu erbitten. Was wäre dann aber geschehen, wie hätten Sie und die Hochschule reagiert? Welche Konsequenzen hätten sich aus einem solchen Gespräch für meine Tätigkeit an der Hochschule ergeben? In den Parteiauseinandersetzungen mit mir wegen eines nicht rechtzeitig gemeldeten BRD-Besuchs in meiner Familie lernte ich kennen, wie solche Reaktionen sein können: unangemessen, in ihrer psychischen Wirkung auf mich brutal. Wenn auch diese Auseinandersetzungen von Anfang 1981 keine arbeitsrechtlichen Folgen hatten, so sind solche doch offensichtlich seitens der TH erwogen worden (dies konnte ich damals den Worten des 1. Prorektors und denen des Direktors Kader und Qualifizierung entnehmen). Was also wäre erst recht geschehen, wenn ich zu Ihnen gekommen wäre um zu sagen, daß ich die Aufgaben der Kampfgruppe nicht mehr verstehe, nicht mehr mittragen will und deshalb ausscheiden möchte? Ich konnte es mir nur denken und deshalb unterließ ich diesen Schritt. Ich hatte einfach Angst davor.

Nun, da ich mich losgesagt habe von der DDR, ich mich nicht nur innerlich, sondern jetzt auch juristisch von einem Staat trennen will, der nicht mehr mein Vaterland ist, hielt ich es für notwendig, Ihnen diese Zeilen zu schreiben."

Außerdem erklärte ▊. seinen Austritt aus dem FDGB (er hatte zuvor noch einen sehr begehrten Urlaubsplatz nach Ungarn in Anspruch genommen) und aus der DSF. ▊ wurde inzwischen von seiner Aufgabe als wiss. Sekretär entbunden und als Wartungsingenieur im Direktorat für Technik eingesetzt.

Soweit Genossen zu den Fakten.

Es gab in einigen Parteigruppen Diskussionen darüber, ob es nicht einfacher sei, das Austrittsgesuch entgegenzunehmen und damit die Beendigung der Mitgliedschaft zu akzeptieren, wie es ja entsprechend unserem Statut möglich ist. Wir sind der Auffassung, daß unsere Partei kein Verein ist, in den man ein- und austreten kann, wie es beliebt. Die Grundorganisation muß in der Endkonsequenz entscheiden, in welcher Form wir uns von

einem Genossen trennen. Im Falle ███ sind wir der
Auffassung, daß nicht er die Art und Weise seiner Trennung von unserer Partei bestimmt, sondern daß wir ein
solches Element aus unserer Partei entfernen.

Sicher haben auch jene Genossen recht, die der Auffassung sind, daß doch ███ nicht Wert sei, auch nur eine
Stunde Zeit mit ihm zu "versitzen". Wir müssen uns aber
darüber im klaren sein, daß es nicht mehr allein um
███ gehen kann, sondern daß wir in der verschärften
Klassenkampfsituation alles tun müssen, um künftig
solche Verräter rechtzeitig zu erkennen und unsere
Reihen durch die Trennung von solchen Kräften rein zu
halten.

Wer war ███? Wie konnte er sich unter unseren Augen
zu einem Partei- und Staatsfeind entwickeln?

Er hat einen Entwicklungsweg genommen, der für einen
Bürger unseres Staates schon zu einer Selbstverständ-
lichkeit geworden ist. Nach seiner Lehre absolvierte er
ein Fachschulstudium und erwarb in einem Hochschulstudium ein Diplom. Allzuoft vergessen wir, daß die Möglichkeit eines solchen Entwicklungsweges das Ergebnis
des Kampfes der Arbeiterklasse gegen das bürgerliche
Bildungsprivileg und für die gleichberechtigte Bil-
dungschance für alle Mitglieder unserer Gesellschaft
ist.

Der fachliche Bildungsweg des ███ ging steil nach
oben. Vom Lehrer einer Betriebsakademie entwickelte er
sich zum Abteilungsleiter und zum wissenschaftlichen
Sekretär im Direktorat für Studienangelegenheiten,
einer verantwortungsvollen Stellung also, die viel
Vertrauen in seine Tätigkeit voraussetzt.

Er genoß auch sonst alle Vorzüge unseres Staates, wie
soziale Sicherheit, Wohlstand (er verdiente mit seiner

Ehefrau zusammen mehr als 2 000,- M netto), berufliche Ausbildung seiner Kinder usw. Seine fachlichen Aufgaben hat er erfüllt, ohne daß man einen gewissen Formalismus in seiner Tätigkeit übersehen kann.

Im Gegensatz zu seiner fachlichen steht aber seine politische Entwicklung. Auch hier hatte er alle Möglichkeiten der politischen Qualifizierung gehabt. Er besuchte die Betriebsschule ML und hatte auch im Parteilehrjahr die Möglichkeit, sich politisch weiterzubilden. Er kann uns heute nicht den Vorwurf machen, daß wir ihm keine Gelegenheit gegeben hätten, auf seine Fragen Antwort zu bekommen. ▪. übernahm gesellschaftliche Funktionen. Er war eine gewisse Zeit Mitglied der APO-Leitung und Gewerkschaftsvertrauensmann. Wie er heute selbst sagt, hat er diese Funktionen nur formal ausgeübt.

Auseinandersetzungen gab es mit ihm Ende 1980 über einen nicht gemeldeten Besuch aus der BRD bei ihm und der Tatsache, daß er in einem Fragebogen falsche Angaben zu Kontakten in das NSW gemacht hatte. Damals wurde ihm eine Mißbilligung ausgesprochen. Er versprach in diesen Auseinandersetzungen, diese Kontakte zu unterbinden. Ich kann mich sehr gut an diese Gespräche erinnern, wo wir ihm viele Hinweise gaben, wie er selbst diese Kontakte einschätzen sollte, welche Gefahren aus solcher- Kontakten entstehen können und wie er diese Probleme überwinden kann. Das was er heute als "unangemessen" und "psychisch brutal" bezeichnet, waren viele helfende Worte. Viele Stunden haben die Genossen dazu verwandt, um ihn zu helfen, den richtigen Weg zu finden. Wir glaubten damals, daß ▬▬▬ seine Fehler eingesehen hat. Es zeigt sich jedoch heute, daß er bereits damals heuchelte, daß er seine Genossen täuschte und innerlich eine ganz andere Einstellung besaß, als er sie vor seinen Genossen kund tat.

In der Folgezeit gab es mehrere Aussprachen in seiner Parteigruppe mit ihm. So setzte er von sich aus seinen Solidaritätsbeitrag von 16,- auf 2,- M herab, mit der Begründung, daß er durch kostenlose Blutspende und Päckchen an notleidende Familien in der VR Polen und Rumänien mehr materielle Hilfe leisten wolle. (Solche Aktionen werden übrigens vor allem von der BRD aus organisiert). Er lehnte auch eine DSF-Funktion ab, weil er angeblich dazu nicht geeignet sei.

Es gab mit ihm in seiner Parteigruppe Auseinanderset-zungen zu seiner Weigerung, in der APO-Versammlung einen Diskussionsbeitrag zu halten.

Zu allen diesen Fragen haben sich die Genossen seiner Parteigruppe parteilich mit ihm auseinandergesetzt und eine klare Haltung zum Ausdruck gebracht. Er hat auch hier seine Genossen getäuscht.

Es steht natürlich aus heutiger Sicht die Frage - und ich möchte darauf noch einmal zurückkommen - ob wir diese Auseinandersetzungen bis zur letzten Konsequenz geführt haben. Auch seine staatlichen Leiter waren der Auffassung, daß man ihn noch erziehen kann.

Auch in der Hundertschaft der Kampfgruppe war ▓▓▓. Hier gab er äußerlich zu keinen Klagen Anlaß; innerlich aber war seine Einstellung, wie wir heute wissen, eine ganz andere.

Es erhebt sich für uns nun die Frage, was die wahren Beweggründe bei ▓. sind, die ihn zum Partei- und Staatsfeind werden ließen. Da er sich beharrlich wei-gert, an den Beratungen teilzunehmen, gibt er uns auch keine Auskunft auf solche Fragen. Eins dürfte jedoch klar sein, bei der berechnenden Art von ▓▓▓ hat er diesen Schritt seit langem sorgfältig vorbereitet. Damit steht die Frage, daß er sich unter unseren Augen so entwickelt hat, ohne daß wir davon etwas gemerkt haben. Haben wir wirklich von dieser Entwicklung nichts gemerkt? Natürlich hat er uns nicht auf die Nase gebunden, daß er Vaterlandsverrat vorbereitet. Aber wie wir vorhin bereits bemerkten, gab es Anzeichen für Abweichungen von der Linie der Partei.

Liebe Genossen, wir haben erst vor wenigen Jahren die Parteifeinde ████ und ████████ aus unseren Reihen ausgeschlossen. Damals war eine der wichtigsten Schlußfolgerungen, daß wir rechtzeitig bestimmte Anzeichen solcher Abweichungen erkennen und bekämpfen müssen. Gab es bei ████ nicht ähnliche Symptome? Haben wir die Auseinandersetzungen bis zur letzten Konsequenz geführt? Sind wir bis zu den tieferen Ursachen beispielsweise solcher Erscheinungen, daß █. fast keinen Soli-Beitrag mehr zahlen wollte, vorgedrungen? Eine Reihe von Fragen, vor denen wir heute erneut stehen und auf die wir für unsere künftige Arbeit eine Antwort suchen müssen.

Genossen, damit wir uns recht verstehen, es geht gerade unter den heutigen verschärften Klassenkampfbedingungen nicht an, daß wir eine Atmosphäre des Mißtrauens schaffen. Wir müssen heute noch viel enger zusammenstehen, um die schweren Aufgaben, die auf allen Gebieten vor uns stehen, bewältigen zu können. Wir müssen jedoch wissen, wie der Genosse neben uns denkt und handelt. In der Parteigruppenversammlung des DSA sagte Gen. ████, daß er mit allen Genossen seiner Parteigruppe, auch über die unmittelbare Arbeitsaufgabe hinaus, persönliche Kontakte habe, ihre sorgen und Probleme kenne; bei ████ sei das nicht der Fall gewesen. Ich bin der Auffassung, daß hier ein solches Problem steckt, das wir besser in den Griff bekommen müssen. Wir müssen ganz einfach gegenseitig unsere Probleme und Sorgen kennen, wir müssen uns auch gegenseitig mehr unterstützen, wenn wir auf die eine oder andere Frage nicht sofort eine Antwort wissen.

Liebe Genossinnen und Genossen !

Wir haben heute eine Entscheidung zu treffen, über
einen, der sich selbst außerhalb unseres Kampfbundes,
ja sogar unseres sozialistischen Staates gestellt hat.
Diese Entscheidung dürfte wohl keinen Genossen schwer
fallen. Es ist auch nicht neu, daß in Zeiten verschärfter Klassenauseinandersetzungen Leute unsere Partei
verraten.

Wir sind auch der Auffassung, daß wir ▮. nicht aus
unserer Partei austreten lassen, sondern, daß wir uns
von ihm trennen. Einzig und allein die Grundorganisation ist berechtigt, darüber zu entscheiden, in welcher
Art und Weise die Mitgliedschaft in der Partei endet.
Im Falle ▮▮▮▮▮ gibt es nach unserer Auffassung nur den
Ausschluß.

Liebe Genossinnen und Genossen !
Gestattet mir zusammenfassend nochmals auf einige
Schwerpunkte für die Diskussion hinzuweisen:

Zunächst erwarten wir natürlich von jedem Genossen
einen eindeutigen Standpunkt zum partei- und staatsfeindlichen Verhalten von ▮▮▮▮▮.

Noch wichtiger ist es aber, daß wir uns klar werden,
welche Schlußfolgerungen aus dieser Angelegenheit für
die weitere Stärkung der Kampfkraft der Partei zu ziehen sind. Ich möchte noch einmal unterstreichen, daß
die Partei in dieser komplizierten politischen und
ökonomischen Situation ihre Aufgabe nur erfüllen kann,
wenn jeder Genosse aktiv an ihrer Realisierung mit-
arbeitet.

Heute Kampfpositionen beziehen bedeutet, daß wir überall und in jeder Lage die Politik der Partei vertreten.
Das bedeutet aber auch, daß wir gemeinsam Positionen

erarbeiten, die diesem Ziele dienen. Das erfordert ein echtes kameradschaftliches Verhältnis, wie es unter Kommunisten üblich ist.

Einheit und Reinheit der Partei zu wahren bedeutet, sich mit allen Erscheinungsformen der Ideologie des Gegners auseinanderzusetzen.

Wir wären schlecht beraten, wollten wir das Partei-verfahren gegen ▇▇▇ formal abtun.

Technische Hochschule ▇▇▇▇▇▇▇▇▇

P r o t o k o l l
der außerordentlichen APO-Versammlung am 8. 8. 1983

Anwesend 55 Genossen - entspricht 68 % und der Sekretär der Zentralen Parteileitung, Gen. Prof. ▇▇▇▇, als Gast.

Einziger Tagesordnungspunkt - Eröffnung eines Partei-verfahrens gegen Gen. Eberhard ▇▇▇▇▇.

Gen. ▇▇, Stellvertreter des APO-Sekretärs, eröffnet die Versammlung. Er teilt mit, daß Gen. ▇▇▇ mündlich und schriftlich zur Versammlung eingeladen wurde, aber eine Teilnahme ablehnt, weil er seinen Austritt bereits erklärt habe.

Der APO-Sekretär, Gen. ▇▇▇▇, trägt die Begründung des Austritts aus unserer Partei und die Begründung des Austritts aus der Kampfgruppe von ▇▇▇ vor und erläu-tert die Meinung der APO-Leitung zu den Anträgen. (s. Anlage)

Von der APO-Leitung wird der Ausschluß vorgeschlagen.

Alle Genossen werden aufgefordert ihre Meinung zu sagen und Schlußfolgerungen zu ziehen.

Gen. ███ läßt über den Antrag abstimmen. Der Antrag auf Eröffnung eines Parteiverfahrens mit dem Ziel des Ausschlusses wird einstimmig gefaßt. Gen. ███ verliest die Begründung.

Diskussion
Gen. ███████ [a] Parteigruppenorganisator der Parteigruppe, der Gen. █████ angehört, legt die Meinung der Parteigruppe dar (vgl. vorliegende Stellungnahme - siehe Anlage).

Gen. ████████ verurteilt den Verrat von ██████. Seine verfaßten Schriftstücke an die ZPL, GOL, BGL, DSF und Kampfgruppe und sein freches Auftreten vor seinem Arbeitskollektiv entlarven ihn als Verräter, arroganten Kleinbürger und maßlosen Egoisten. Er ist zum Partei- und Staatsfeind geworden. Für Geld macht er alles. Ich traue ihm zu, daß er seine Kenntnisse über die Hochschule, Kampfgruppe u. a. verkauft an den Klassenfeind. Er hat es verstanden, uns geschickt zu täuschen, zu belügen und zu betrügen. Es gab in den letzten 2 Jahren kritische Auseinandersetzungen, in denen er große Versprechungen abgab. Gen. █████████ unterstützt Antrag auf Ausschluß.

Gen. ████ geht aus von seinem Zusammentreffen mit dem Chef der BDVP [b], Gen. Oberst ██████ und den Forderungen an einen Kämpfer der Kampfgruppe. "Mit der Arbeiterklasse eng verbunden sein, der Partei treu dienen und an der Seite der Sowjetunion stehen". ██████ hat sich von all dem abgewandt und ist zum politischen Gegner geworden. Er hat unauffällig bisher seine Pflicht getan, aber widerwillig ohne Überzeugung. Er schreibt an den Kommandeur "die DDR sei nicht sein Vaterland". ██████ ist zum Deserteur geworden, der seinen Eid gebro-

chen hat. Dieser Verrat wird uns nicht umwerfen. Die
Kämpfer der Hundertschaft werden ihre Reihen fester
schließen.

Gen. ███████ weist auf eine offene Frage hin. War der
Wandel von ███████ nur sein eigenes Werk? Hinter ihm
steckt der Klassenfeind. Er soll testen, wie weit man
gehen kann. Als erster hat er die richtige Reihenfolge
der Antragstellung vorprogrammiert. Zuerst Antrag auf
Entlassung aus der Staatsbürgerschaft, danach die anderen Anträge (Übersiedlung, Austritt aus Partei und
Massenorganisationen). Er wollte mit der DDR und Partei
brechen, aber möglichst bis zuletzt keinen Pfennig
einbüßen. Er ist nicht nur ein Verräter und Egoist, er
ist ein großer Feigling, der nicht den Mut hatte, offen
zu brechen. Als Erster begründet er seinen Antrag auf
Ausreise nicht mit Familienzusammenführung, sondern mit
fehlenden Möglichkeiten für einen ansprechenden Lebensstandard. Gen. ███████ nennt die Ungarnreise als Beispiel für seine Argumentationsweise. ███████ nimmt einen
Ferienplatz der Hochschule in Ungarn wahr, beklagt sich
über bestimmte Einschränkungen und nimmt schließlich
diese Einschränkungen als Begründung für seinen Ausreiseantrag. ███████ war schwer zum Reden zu bringen. Er
lehnte jede Stellungnahme frech ab und behandelte uns
wie Dreck. Er habe den Ausreiseantrag bei den Staats-
organen gestellt und brauche an der Hochschule keine
Rechenschaft darüber abzugeben. Gen. ███████ verlangt
mehr Wachsamkeit, besonders bei Erscheinungen des
Schwankens gegenüber der Politik der Partei. Gleichzeitig muß eine Atmosphäre des Vertrauens herrschen.

Gen. ███████ hat ca. 10 Jahre mit ███████ zusammengearbei-
tet. Über Jahre sei ███████ ein Lügner und Heuchler gewesen und habe sich als Parteifeind selbst entlarvt.
Deshalb sei der Ausschluß gerechtfertigt. Wir sollten
uns nicht nur auf den Prozeß der Trennung von ihm konzentrieren. Frage beantworten - wie war das möglich?

███████ hat in 10 Jahren Vertrauen erworben, Arbeitsauf-
gaben ohne Beanstandungen gelöst, formal, administra-
tiv. In letzter Zeit jedoch Erscheinungen, wo Wort und
Tat nicht mehr übereinstimmten. Es gab Auseinandersetzungen, auch über seine Arbeitsweise, die Buchstaben-
genauigkeit. Er trat rechthaberisch und stur auf. Das
alles wurde mit seinem Charakter in Verbindung gebracht. Tatsächlich äußert sich hier der Ansatz von
Mängeln in der politisch-ideologischen Motivierung
seiner Arbeit. Die bisherigen Auseinandersetzungen
waren noch nicht zwingend genug, um eher Farbe bekennen
zu müssen. Wir sind ihm nicht auf die Schliche gekommen. Meine Schlußfolgerung: Mitarbeiter noch besser
kennen lernen, eine noch kritischere und vertrauensvol-
lere Atmosphäre schaffen. Die erzieherischen Auseinandersetzungen werden uns weiter helfen.

Genn. █████ stimmt den bisherigen Meinungen zu. Morgen
wird Austritt aus FDGB behandelt. Viele Gewerkschafts-
gruppenmitglieder haben sofort richtig reagiert. Trotzdem hat ██████ großen Schaden für die Partei angerich-
tet. Das Vertrauen der Parteilosen zur Partei muß wieder gefestigt werden. Genn. ██████ begreift nicht, daß er
seine 3 Kinder im Stich lassen will. Das muß grenzenlo-
ser Egoismus sein.

Gen. █████ ist erschüttert über ██████s Verhalten und
erinnert an sein Gelöbnis in der Kampfgruppe. Mir ist
es nie gelungen, persönlich Kontakt zu finden, d.h. zum
Herzen eines Menschen zu finden. Seine Arbeit und Haltung waren versachlicht. Aus jetziger Sicht war er ein
Karrierist. Für die Hundertschaft gibt es eine Konsequenz - Ausschluß aus den Reihen der Kampfgruppe. Meine
persönliche Schlußfolgerung: Noch intensiver bemühen,
um meine Genossen noch tiefgründiger kennen zu lernen.

Gen. ████████ (?) gibt die volle Zustimmung zum beantragten Ausschluß. Ich habe die Einladung für Mitglieder-

versammlung überbracht, er ging geringschätzig darüber hinweg. ▮▮▮ hat den Standpunkt der Arbeiterklasse verlassen, ist Ausdruck der Gefährlichkeit und Hinterhältigkeit des Imperialismus. Wir erhalten die Einheit und Reinheit der Partei und stärken sie durch die Entfernung ▮▮▮s aus der Partei.

Gen. ▮▮▮ Mich interessieren vor allem die Schlußfolgerungen. Er hat sich nicht nur selbst entlarvt. Es war die Atmosphäre unserer Partei, die ihn gezwungen hat, sich selbst zu entlarven.

Gen. ▮▮ spricht nochmals zu den 1980 verschwiegenen Kontakten und zu den bewußt falschen Angaben im Personalbogen. Die damalige Kritik war keineswegs unangemessen scharf. Das sehen wir jetzt. Die Diskussion zur Abgrenzung muß immer wieder neu geführt werden. ▮▮▮ hat nichts mehr in der Partei zu suchen.

Gen. ▮▮▮ würdigt die Haltung der bisherigen Diskussionsredner und stimmt der Wertung der APO-Leitung zu. Er stellt folgende Prägen zur Diskussion:
- Wurden die Auseinandersetzungen rechtzeitig geführt?
- Wie war diese Entwicklung möglich?
- Wurden die Schlußfolgerungen der Auseinandersetzungen mit ▮▮▮ und ▮▮▮ in der praktischen Arbeit genügend beachtet?

Letzteres nicht immer und überall. Die notwendigen Konsequenzen nicht immer gezogen. 3 Genossen in führenden Positionen auf feindliche Bahnen gelangt.
Welche Schlußfolgerungen ergeben sich für unsere weitere Parteiarbeit?
- Kritische und vertrauensvolle Atmosphäre schaffen
- noch gründlicher und differenzierter die Wirksamkeit jedes einzelnen Genossen werten
- die Wirksamkeit jedes Genossen entscheidet über die Kampfkraft der Partei
- Aufmerksamkeit für die Erhöhung der ideologischen

Wirksamkeit
- Auseinandersetzungen immer bis zu Ende führen
- Frage nach Freund oder Feind immer wieder stellen
- bei den Genossen Kampfpositionen schaffen, daran scheiden sich die Geister
- gefaßte Beschlüsse konsequent durchsetzen und Rechenschaft verlangen
- APO-Leitung sollte analysieren, wie wir die persönlichen Gespräche in Vorbereitung der Parteiwahlen führen, wie wir die Kampfkraft erhöhen können, wie jeder einzelne Genösse seine Wirksamkeit erhöhen kann.

Gen. ▓ schließt die Diskussion ab und läßt abstimmen. Der Antrag der APO-Leitung auf Ausschluß des Gen. ▓ wird einstimmig befürwortet.

Schlußwort des Gen. ▓

Auswertung des Parteiverfahrens ist mit dieser Versammlung nicht beendet. Es sind weitere Schlußfolgerungen für unsere Arbeit notwendig. Die Parteiwahlen sind uns Anlaß zur Umsetzung der Schlußfolgerungen.

Die persönlichen Gespräche sind nicht als Pflichtübungen zu betrachten, sondern bilden den Auftakt für die Verbesserung der politisch-ideologischen Arbeit. Dort, wo Zweifel an der Richtigkeit der Politik der Partei aufkommen, dort ist der Schritt zum Klassenfeind nicht mehr weit. Die Wachsamkeit in unseren Reihen muß verstärkt werden. Eine Atmosphäre schaffen, damit sich kein Feind in unseren Reihen halten kann. Die heutigen Schlußfolgerungen sind in den Parteigruppen weiter auszuwerten.

für die Richtigkeit der Ausfertigung: gez. Unterschrift

a)   Die Namen der Diskussionsredner sind in der Vorlage geschwärzt, konnten aber bis auf zwei rekonstruiert werden

b)   BDVP - Bezirksbehörde der Deutschen Volkspolizei

31. Interview der »Saarbrücken Zeitung« mit Erich Honecker

Am 17.2.1977 gewährte Erich Honecker dem stellv. Chefredakteur der "Saarbrücker Zeitung", Erich Voltmer, ein Interview.

Zitat aus der 2. Frage:
Trifft es zu, daß zahlreiche Bürger der DDR seit der Unterzeichnung der Absichts-
erklärung von Helsinki Auswanderungsanträge gestellt haben?
Zitat aus der Antwort: Solche Anträge gab es schon immer.

Zitat aus der Antwort zur 3: Die Deutsche Demokratische Republik hält sich an das
Völkerrecht, und wenn ich richtig informiert bin, geht Völkerrecht vor Landesrecht. Für uns gelten Geist und Buchstaben der Verträge, sonst nichts.
...
Wir sind für Familienzusammenführung. Wenn Sie sich die entsprechenden Zahlen
von den hierfür zuständigen Stellen geben lassen, dann werden Sie bestätigt finden,
daß wir auf diesem Gebiet nicht wenig getan haben.

Quelle: Dietz Verlag Berlin 1977

32. Der »Kollege Pst« der TH gibt ergänzende Informationen zum Ausreiseantrag

███████████████████, den 15.8.1983

Ergänzende Informationen zum Übersiedlungsantrag ██████,
Eberhard

Eine wesentliche Ursache, die zu den vorhandenen negativen politisch-ideologischen Positionen und der Antragstellung auf Übersiedlung in die BRD führte, wird
in den vorhandenen Kontakten zu Verwandten und Bekannten in der BRD gesehen. Diese Kontakte entstanden je-

doch erst 1975 und resultieren aus familiären Aspekten
der Ehefrau. Die Ehefrau des ▮. ist am 10.10.1941 in
Lahndorf, Krs. Stettin geboren. Sie kannte ihre Eltern
nicht. Aus Berichten war ihr bekannt, daß der Vater im
Krieg vermißt war und die Mutter 1946 gestorben ist.
1947 kam die Ehefrau des ▮. zusammen mit ihrer älteren
Schwester und in dem ebenfalls älteren Bruder nach
Glashütte, Krs. Dippoldiswalde, wohin sie eine Tante,
zusammen mit ihren eigenen 5 Kindern, mitgenommen hatte. Dort wurde die Ehefrau des ▮. in ein Kinderheim
aufgenommen und 1948 vom Ehepaar ▮▮▮▮▮ adoptiert. Die
Geschwister verblieben im Heim. Durch diese Adoption
lösten sich in die Verbindungen zu den Geschwistern.
Erst im Jahre 1975 entstanden diese Kontakte neu. Dabei
erhielt die Familie ▮▮▮▮ Post von der Schwester, der
Ehefrau des Bruders und der Tante, welche die Kinder
damals bis Glashütte gebracht hatte. Diese Personen aus
der BRD richteten dabei als Ausgangspunkt ein entspre-
chendes Suchschreiben an das Kinderheim in Glashütte,
von wo dieses schließlich zur Familie ▮▮▮ gelangte[a].
Von diesem Zeitpunkt an entstanden zunächst postalischen Kontakte und später auch Besuche dieser Personen
in der DDR. Diese gesamte Problematik wurde vor allem
im November 1980 deutlich, wo mit dem ▮. parteierzieherische Auseinandersetzungen geführt werden mußten. Zu
diesem Zeitpunkt hatte er sich als Interessent für die
Aufnahme in die Auslandskaderreserve des MHF[b] gemeldet.
Im Rahmen der diesbezüglich geführten kaderpolitischen
Überprüfungen wurde deutlich, daß der ▮. unvollständige
Angaben hinsichtlich seiner Kontakte zu Personen des
NSW[c] getätigt hatte. Daraus resultierend wurden mit dem
▮. die genannten parteierzieherischen Auseinandersetzungen geführt, wobei sich deutlich zeigte, daß der ▮.
von Anbeginn keine klare politische Position hinsichtlich dieser Kontakte bezog. Er brachte damals einerseits zum Ausdruck, daß ihn mit diesen Verwandten seiner Ehefrau nichts verbindet und der erfolgte erste
Besuch eine einmalige Episode sein sollte. Andererseits

brachte er in der Folgezeit nicht die Konsequenz auf, die Besuchsanliegen der Verwandten abzulehnen bzw. die Kontakte generell abzubrechen. Der ▮. schätzte in den damals geführten Auseinandersetzungen selbst ein, daß es ihm nicht klar ist, wie er den Verwandten den Abbruch der Kontakte begreiflich machen sollte. Er hätte die gesamte Problematik auch nicht ernst genug genommen, und es wäre ihm vor allem auch schwer gefallen, in der eigenen Familie zu diesem politischen Fragen Stellung zu nehmen und sich durchzusetzen. Beim Abschluß der damaligen Auseinandersetzungen erklärte der ▮. schließlich, daß er inzwischen mit seiner Frau einheitlich auf dem Standpunkt steht, diese bestehenden Kontakte in die BRD abzubrechen.
In der Folgezeit gab es keine weiteren konkreten Hinweise bezüglich der Kontakte und Beziehungen des ▮. zu diesem Personenkreis in der BRD, so daß die Antragstellung des ▮. sehr überraschend kam. Im Juli dieses Jahres hatte der ▮. über die Gewerkschaftsorganisation der TH▮ eine Urlaubsreise in die VR Ungarn (Internat der TU Budapest) erhalten. Dort hat er sich möglicherweise mit seinen Verwandten getroffen und die eingeleiteten Schritte abgesprochen.

Nach den geführten Aussprachen mit dem ▮. ergeben sich jedoch nach wie vor eine Reihe offener bzw. unklarer Fragen, wo er keine klare Position bezieht beziehungsweise seine tatsächliche Motivation nicht erkennbar ist. Das trifft beispielsweise auf dem Umstand zu, daß für die Kinder des ▮. nicht der Antrag auf Übersiedlung in die BRD gestellt wurde. Er nannte hierfür in keiner Aussprache konkrete Gründe und brachte lediglich zum Ausdruck, daß dies Sache der Familie sei und man diesbezüglich einen gemeinsamen Standpunkt hat. Als Grund der Antragstellung gibt der ▮. auch nicht "Familienzusammenführung" an, so daß auch generell seine Argumente als sehr fragwürdig erscheinen.

Von Tendenzen der negativen politisch-ideologischen Haltung in den Kreisen der wiss. Sekretäre der ersten und zweiten Leitungsebene (████, ████████) kann aus der Sicht des Unterzeichners nicht gesprochen werden. Dennoch gibt es in der Vergangenheit aus der Parteigruppe Studienangelegenheiten heraus vor allem im Rahmen persönliche Gespräche mehrfach Hinweise dahingehend, daß man dem █. nicht voll vertraut und er auch politisch als "weicher" Mann angesehen wird. Diese Probleme wurden jedoch in der Parteigruppe nicht im ausreichenden Maße offen und parteilich diskutiert. Dabei muß weiter eingeschätzt werden, daß in der Parteigruppe bereits längere Zeit gewisse Anzeichen dahingehend sichtbar sind, daß nach außen hin eine sehr gute Arbeit geleistet wird und unter dem Mitarbeitern keine politisch--ideologischen Probleme bestehen, was auch durch den langjährigen Parteigruppenorganisator (Gen. ████) bei jeder Gelegenheit untermauert wurde. Andererseits gab es jedoch auch immer wieder Hinweise, daß dies nicht der tatsächlichen Situation entspricht und viele Probleme nur geglättet werden. Ansatzpunkte gibt es hier selbst zum Problem der Kontakte des █., als dieser z.B. 1980 sowohl dem PGO^d als auch dem staatlichen Leiter (Direktor für Studienangelegenheiten - Dr. ████████) von erfolgten bzw. vorgesehenen Besuchen dieser Personen aus der BRD informierte. Damals erfolgte jedoch keinerlei Auseinandersetzung über den Sinn dieser Kontakte und teilweise auch keine exakte Weiterleitung der Information an die übergeordnete Parteileitung. Deutlich wurde die genannte Situation in der Parteigruppe auch im Rahmen von Verhaltensweisen einzelner verantwortlicher Mitarbeiter, die neben der Erfüllung der fachlichen Aufgaben sehr stark persönliche Interessen in den Vordergrund rücken und sich unter Ausnutzung der Bedingungen an der Hochschule zahlreiche Vorteile verschafften.

<mehrere Zeilen sind geschwärzt>

142

Solche Probleme sind bekannt, wurden in der Parteigruppe jedoch nicht mit letzter Konsequent ausgestritten.

Bei den Verwandten/Bekannten des ▆. aus der BRD handelt
es sich um folgende Personen:
...

gez. Unterschrift
▆▆▆▆

a) Auch hier hatte die Stasi die Hände im Spiel
b) **MHF** Ministerium für Hoch- und Fachschulwesen
c) **NSW** nicht sozialistisches Wirtschaftsgebiet
d) **PGO** Parteigruppenorganisator

33. Abschlusszeugnis der Technischen Hochschule durch meinen Direktor

26. 8. 1983

Beurteilung über Herrn Dipl.-Ing. Eberhard ▆▆▆▆

Herr ▆▆ nahm im Februar 197o sein Arbeitsverhältnis
mit der Technischen Hochschule ▆▆▆▆▆▆▆ als Leiter
des Weiterbildungszentrums "Elektronische Bauelemente"
auf. Ab Oktober 1972 wurde ihm die Leitung der Abteilung
Weiterbildung übertragen. Mit dem Aufbau des Direktorates
für Erziehung, Aus- und Weiterbildung erfolgte dann ab
September 1973 sein Einsatz als wissenschaftlicher Sekretär für Weiterbildung. Im März 1977 begann Herr ▆▆▆
seine Tätigkeit als wissenschaftlicher Sekretär des Direktors für Studienangelegenheiten, die er bis zum 3. 8.
1983 ausübte.
  Sowohl als Leiter des WBZ "Elektronische Bauelemente"
als auch in den folgenden Leitungsfunktionen auf dem
Gebiet der Weiterbildung werden ihm Fleiß und umsichtige
Arbeit bestätigt.
  Er übte bereits zu dieser Zeit mehrere gesellschaftliche
Funktionen aus und nahm auch auf diesem Wege Einfluß auf
die leitungsseitige Lösung der ihm übertragenen Aufgaben.
Die durch seine fachliche und politische Einsatzbereit-
schaft gekennzeichneten Tätigkeiten führten zu der Auf-

fassung, daß Herr ▆▆▆ über die notwendigen Voraussetzungen zur weiteren Qualifizierung auf dem Gebiet der
staatlichen Leitungstätigkeit verfüge.

Nach Übernahme der Funktion des wissenschaftlichen
Sekretärs des Direktors für Studienangelegenheiten 1977
bemühte er sich zielstrebig um eine rasche Einarbeitung
in die vielfältigen Aufgaben und Probleme seines sich
nunmehr über das gesamte Direktorat erstreckenden Ar-
beitsgebietes. Es gelang ihm, anfängliche Kontaktschwie-
rigkeiten zum Teil abzubauen, so daß sich zwischen ihm
und der Mehrzahl seiner ehemaligen Kolleginnen und Kollegen ein gutes Arbeitsverhältnis entwickelte. Neben der
Bearbeitung einer Vielzahl organisatorischer Probleme
bearbeitete er konzeptionell Teilfragen zur Rationalisierung der Verwaltungsarbeit und die Koordinierung analytischer Ergebnisse aus den einzelnen Abteilungen des Direktorates.

Seit Beginn seiner Tätigkeit als wissenschaftlicher
Sekretär nahm er die Vertretung des Direktors bei dessen
Abwesenheit wahr. Die ständig notwendigen Arbeitskontakte
von Herrn ▆▆▆ zu Leitern und Mitarbeitern aller Abteilungen des Direktorates, seine Bereitschaft bei der Lösung der anstehenden Aufgaben Anleitung und Hilfe zu
geben, förderten insgesamt sein Ansehen als sachlichen,
von einer sozialistischen Grundposition ausgehenden Kollegen.

Das ihm in seinen Tätigkeiten, auch als wissenschaftlicher Sekretär an der TH ▆▆▆▆▆▆▆, immer wieder
bestätigte gute Vertrauensverhältnis zu seinem Arbeitskollektiv wurde jedoch dadurch gestört, weil er über
persönliche Kontakte zu BRD-Bürgern (1981) nicht informierte, obwohl ihm seine Verpflichtung dazu bekannt war.
Umfassende Aussprachen auf staatlicher und gesellschaftlicher Ebene ließen den Eindruck entstehen, daß Herr
▆▆▆ sein Fehlverhalten einsah. In dem danach folgenden
Zeitraum bis zu seinem Ausscheiden aus seiner Funktion
kam es wiederholt zu kritischen Diskussionen mit ihm.
Diese hatten ihre Ursachen in abweichenden Auffassungen
zu Fragen der Solidaritätsausübung und einer gewissen

Zurückhaltung in der Übernahme gesellschaftlicher Aufgaben, die über sein unmittelbares Arbeitskollektiv hinausgingen. Die Tatsache aber, daß Herr ▮▮▮ dennoch fleißig und mit hoher Arbeitsdisziplin die ihm übertragenen Aufgaben ordnungsgemäß erfüllte, ließen keine ernsthaften Bedenken an seiner grundsätzlich aufrichtigen Bereitschaft aufkommen, sich zusammen mit seinem Arbeitskollektiv für eine anspruchsvolle Lösung der von Partei und Regierung gestellten Aufgaben einzusetzen. Nach Rückkehr aus seinem Urlaub Ende Juli dieses Jahres teilte Herr ▮▮▮ von ihm getroffene politisch schwerwiegende Entscheidungen mit, die seinen bisherigen Verhaltensweisen extrem gegenüberstanden. Damit waren die Voraussetzungen für eine Tätigkeit als wissenschaftlicher Sekretär nicht mehr gegeben. Mit ihm wurde deshalb am 4. 8. 83 ein Änderungsvertrag als Wartungsingenieur für Lehr- und Lernmittel abgeschlossen. Herr ▮▮▮ kündigte am 11. 8. 83 sein Arbeitsverhältnis mit der Technischen Hochschule ▮▮▮▮▮▮ zum 1. 9. 1983.

                                        gez. Unterschrift
                                        Dr.rer.nat. ▮▮▮
                                        Direktor

34. Der erste »Ergänzende Erfassungsangaben ZPDB« des MfS von insgesamt
    etwa einem Dutzend, die über uns angelegt worden sind. Man beachte auch die
    Vordruckfelder unter »Spuren gesichert« (A4)

RV 170

MINISTERIUM FÜR STAATSSICHERHEIT   ...., ...30.8.83.....
HA/selbst. Abt.:   SLK-XX/3/2672 ⌐
BV/V:
Abt./KD/OD: Abt. XX   bestätigt: 011097

                    ┌──────────┐
                    │   BSIU   │   ///
                    │ 000053 │   Leiter DE
                    └──────────┘

                                                    SLk/AKG
                                                    1-1436
                                                    (nur Eberhard)

            ERGÄNZENDE ERFASSUNGSANGABEN ZPDB

                        ; Eberhard - 21.4.37 -
BETRIFFT: ...., Irmgard - 10.10.41 - Antragsteller S1/1.3.
            (Bezug zur Originalinformation)

QUELLEN: IM, GMS, BÜRGER DDR/SOZ.A./NSA, ANONYME QUELLE

            Parteiinformation v. 22.8.83
            (Bezeichnung: staatl.Organe, offizielle Institutionen,
            Parteien, Organisationen, sonstige)

VERTEILER: ..BkG...................................
            (im Verantwortungsbereich der eigenen BV/V, HA/selb-
            ständ. Abt.)
            ...HB. XX....................................
            (außerhalb des Verantwortungsbereiches der eigenen BV/V,
            HA/selbst. Abt.)

ANZAHL GEWÜNSCHTER KOPIEN IM RÜCKLAUF:

ANGABEN ZUM ERFASSUNGSVERHÄLTNIS

Erfassungsverhältnis in Abt. XII überprüft: ja/nein
Erfassungsverhältnis vorhanden: ja/nein SVG XIV 1276/76
Erfassungsverhältnis neu angelegt: ja/nein seit 17.7.80
ERFASSUNGSART: V, KK, OPK, SVG, OV, ZOV-TV, ZOV, FEIND-OV, UV
Erfassungsdatum: .....06.09.83.............................
Registrier-Nr.: ....
Erfassende DE: Abt. XX....................................
Archiv-Nr.:   ....

SPUREN GESICHERT: (Zutreffendes ankreuzen)

	MfS	MdI		MfS	MdI		MfS	MdI
Biß-			Geruchskonserve			Schuh-		
Blut-			Handschuh-			Schuß-		
Botanische-			Papillarleisten-			Sekret-		
Druckrille			Riß-			Stimmkons.		
Fahrzeug-			Schrift			Werkzeug-		
Farb-								

INHALTLICHE ERGÄNZUNGEN ZUR ORIGINALINFORMATION RÜCKSEITE VERWENDEN

146

Form 460

35. Erneute Information des Kollegen »Pst« - ein Beispiel, wie das Denunzieren funktionierte

████████████████████, den 31.8.1983

Information

In der Sitzung der SED-GO-Leitung Rektorat/Direktorate vom 30.8.1983 wurden unter einem Tagesordnungspunkt nochmals Schlußfolgerungen für die weitere Arbeit aus dem Parteiverfahren gegen ████ behandelt. Dabei spielten auch Probleme des rechtzeitigen Erkennens politisch-ideologisch falscher Haltungen eine wesentliche Rolle. In diesem Zusammenhang wurde von Gen. ██████ (DSA) darauf verwiesen, daß Genn. ████, Renate (DSA, Abt.-Ltr. Weiterbildung) in keiner der durchgeführten Sitzungen der Parteigruppe, der Gewerkschaftsgruppe und der staatlichen Leiter des Direktorates eine klare Position gegen das Verhalten von ████ zum Ausdruck brachte. Lediglich in der durchgeführten außerordentlichen Mitgliederversammlung (Parteiverfahren) ergriff sie in Abwesenheit von ████ das Wort. Auch dabei verurteilte sie jedoch sein Verhalten nur aus der Position einer Mutter, die ihre Kinder zurückläßt bzw. sich von diesen trennt. Auch hier erfolgte durch sie keine klare politische-ideologische Bewertung der Verhaltensweise des ████. Weiterhin wurde in diesem Zusammenhang darauf hingewiesen, daß Genn. ████ genau wie ████ ihren Solidaritätsbeitrag wesentlich herabsetzte, was sie vor allem mit der Erziehung ihrer 4 Kinder begründete. Dabei spielte sie vor allem auch als BGL-Vorsitzende keinen positive Rolle, ließ sich bisher jedoch nicht von der Falschheit ihres Schrittes überzeugen. Weiterhin wurde bekannt, daß der Sohn von ████ über die Genn. ████ bzw. deren Mann die noch gegenwärtig vorhandene Lehrstelle bei Robotron erhielt, so daß auch daraus geschlußfolgert wird, daß beide enger miteinander befreundet waren.

gez. Unterschrift ████████

147

36. Sprelacart

Kunstwort, laut DDR-Lexikon „dekorativer Schichtpressstoff aus Melaminharz vom VEB Preßstoffwerk 'Dr. Erani', Spremberg". (Vermutlich Tagi Erani, Vorsitzender der Kommunistischen Partei Irans, der von 1925 bis 1929 in Berlin gelebt hat).

37. Bespitzelungsauftrag der Abteilung XX des MfS an die Abteilung 26

26/901/83
6.9.83

Abteilung XX ████████████ , 01. 09. 1983

XX/3/hau-schu/   *5258/83*

Handschrift: *Gen.* ████ *bis 15.9.83 mit IM*
Treff durchführen und 1. Ergebnis mir
vorlegen.
████ *6.9.83*

Abteilung 26
Gen. ████████

INFORMATIONSBEDARF
für Ihre inoffizielle Quelle an der TH ████████ , Direktorat Technik und materiell-technische Versorgung, Bereich Technik

In diesem Bereich ist seit August 1983
████ , Eberhard

als Instandhaltungsing. für Lehr- und Lernmittel tätig. Bei dem █. handelt es sich um einen Antragsteller auf Übersiedlung.

Entsprechend Ihren Möglichkeiten wird gebeten, alle vorliegenden Hinweise zu dem ████ uns umgehend zur operativen Auswertung zur Kenntnis zu geben. Dabei handelt es sich vorrangig um:

- Aktivitäten ████, welche im Zusammenhang mit seinem Antrag auf Übersiedlung stehen;
- Hinweise auf Verbindungen mit persönlichem bzw. vertraulichem Charakter, besonders auch zu Personen, welche selbst Antragsteller sind bzw. durch ihre politisch-ideologische Position dazu neigen können;
- Hinweise auf Kontakte und Verbindungen zu NSW-Bürgern einschließlich der in der BRD lebenden Verwandten;
- familiäre und soziale Probleme
- Reaktionen und Verhaltensweisen zu politischen und gesellschaftlichen Ereignissen, die auf seine politische Grundhaltung und sein Anliegen als Antragsteller inspirierend wirken können.

Leiter der Abteilung

gez. Unterschrift

████████

Oberstleutnant

Handschrift: *Inoffiziell wurde bekannt,*
daß ████ *sein Arbeitsverhältnis bei der TH gekündigt*
hat. Die neue Arbeitsstelle ist nicht
bekannt.

████ *(Unterschrift)*
Major

38. Beschluss über die Erteilung einer Parteistrafe (mit Schreibmaschine ausge-
füllter Vordruck)

I/110

Stempel: Vertrauliche 8/11/94 Verschlußsache 365/?
Nr. 62/83
4 Exemplare je1 Blatt parteiintern
1. Exemplar 1 Blatt

Beschluß über die Erteilung einer Parteistrafe

Name: ▓▓▓▓   **Vorname:** Eberhard **geb. am:** 21.4.1937

wohnhaft: ▓▓▓ ▓▓▓▓▓▓▓ , Ernst-Schneller-Str. 66

soziale Herkunft: Intelligenz   **Familienstand:** verheiratet

erlernter Beruf: Feinmechaniker **war bisher tätig:** Wiss. Sekretär

Tätigkeit zum Zeitpunkt des Parteiverfahrens: Wartungsingenieur

Ablösung aus fachlicher Tätigkeit: ja   **Ablösung aus gesellschaftlicher Tätigkeit:** ja

Besuch von Parteischulen: Betriebsschule ML 1975 - 1976

Besuch von Hoch- und Fachschulen: Ing.-Sch.f.Feinwerktechnik 1960,KMU
1962, ▓▓ 1971

Kandidat seit: **Mitglied seit:** 17. 5. 1965

Nr. des Dokuments: 0.440.153

Gesellschaftliche Funktionen: Gewerkschaftsvertrauensmann

Gerichtliche Bestrafung erfolgte[1]): nein

Schon früher eine Parteistrafe erhalten:[2]) nein

Beschluß der ~~GO~~ - APO Rekt./Pror. / TH ▓▓▓▓
       vom 8.8.1983

Parteistrafe: Ausschluß

wegen: Partei- und staatsfeindlichem Verhalten und
Verstoß gegen die Punkte I/2a - 2e des Statuts

Begründung: Am 27.7.1983 erklärte ▓▓▓▓ schriftlich seinen Austritt aus der Partei. Zugleich setzte er die
APO-Leitung davon in Kenntnis, daß er einen partei- und

150

staatsfeindlichen Antrag auf Entlassung aus der Staatsbürgerschaft der DDR und Übersiedlung in die imperialistische BRD gestellt habe.

In seinen Erklärungen weist er nachdrücklich darauf hin, daß er sich von unserer Partei und unserem Staat lossagt, weil die DDR für ihn nicht sein Vaterland sei. Er führt in diesem Zusammenhang ideologische Angriffe gegen Partei und Staat.

▨ hat in seiner persönlichen Entwicklung bisher alle Vorzüge unseres sozialistischen Staates in Anspruch genommen. Sein beruflicher Weg war durch eine kontinuierliche Höherentwicklung gekennzeichnet.

Trotz dieser Möglichkeiten, die ihm unsere Partei und unser Staat boten, hielt seine politische Entwicklung mit der fachlichen nicht Schritt. Er übernahm zwar Funktionen, hat sie aber, wie jetzt deutlich erkennbar wird, nur als notwendige Übel betrachtet und wenig Initiative bei ihrer Erfüllung gezeigt.

Seine erste parteiliche Auseinandersetzung gab es in der Grundorganisation 1980 mit ihm, als er persönliche Kontakte zu Bürgern der BRD verschwieg und in einem Fragebogen zu solchen Fragen falsche Angaben gemacht hatte. Damals wurde ihm eine Mißbilligung ausgesprochen und er versprach, diese Kontakte künftig zu unterlassen. ➜ Fortsetzung

---

1) Hier sind die wichtigsten Funktionen wie Wahlfunktion in Partei und Massenorganisationen und Wahlfunktionen in den gesellschaftlichen Organen anzuführen.
2) Bezieht sich nur auf die jetzige Verfehlung
3) Betrifft immer die letzte Strafe, unabhängig davon, ob gelöscht oder nicht

Ag 220 - Bestell-Nr. 30 02

(Fortsetzung der Begründung)

In der folgenden Zeit gab es weitere Anzeichen seiner politischen Labilität. So gab es mit ihm in seiner Parteigruppe eine Reihe weiterer Auseinandersetzungen, zum Beispiel als er als Gewerkschaftsvertrauensmann seinen eigenen Solidaritätsbeitrag von 16,- auf 2,- M herabsetzte, als er ablehnte, eine DSF-Funktion zu

über-
nehmen oder als er sich weigerte, einen Diskussionsbeitrag in der APO-Versammlung zu halten. In diesen
Diskussionen ist er mit unklaren Positionen aufgetreten
und hat in einer heuchlerischen Art sein Kollektiv
getäuscht. Aus allen diesen Handlungsweisen geht hervor, daß ███ diesen Schritt seit langem vorbereitet
hat.

Mit seinen partei- und staatsfeindlichen Handlungen hat
er sich selbst entlarvt und sich außerhalb der Seihen
der Partei gestellt.

Die Genossen der APO verurteilten einmütig das Verhalten von ███ und distanzierten sich von ihm.

Stärke der Grundorganisation: 81 Genossen **davon anwesend:** 55 Genossen(68%)

für den Beschluß stimmten: 55 Genossen   **Unterschrift:** gez. ███

Bemerkung der PKK:

Bestätigung des Beschlusses der GO-APO durch das Sekretariat der SED Stadtleitung ███

am 2.9.1383

Unterschrift gez. Unterschrift   Siegel: Sozialistische Einheitspartei
Deutschlands Stadtleitung ███
███ Sekretariat

Der Beschluß wurde mir mündlich zur Kenntnis gegeben

▓▓▓▓ leistete der Einladung vom 20. 9. 1983 Folge.
Er verweigerte jedoch den Beschluß und seine
Begründung unterschriftlich zur Kenntnis zunehmen.

39. Darstellung meiner beruflichen Entwicklung in der Deutschen Demokratischen
    Republik.
    Gedacht als Anlage zu einem Brief an den Vorsitzenden des Staatrates und
    Ersten Sekretär des Zentralkomitees der Sozialistischen Einheitspartei
    Deutschlands, Erich Honecker. Wurde aber nicht notwendig.

Eberhard ▓▓▓▓   ▓▓▓▓▓▓▓▓▓▓▓▓▓▓▓▓, am 7.1.1984
Dipl.-Ing.   Ernst-Schneller-Str. 66

Darstellung meiner beruflichen Entwicklung in der Deutschen Demokratischen Republik

Ich wurde am 21.4.1937 in Wangern Krs. Breslau geboren.
Mein Vater, Erich ▓▓▓▓, geb. 22.9.1896, war Volks-
schullehrer; er starb 1977. Meine Mutter, Johanna ▓▓▓
▓▓, Geb. Dunisch, geb. 21.1o.19o2, war Hausfrau; sie
starb 1956.

Nach der zwangsweisen Umsiedlung aus Schlesien nach
Sachsen 1946 erwarb ich den 8-Klassen-Abschluß und
erlernte von 1951 bis 1954 den Beruf des Feinmechani-
kers. Die Absolvierung eines Studiums an der Ingenieurschule für Feinwerktechnik Glashütte wurde mir 1957 bis
1960 gestattet, nachdem ich zwei Jahre Dienst in der
Nationalen Volksarmee "freiwillig" geleistet hatte.

Meine berufliche Entwicklung begann 1960 mit der Tätigkeit als Zivillehrer für Mathematik und Physik an einer
Offiziersschule in Dresden. Hier erwarb ich erste Fähigkeiten und Kenntnisse auf pädagogischem Gebiet,
besonders in der Erwachsenenbildung. In einem Fernstu-

dium an der Karl-Marx-Universität Leipzig erwarb ich
die Qualifikation eines Fachschullehrers.

1963 nahm ich ein Angebot des VEB Buchungsmaschinenwerk
███████████████ als hauptamtlicher Dozent und stellvertretender Direktor der Betriebsakademie, einer inner-
betrieblichen Bildungsstätte, an. Damit war die Forderung nach Beitritt zur SED verbunden. Dem glaubte ich
nicht ausweichen zu können, weil die Arbeitsstelle in
Dresden aufgelöst wurde und ich gern in der Erwachsenenbildung bleiben wollte. Darüber hinaus bot der Betrieb gute materielle Bedingungen. Ich lehrte in Klas-
sen des Ingenieur-Abendstudiums und in der Facharbei-
ter- und Meisterausbildung. Es überwogen jedoch bald
die Aufgaben in der Leitung. In meinem Verantwortungsbereich lag die Vorbereitung von produktionstechnischen
Lehrgängen, von Meister- und Facharbeiterlehrgängen und
die Wahrnehmung der Rechte und Pflichten der Betriebsakademie als Außenstelle zweier Ingenieurschulen. Dazu
gehörte ebenfalls neben der Anleitung der 5o bis 80
nebenberuflichen Lehrkräfte die Erarbeitung bzw. Über-
arbeitung von Ausbildungsprogrammen, besonders in technischen Bereichen. In wachsendem Maße wurde ich auch
bei überbetrieblichen Aufgaben herangezogen, so z.B.
für die Erarbeitung eines neuen Lehrplanwerkes für die
Meisterausbildung in der Feinwerktechnik.

Die Lösung dieser Aufgaben war interessant und abwechs-
lungsreich, verursachte aber zugleich einen politischen
Sog, dem man sich in der DDR nur schwer entziehen kann.
Das bedeutet, daß alles, was gesagt und getan wird,
seinen Ausgangspunkt in der Politik der Partei generell
und den jeweils aktuellen Reden politisch Prominenter
(z.B. des 1. ZK-Sekretärs der SED) im besonderen, haben
muß. Abweichende Meinungen oder gar Widerspruch sind
nicht zugelassen.

Das Ablehnen politischer Aufträge ist praktisch undenkbar. Entsprechend wird erwartet, daß jeder Genosse aktiv ist, er muß zumindest durch "Lippenbekenntnisse" seine enge Verbundenheit mit der jeweils aktuellen Politik der Partei- und Staatsführung demonstrieren. Monatlich zwei Versammlungen und eine Schulung (Partei-lehrjahr) sichern, daß alle dazu Gelegenheit haben. Sich davor zu drücken, wird um so schwerer, je höher die staatliche Funktion und das Gehalt sind. Es gelang mir schließlich dennoch, Arbeitsüberlastung und Bela-stung durch das inzwischen begonnene Hochschul-Abend-studium (ich schloß es 197o als Dipl.-Ing. ab) vor-zuschützen, um damit die Aufnahme in die sogenannte Kaderreserve des Betriebes (Laufbahn als Betriebs- oder Parteifunktionär) zu verhindern. Ich wurde sogar auf meine Bitte hin als stellv. Direktor der Betriebsakade-mie abgelöst und aus der Kampfgruppe, der ich kurz zuvor hatte beitreten sollen, beurlaubt. Von 1968 an war ich nur noch als Lehrer tätig (Mathematik, Physik, Technische Mechanik, Maschinenelemente - bei Ingenieur-studenten, Meister- und Facharbeiterklassen).

Anfang 1970 bot mir die Technische Hochschule ████████ eine interessante Tätigkeit beim Aufbau des ersten Weiterbildungszentrums (eine Weiterbildungsein-richtung für Hoch- und Fachschulabsolventen aus der Industrie und den Forschungsstätten auf einem Spezial-gebiet). Während die wissenschaftliche Leitung in den Händen eines Hochschullehrers einer Sektion lag, der von einem wissenschaftlichen Beirat unterstützt wurde, war ich mitverantwortlich für die organisatorische Seite der Problemseminare, Lehrgänge und Kolloquien und gehörte dem Direktorat für Weiterbildung, einem Funk-tionalorgan des Rektors der Hochschule, an.

Später erweiterte sich mein Verantwortungsbereich durch die Übernahme einer Abteilung, die die lang- und kurz-zeitigen Weiterbildungsmaßnahmen (postgraduale Studien, Lehrgänge) auf- und auszubauen hatte. Auch hier oblagen

Inhalt und Lehre den entsprechenden Wissenschaftlern an den Sektionen, während meine Abteilung alle wissenschaftsorganisatorischen Aufgaben zu lösen bzw. in den Gesamtablauf der Hochschulprozesse einzuordnen hatte.

In dieser Zeit arbeitete ich aktiv mit in Arbeitsgruppen des Instituts für Weiterbildung (es ist später eingegangen in das Institut für Hochschulbildung) und des Ministeriums für Hoch- und Fachschulwesen. Besondere Forschungsvorhaben des Instituts für Weiterbildung unterstützte ich durch das Sammeln empirischer Daten und Erfahrungen bei der Weiterbildung von Hoch- und Fachschulkadern (z.B. entstand die in der DDR seit 1977 verwendete Bewerberkarte in der Weiterbildung an allen Hoch- und Fachschulen auf der Grundlage wesentlicher Impulse durch mich).

Im Jahre 1973 wurde die Leitung der Prozesse Ausbildung und Weiterbildung im Direktorat für Studienangelegenheiten vereinigt. Man setzte mich als wissenschaftlichen Sekretär des Direktors, anfangs für den Bereich Weiterbildung, ab 1977 bis zu meinem Ausscheiden 1983, für den Gesamtbereich, ein. Das Direktorat ist verantwortlich für die Ausgestaltung der Bedingungen für eine möglichst hohe Qualität der Erziehung und Ausbildung der Studenten an den Sektionen. Sein wissenschaftlicher Sekretär hat dabei vorrangig die Aufgabe, mitzuwirken, daß die Arbeitsfähigkeit des Direktorates selbst durch Verbesserung seiner inneren Strukturen und Abläufe erhalten bleibt. Er ist gleichzeitig Stellvertreter des Direktors.

Ohne besonderes Zutun war ich in eine Entwicklung geraten, die mich in starke politische Gewissenskonflikte brachte. Obwohl ich mich politisch nie hervorgetan habe (mehrfach glaubte ich zu merken, daß man mir nur bedingt traute), versuchte ich doch, durch intensive Arbeit die Aufgaben meines Verantwortungsgebietes in

guter Qualität zu erfüllen. Gerade diese Seite meiner
Tätigkeit wurde mir in Beurteilungen oft bestätigt.

Hatte ich zunächst angenommen, daß an einer Hochschule
vorwiegend fachliche Arbeit stattfindet, so mußte ich
sehr schnell feststellen, daß besonders in solchen
Funktionen wie der meinen nicht nur absolute Loyalität
gegenüber der offiziellen Parteilinie, sondern auch
aktives Mitwirken bei ihrer Durchsetzung unabdingbar
sind. Die Leitungsarbeit, vom Rektor bis zur kleinsten
Abteilung, wird von den Offiziellen in erster Linie als
Parteiarbeit betrachtet und auch so gehandhabt. Höhere
staatliche Leiter, vor allem aber höhere Parteifunktionäre, achten argwöhnisch auf alle noch so geringfügigen
Abweichungen und reagieren darauf sofort. Ich war deshalb z.B. gezwungen, immer wieder kleinere Parteifunk-
tionen zu übernehmen und wiederum der Kampfgruppe bei-
zutreten. Ein Versuch, diesen Zwängen zu entfliehen,
indem ich mich um einen Auslandseinsatz als Lehrer
bewarb, ging fehl, weil ich zu viele Kontakte zu BRD--
Bürgern hatte. Es wurde sogar ein Parteiverfahren gegen
mich durchgeführt, weil ich einen Besuch nicht rechtzeitig genug gemeldet hatte und ich mich nicht genügend
in meiner Familie dafür eingesetzt hatte, daß dieser
Besuch unterbleibt.

Ich war damals (1980) sehr verzweifelt, weil ich einerseits nicht mehr gewillt war, dem Parteikurs ohne weiteres zu folgen, aber meine Stellung mit der hohen
Bezahlung und der gesicherten Altersversorgung nicht
verlieren wollte. Trotzdem lehnte ich ein Rehabilitie-
rungsansinnen der Partei, ich sollte eine Funktion in
der Gesellschaft für Deutsch-Sowjetische Freundschaft
übertragen bekommen, ab. Ich wurde aber verpflichtet,
in der Gewerkschaft die Funktion eines Vertrauensmannes
zu übernehmen (auch darüber befindet die SED!).

Mein Verhältnis zur Partei verschlechterte sich immer

mehr, weil ich immer weniger das tat, was man von mir
verlangte und immer öfter meine Meinung zu Einzelfragen
offen aussprach. Das führte zum Teil zu heftigen Kon-
troversen. Am 27.7.1983 erklärte ich schließlich meinen
Austritt aus der SED, dem FDGB und der DSF und stellte
zusammen mit meiner Ehefrau den Antrag auf Entlassung
aus der Staatsbürgerschaft der DDR und auf Übersiedlung
in die BRD. Inzwischen hat unser Sohn Detlef ebenfalls
diesen Antrag gestellt.

Es ist uns nicht mehr möglich, in einem Staat zu leben,
der eine Politik betreibt, die weit an unseren Interessen vorbeigeht. Materielle Gründe waren für unseren
Antrag nur insofern von Gewicht, als wir uns um die
Früchte unserer Arbeit (meine Frau ist ebenfalls berufstätig) betrogen fühlen. Die Wirtschaft des Landes
ist nicht in der Lage, einen dem Fleiß seiner Bürger
entsprechenden Wohlstand hervorzubringen. Die Haupt-
gründe liegen im politischen System, aus dem das ökonomische hervorgeht. Für mich war die Politik der SED
immer von dem Widerspruch geprägt, offiziell etwas
vorzugeben, was in der täglichen Praxis dann ganz anders aussieht. Ich habe sehr viel Heuchelei kennengelernt. Besonders bedrückend war dies bei Leuten, deren
Lebensart und -wandel man im Verlaufe der Zeit kennen-
lernte. Ich muß zugeben, selbst Parteitreue geheuchelt
zu haben. Dessen schäme ich mich heute. So geht es aber
vielen Menschen.

Schon einmal, 196o, hatten meine Frau und ich ernsthaft
erwogen, über Westberlin in die BRD zu gehen. Wirtschaftliche und politische Gründe waren für die Überlegungen ausschlaggebend (zwei Geschwister meiner Frau
wohnten schon dort). Mit Rücksicht auf ihre Adoptiv-
eltern, meinen Vater und meine Brüder und wegen der
Hoffnung, das sozialistische System werde vielleicht
doch noch Positives hervorbringen, hatten wir damals
davon Abstand genommen.

Sofort nach Bekanntwerden meines Ausreiseantrages wurde
ich als wissenschaftlicher Sekretär abgelöst, weil ich
eine der Voraussetzungen zur Arbeit als wissenschaftlicher Mitarbeiter, nämlich sozialistisches Staatsbewußtsein, nicht besaß. Mir wurden die Tätigkeiten "Wartungsingenieur für technische Lehr- und Lernmittel"
(sprich Wartungsmechaniker) oder "Küchenhilfskraft"
angeboten. Ich zog es schließlich vor, die Technische
Hochschule zu verlassen und arbeite seitdem in einem
privaten Handwerksbetrieb als Schlosser.

                    gez. Eberhard ▊▊▊

40. Das Ministerium des Innern übergibt unsere Angelegenheit dem Rat des
    Bezirkes und der wiederum am 1.12.1983 an den Rat der Stadt. Man will
    nicht, dass wir im Ministerium vorsprechen. Zu spät, denn am 8. Dezember
    hatten wir dort schon vorgesprochen.

                                                    01.12.1983
...
Ich bitte Sie, entsprechend der Festlegung der Ordnung
0118/77ª des Ministers des Innern und Chef der VP zu
verfahren. In diesem Fall erachte ich es für zweck-
mäßig, mit o.g. Familie eine erneute Aussprache durchzuführen. Die Verordnung vom 15.09.1983 zur Regelung
von Fragen der Familienzusammenführung und Eheschlie-
ßung zwischen Bürgern der DDR und Ausländern ist zu
erläutern. Gleichzeitig ist darauf hinzuweisen, daß die
Zuständigkeit für die Bearbeitung ihres Anliegens beim
örtlichen Organ liegt. Folglich ist eine Vorsprache
beim MdI gegenstandslos.

Das Ergebnis der Aussprache ist mir unter Beifügung des
Schreibens bis zum 15.12.1983 mitzuteilen.

Mit sozialistischem Gruß
...

a) Die Ordnung Nr. 0118/77 des Ministers des Innern und Chefs der Deutschen Volkspolizei vom 8. März 1977 betraf die Regelung der Grundstücksangelegenheiten von Antragstellern

41. Die Wende in unserer Ausreisangelegenheit

```
Abteilung XX                    ███████████, 13.12.1983
                                XX/3 lö-schu 7042/83
Kreisdienststelle
███████████/Stadt
```

Antrag auf Wohnsitzänderung der Personen
...
O.g. Personen entwickeln durch Einbeziehung von BRD-
Bürgern Aktivitäten, um ihre Übersiedlung in die BRD zu
erreichen (Antrag wurde am 27. 07. 1983 gestellt).

Mit Schreiben vom 23. 11. 1983, Tgb.-Nr. 2724/83 teilt
die BKG[a] mit, daß beide Personen auf Liste 3 zur Genehmigung der Übersiedlung der ZKG[b] zugeleitet wurde.

Zur Verhinderung negativ- feindlicher Aktivitäten bitten wir zu veranlassen, daß durch die Abteilung Inneres
mit o.g. Personen eine Aussprache geführt wird und
mitgeteilt wird, daß eine wohlwollende Prüfung ihres
Ersuchens erfolgt und erwartet wird, daß sie sich ruhig
und gesellschaftsgemäß verhalten und keine Personen
bzw. Dienststellen der BRD einschalten.
...

a) **BKG** Bezirkskoordinierungsgruppe - 1975 in den BV (Bezirksverwaltungen) des MfS gebildete DE (Diensteinheit) zur Koordinierung von Maßnahmen zur Verhinderung des "ungesetzlichen Verlassens der DDR, der Verhinderung des staatsfeindlichen Menschenhandels" sowie zur Koordinierung legaler Ausreisen aus der DDR
b) **ZKG** Zentrale Koordinierungsgruppe

42. Stillhalte-Erklärung im Rathaus

[redacted], am 29.1.1984

Erklärung

Am 29.1.1984 wurde mit mir, Eberhard [redacted], durch die VP und Abt. Inneres eine Aussprache geführt. Während der Aussprache wurden mir Unterlagen zur Übersiedlung in das Ausland zur Ausfüllung übergeben. Mir wurde mitgeteilt, daß diese Unterlagen in nächster Zeit bearbeitet werden. Ich wurde darüber belehrt, daß ich mich bis zur Übersiedlung gesetzesgemäß zu verhalten habe. Bei Zuwiderhandlung muß ich mit strafrechtlichen Maßnahmen rechnen, die auch Auswirkungen auf meine Übersiedlung haben können. Bis zur Übersiedlung werde ich den Bezirk [redacted] nicht verlassen. Macht sich dies jedoch erforderlich, so wird die Abt. Inneres durch mich benachrichtigt. Diese Erklärung gilt auch im Namen meines Ehepartners.

gez. Eberhard [redacted]
geb. 21.4.1937
[redacted]
Ernst-Schneller-Str. 66

Antrag auf Ausreise aus der DDR

Bitte in Blockschrift ausfüllen (Rückseite beachten) |1 |2 |3 |4

Familienname: ▓	Geburtsname:	Vorname: *Eberhard*

Personenkennzahl (PKZ)** *2 1 0 4 3 7 4 2 8 2 1 0*	Geburtsort: *Wangern*	männlich ~~weiblich~~ *

Postleitzahl: ▓ ▓	Wohnort/Kreis	Straße/Nr.: *Ernst-Schneller-Str. 66*

Erlernter Beruf: *Dipl.-Ing.*	~~Letzte~~/jetzige Tätigkeit:* *Schlosser*	Familienstand: *verh.*

~~Letzte~~ / jetzige Arbeitsstelle und Anschrift:
Fa. Peter ▓, 9030 ▓., Am Wald 1

Staatsbürgerschaft: DDR/	Bei Reisen mit KfZ, Angabe des polizeil. Kennzeichens:	Grenzübergangsstelle: *Gerstungen*

Mitreisende Kinder bis 14 Jahre (Vorname und Geburtsdatum):	Nr. des Personalausweises: *R 0497218*

Beabsichtigte Dauer der Reise: *Wohnsitzänderung* von: bis: *in die BRD*	Wieviel Tage:	einmalig / mehrmalig* dienstlich / privat

Letzte Reise nach anderen Staaten oder Westberlin:
vom (?): *1983* wohin: *ČSSR*

* Nichtzutreffendes streichen
** PKZ dem Personalausweis entnehmen; wenn nicht vorhanden Geburtsdatum eintragen

Rückseite:

Stempel: Antrag auf Entlassung aus der Staatsbürgerschaft der DDR
wurde am *30.1.84* gestellt

Haben Sie Verwandte außerhalb der DDR, die nach 1945 in der DDR gewohnt haben, wenn ja, Name, Vorname, Anschrift, Verwandtschaftsverhältnis, letzte Wohnsitz in der DDR und bis wann (bei Platzmangel bitte gesonderten Bogen beifügen):

Schwägerin: Edith ▓, 7476 ▓, Rundstr. 28. Bis 1959: Glashütte/Sa
Schwager: Heinz ▓, 3200 ▓, Plötzenstr. 78. Bis 1955: Glashütte/Sa

Zu wem erfolgt die Ausreise: *Lager Gießen*

Familienname:	Vorname:	Geburts-
Ausgeübte Tätigkeit:	Arbeitsstelle:	

Einheitliche Formulierung der Familie auf dem Antragsformular auf Entlassung aus der Staatsbürgerschaft der DDR:

Ich stimme der politischen und ökonomischen Entwicklung in der DDR im wesentlichen nicht zu. Eine Vielzahl der vom Staat verkündeten Maximen lehne ich für meine Person ab. Das betrifft insbesond. die oft nicht geringe Diskrepanz zwischen dem verkündeten Wollen und der Realität, die immer absoluter werdende Politisierung allen Lebens, die politische und wehrpolitische Erziehung der Jugend und das Verschweigen von allem, was nicht mit der Ideologie der DDR übereinstimmt.
Ich bin unzufrieden mit der Entwicklung des Lebensstandards in der DDR. In der Freizügigkeit des Reisens gibt es keine Fortschritte.

gez. Unterschrift

44. Der Erste Sekretär der Hochschulparteileitung fragt beim MfS höflich an und muss sich eine Zurechtweisung gefallen lassen

```
Abteilung XX              ▮▮▮▮▮▮▮▮▮▮▮  02. 02. 1984
                                       XX/m/schu/3


A k t e n n o t i z


Am 01. 02. 1984 bat der 1. Sekretär der ZPL der TH
▮▮▮▮▮▮▮▮, Gen. Prof. Dr. ▮▮▮▮▮, bezüglich der
Übersiedlung

des
```

Dipl.-Ing ▮▮▮▮
ehemals TH ▮▮▮▮▮▮▮▮

in die BRD um ein Gespräch.
Prof. ▮▮▮▮ erklärte, daß durch die TH ▮▮▮▮
▮▮ am 01. 02.84 schriftlich gegenüber der Abteilung
Inneres die Zustimmung formuliert werden muß. Prof.
▮▮▮▮ äußerte Bedenken, daß ▮▮▮ erheblichen Querschnittsüberblick über TH ▮▮▮▮▮▮▮▮ hat und daraus möglicherweise Schaden entstehen könne. Prof.
▮▮▮ brachte die Befürchtung vor, daß bei einer
Zustimmung irgendwann der TH ▮▮▮▮▮▮ "der
schwarze Peter" zugeschoben werden könnte.

Ich erklärte Gen. Prof. ▮▮▮▮, daß - nicht nur auf
▮▮▮ bezogen - zentrale Entscheidungen getroffen wurden, um die innere politische Stabilität der DDR, gerade in der gegenwärtigen Situation, zu gewährleisten.
Prof. ▮▮▮ lenkte sofort ein und erklärte, daß unter
dieser Sicht natürlich die TH ▮▮▮▮▮ zustimmt.
Er sei sich voll bewußt über die gegenwärtige Lage und
wollte sich nur nochmal mit unserem Organ "kurzschlie-
ßen".

Prof. ▮▮▮ bat Unterzeichneten noch, dieses Gespräch
dem 1. Prorektor, Gen. Prof. Dr.-Ing. ▮▮▮, zur
Kenntnis zu geben. Im Beisein des Unterzeichneten erklärte dann Prof. ▮▮▮ dem Prof. ▮▮▮, daß die TH
▮▮▮▮▮ der Übersiedlung zustimmt.

Prof. ▮▮▮ veranlaßte daraufhin, daß der Kaderdirektor der TH ▮▮▮▮▮▮ entsprechend die Abteilung
Inneres in Kenntnis setzt.

Im Nachgang informierte der IME "Leipolt"[a], daß bereits
am 31. 01. 1984 durch den 1. Prorektor und den Kade-
rektor die Zustimmung der TH erfolgte, aber Prof. ▮▮▮
▮▮ am 01. 02. 84 die Entscheidung korrigieren wollte.

Leiter der Abteilung

gez. Unterschrift   gez.   Unterschrift

Oberstleutnant   Hauptmann

a)   IME "Leipolt" war der 1. Prorektor, Prof.

45.   Paragrafen 95 der Strafprozessordnung und 99, 100 und 219 des Strafgesetz-
buches der DDR

Strafprozeßordnung der DDR von 1968 der Deutschen Demokratischen Republik
– StPO – vom 12. Januar 1968

§ 95 Prüfung von Anzeigen und Mitteilungen

(1) Der Staatsanwalt und die Untersuchungsorgane sind verpflichtet, jede
Anzeige oder Mitteilung entgegenzunehmen und zu überprüfen, ob der Verdacht
einer Straftat besteht. Im Ergebnis der Prüfung ist darüber hinaus zu entscheiden,
ob

     1. von der Einleitung eines Ermittlungsverfahrens abzusehen,

     2. die Sache an ein gesellschaftliches Organ der Rechtspflege zu übergeben,

     3. ein Ermittlungsverfahren einzuleiten ist.

(2) Zu diesem Zweck sind die notwendigen Prüfungshandlungen vorzunehmen.
Der Verdächtige kann befragt und, wenn es zu diesem Zwecke unumgänglich ist,
zugeführt werden. Eine Vernehmung als Beschuldigter sowie die Vornahme
prozessualer Zwangsmaßnahmen sind unzulässig.

(3) Die Fristen für die Prüfung der Anzeige oder Mitteilung legt der General-
Staatsanwalt fest

Quelle: WIKISOURCE

Strafgesetzbuch der DDR

§ 99 Landesverräterischer Treubruch

(1) Wer als Bürger der Deutschen Demokratischen Republik außerhalb ihrer
Grenzen mit imperialistischen Geheimdiensten oder anderen Organisationen,
Einrichtungen, Gruppen oder Personen, deren Tätigkeit gegen die Deutsche

Demokratische Republik oder andere friedliebende Völker gerichtet ist, in Verbindung tritt und diese in ihrer staatsfeindlichen Tätigkeit unterstützt, wird mit Freiheitsstrafe von zwei bis zu zehn Jahren bestraft.

(2) Wer die Tat durch Auslieferung oder Verrat geheimzuhaltender Nachrichten begeht, wird mit Freiheitsstrafe nicht unter zwei Jahren bestraft. In besonders schweren Fällen kann auf lebenslängliche Freiheitsstrafe oder Todesstrafe erkannt werden.

(3) Vorbereitung und Versuch sind strafbar.

(4) Von Maßnahmen der strafrechtlichen Verantwortlichkeit ist abzusehen, wenn der Täter in die Deutsche Demokratische Republik zurückkehrt, sich den Sicherheitsorganen stellt, die Umstände seiner Handlung offenbart und durch diese keine schwerwiegenden Folgen herbeigeführt wurden oder zu erwarten sind.

§100 Staatsfeindliche Verbindungen

(1) Wer zu Organisationen, Einrichtungen, Gruppen oder Personen wegen ihrer gegen die Deutsche Demokratische Republik oder andere friedliebende Völker gerichteten Tätigkeit Verbindung aufnimmt, wird mit Freiheitsstrafe von einem Jahr bis zu fünf Jahren bestraft.

(2) Der Versuch ist strafbar.

§219 Ungesetzliche Verbindungsaufnahme

Wer zu Organisationen, Einrichtungen, Gruppen oder Personen, die sich eine gegen die staatliche Ordnung der Deutschen Demokratischen Republik gerichtete Tätigkeit zum Ziele setzen, in Kenntnis dieser Ziele oder Tätigkeit in Verbindung tritt, wird mit Freiheitsstrafe bis zu drei Jahren oder mit Verurteilung auf Bewährung bestraft.

(Quelle: Strafgesetzbuch der DDR - StGB - und angrenzende Gesetze und Bestimmungen. Staatsverlag der Deutschen Demokratischen Republik Berlin 1978)

▮▮▮▮▮▮▮▮▮▮▮ , 14. 2. 1984
Beginn der Befragung: 08.45/14.30 Uhr
Ende   der Befragung: 12.00/19.30 Uhr

B e f r a g u n g s p r o t o k o l l
des Bürgers der DDR

▮▮▮▮▮   , Eberhard, Georg, Oskar
geb. am: 21. 4. 1937 in Wangern
PKZ: 210437 4 282 10
Beruf: Feinmechaniker, Ing.-Feinwerktechnik,
              Fachschullehrer, Dipl.-Ingenieur der
              Umformtechnik
zuletzt: Schlosser
Arbeitsstelle:Fa. Peter ▮▮▮▮▮▮▮ - Maschinen-und
              Rationalisierungsmittelbau
              ▮▮▮▮ ▮▮▮▮▮▮▮ , Am Wald 1
wohnhaft: ▮▮▮▮ ▮▮▮▮▮▮▮ , Ernst-
              Schneller-Straße 66
Staatsbürgerschaft:DDR
Nationalität: deutsch
ausgewiesen durch: PA d. DDR Nr. R 0497218 ausge-
              stellt am 15. 9. 1980 in
              ▮▮▮▮▮▮▮▮▮▮

entsprechend § 95 StPO

Mitteilung: Ihnen wird mitgeteilt, daß von der
Befragung zusätzlich eine Schallaufzeichnung angefer-
tigt wird!

Kenntnis genommen: gez.▮▮▮▮▮_, ..Eberhard......
              ▮▮▮▮▮▮▮ , Eberhard

(Am Ende jeder Seite mit Vor- und Familienname unterschrieben und Signum bei
allen durch den Befragenden handschriftlich vorgenommenen Korrekturen)

167

Frage: Dem Untersuchungsorgan liegen Hinweise vor, wonach Sie in der Vergangenheit bei staatlichen Organen der DDR sogenannte Anträge auf Entlassung aus der Staatsbürgerschaft der DDR und Übersiedlung in die BRD stellten und in Durchsetzung dessen Handlungen begingen, die den gesetzlichen Bestimmungen der DDR zuwiderliefen.

Äußern Sie sich dazu!

Antwort: Ich habe diese Vorhaltungen des Untersuchungsorgans an mich verstanden und möchte aussagen, daß ich tatsächlich in der Vergangenheit gemeinsam mit meiner Ehefrau,

▮▮▮▮▮▮▮▮   geb. ▮▮▮▮▮▮▮ , Irmgard

geb. am: 10. 10. 1941 in Lahndorf

und zeitlich später auch mit meinem Sohn,

▮▮▮▮▮ , Detlef

geb. am: 31. 5. 1964 in Glashütte

bei den staatlichen Organen der DDR Antrag auf Entlassung aus der Staatsbürgerschaft der DDR verbunden mit Übersiedlung in die BRD stellte.

Nach meinem Dafürhalten unternahmen ich und meine anderen Familienangehörigen keine Handlungsweisen die den gesetzlichen Bestimmungen der DDR entgegenstehen. Uns ging es darum, reale Möglichkeiten einer Niederlegung der DDR-Staatsbürgerschaft und Übersiedlung in die BRD in Anspruch zu nehmen.

Diesem Ziel galten in der Vergangenheit all unsere Handlungen und das fand darin seinen Niederschlag, daß mir, meiner Ehefrau und meinem Sohn während einer Aussprache mit Vertretern des Bereiches der Abteilung Inneres beim Rat der Stadt ▮▮▮▮▮▮▮▮▮▮ am 10. 1. 1984 die wohlwollende Prüfung unseres Ersuchens zugesichert wurde. Außerdem erhielten wir Ende Januar 1984 verschiedene Unterlagen der Abteilung Inneres ausgehändigt, die für das Genehmigungsverfahren unserer Anträge notwendig sind. Diese Unterlagen wurden von uns in gebührender Form ausgefüllt und sind am 7. 2. 1984 der Abteilung Inneres insgesamt vollständig persönlich übergeben worden.

Ausgehend davon ließ ich mich von dem Standpunkt leiten, daß damit die Genehmigung unserer Ersuchen in die entscheidende Phase tritt.

Ich möchte nochmals sagen, daß ich nach meinem Dafürhalten in der Vergangenheit nichts getan habe, was einen rechtswidrigen Charakter trug.

Frage: Seit wann betreiben Sie Ihre Ausreisebestrebung aus der DDR nach der BRD und auf Entlassung aus der DDR-Staatsbürgerschaft?

Antwort: Am 27. 7. 1983 stellten ich und meine Ehefrau bei der Abteilung Inneres des Rates der Stadt ███████████████ einen ersten Antrag auf Entlassung aus der Staatsbürgerschaft der DDR und Übersiedlung in die BRD.

Verbunden damit erklärte ich auf meiner Arbeitsstelle, daß ich aus der SED austrete und meine Mitgliedschaft in gesellschaftlichen Organisationen, wie FDGB und DSF niederlege. Gleichzeitig legte ich meinen Standpunkt zu meiner Mitgliedschaft zur Kampfgruppe dar und betrachte seit meiner Antragstellung meine dortige Zugehörigkeit als beendet.

Anfang August 1983 wurde ich gemeinsam mit meiner Ehefrau zur Abteilung Inneres vorgeladen und dort wurde uns in einem Gespräch mitgeteilt, daß unsere Beantragung auf Übersiedlung in die BRD und gleichzeitige Entlassung aus der Staatsbürgerschaft der DDR keine rechtliche Grundlage habe, deswegen zurückgewiesen und nicht bearbeitet werde.

Mein Begehren um Einlegung von Rechtsmitteln wurde damit zurückgewiesen, daß jegliche Rechtsgrundlage für das Ersuchen fehlen würde und daher auch keine Möglichkeit des Einlegens von Rechtsmitteln bestände.

Ohne heute noch zeitliche Fixierungen unserer Aktivitäten auf Durchsetzung des Antragsgeschehens vornehmen zu können, möchte ich sagen, daß wir unmittelbar nach

diesem Gespräch beim Ministerium des Innern der DDR Beschwerde gegen die Entscheidung des Staatsorgans in ▓▓▓▓▓▓▓▓▓ einlegten, was wir gleichzeitig damit verbanden, einen zweiten Antrag auf Übersiedlung in die BRD und Entlassung aus der Staatsbürgerschaft der DDR zu stellen.
Da nach dieser Eingabe an das Ministerium des Innerer für uns nichts positives entstand, und wir insbesondere keine Antwort erhielten, inwieweit diese Eingabe überhaupt zur Beabreitung gelangt, wandten sich meine Ehefrau und ich mich in der Folgezeit noch in weiteren Fällen an die staatlichen Organe der DDR und sprachen im Herbst 1983, meines Erachtens war dies Mitte Dezember 1983, Termine kann ich mir schlecht merken, persönlich in Berlin und ~~sprachen dort~~ beim Ministerium des Innern vor.
In der Aussprache wurde uns mitgeteilt, daß man sich mit ▓▓▓▓▓▓▓▓▓ in Verbindung setze und unsere Angaben prüfe. Damit waren meine Ehefrau und ich, analog mein Sohn Detlef, der für sich am 28./29.10. 1983 seine Ersuchen stellte, zufrieden und betrachteten unsere Eingaben und Beschwerden als erledigt. Allerdings war uns bis zum 10. 1. 1984 nach immer unklar, ob unsere Ersuchen eine Bearbeitung erfahren oder nicht.
Aufgrund der Zusage, daß unsere Ersuchen wohlwollende Prüfung erfahren und wir hoffen konnten, daß sich unsere Sache zum Positiven wenden würde, stellten ich und meine Ehefrau, sowie mein Sohn alle Aktivitäten ein.

Frage: Welche Aktivitäten unternahmen Sie noch?
Antwort: Ich wüßte nicht, daß ich noch weitere Aktivitäten unternahm, die auf die Durchsetzung unserer Ersuchen auf Ausreise in die BRD und Entlassung aus der Staatsbürgerschaft der DDR gerichtet wären.
Außerdem möchte ich jetzt mit meiner Ehefrau sprechen.

Frage: Ihnen wird mitgeteilt, daß diese Untersuchungsmaßnahme auf der gesetzlichen Basis des § 95 StPO

beruht und darin ist nicht vorgesehen, die Befragung im Beisein noch weiterer Personen durchzuführen.
Äußern Sie sich!

Antwort: Ich habe das zur Kenntnis genommen und beharre auf meinem Wunsch. Außerdem bin ich gegen diese Befragung, da ich nach meinem Empfinden keine unredlichen Handlungen beging, die den Sicherheitsorganen von Interessen sein könnten.

Frage: Bisher sagten Sie zu verschiedenen Handlungen aus, die die Erlangung der Genehmigung der Ausreise aus der DDR nach der BRD dienten.
Betrieben Sie in der Vergangenheit noch andere Aktivitäten im Sinne der Forderung Ihrer Ausreisebestrebungen?

Antwort: Ja, ich habe noch weitere Schritte eingeleitet, von denen ich annahm, daß sie meiner und der meiner Ehefrau betreffenden Sache nützlich sein können. So suchte ich Anfang September 1983 die Ständige Vertretung der BRD in der DDR in Berlin auf und in meiner Begleitung befand sich meine Ehefrau.

Frage: Inwieweit waren Sie und Ihre Ehefrau autorisiert eine ausländische diplomatische Einrichtung aufzusuchen?

Antwort: Mir ist nicht bekannt, daß es dafür einer entsprechenden Genehmigung bedarf. So habe ich dem Schlußdokument von Madrid entnommen, daß es jedermann gleichgestellt sei, ausländische diplomatische Einrichtungen aufsuchen zu können. Von diesem Gedanken ließ ich mich bei meinem Besuch der Vertretung der BRD in der DDR leiten.
Demnach hatte ich auch keine Erlaubnis diese aufzusuchen, die ich nicht beantragte.

Frage: Welchen Verlauf nahm Ihr Aufenthalt in der Ständigen Vertretung der BRD in der DDR?
Antwort: Meine Ehefrau und ich wurden von einem

männlichen Angestellten der Vertretung in Empfang genommen, dessen Namen mir entfallen ist.
Wir teilten dort unsere Personalien mit und gaben an,
seit Juli 1983 sogenannte Antragsteller zu sein. Insgesamt dauerte die Zusammenkunft mit dem Vertretungs--
Angehörigen nur ca. fünf Minuten.
Ferner äußerten wir, daß unser erster Antrag zurückgewiesen worden sei und man uns mitgeteilt habe, daß es
für unsere Familie keine gesetzliche Grundlage gebe,
die Ausreise zu beantragen.
Der Vertreter entgegnete, daß es im Ermessen der staatlichen Organe der DDR liege, die Genehmigung von Ausreisen in die BRD zu erteilen, und die BRD-Seite darauf
keinen Einfluß habe. Insofern könne er uns nicht helfen.
Damit war das Gespräch beendet und meine Ehefrau und
ich verließen die Vertretung. Anschließend wurden durch
einen Posten der VP unsere Personalien notiert.

   Frage: Aus welchen Gründen wandten Sie sich in der
Vergangenheit an eine ausländische Einrichtung, die für
DDR-Bürger betreffende Anliegen nicht kompetent ist?
   Antwort: Ich betrachte es als wichtig, die ausländische Vertretung davon zu unterrichten, daß es Menschen in der DDR gibt, die ihre Übersiedlung in die BRD
anstreben. Schließlich ist es ja dieser Staat BRD, in
welchem meine Ehefrau und ich Aufnahme finden wollen.
Daraus resultierend halte ich eine Information an die
Ständige Vertretung der BRD durchaus für angezeigt.
Auch verband ich den Aufenthalt dort damit, möglicherweise Auskünfte derart zu erhalten, welche Möglichkeiten sich für mich und meine Ehefrau überhaupt bieten, die Genehmigung zu bekommen. Schlechthin welche
Chancen es dafür gibt und glaubte damit auch dem Antragsgeschehen eine gewisse Beschleunigung zu verlei-
hen, wenn in der BRD unsere Sache bekannt wird.
Dabei kann ich aber nicht sagen, wie diese Beschleunigung konkret aussehen würde, da ich das ganz allein den

Stellen in der BRD überlassen mußte. Allerdings erfüllte sich diese Hoffnung für mich und meine Ehefrau
nicht, da der Angestellte der Vertretung uns lediglich
als Antragsteller auf Übersiedlung in die BRD registrieren konnte.
Ein weiteres Mal suchten ich und meine Ehefrau die
BRD-Vertretung Anfang Dezember 1983 auf. Der Grund lag
darin, dort mitzuteilen, daß sich in unserer Sache
bisher "noch nichts bewegt" habe und Ende Oktober 1983
unser Sohn Detlef selbst seinen Antrag auf Übersiedlung
in die BRD gestellt habe, der jedoch nach entsprechender Aussprache bei Inneres ebenfalls zurückgewiesen
worden sei.
Verbunden mit diesem Aufenthalt gaben meine Ehefrau und
ich in der Vertretung die Personalien unseres Sohnes,
seine Arbeitsstelle und seinen Beruf an.
Inwieweit noch andere Angaben zur Person meines Sohnes
von Interesse waren, weiß ich heute nicht mehr. Hinzusetzen möchte ich zum Aufenthalt in der Ständigen
Vertretung der BRD noch, daß ich sowohl im ersten als
auch im zweiten Fall Kopien der Anträge hinterlegte.
Dazu möchte ich aber sagen, daß der Angestellte kein
Interesse an diesen Unterlagen äußerte und ich sie aus
meiner Einstellung heraus dort liegen ließ.
Im zweiten Fall des Besuchs der Ständigen Vertretung
übergab ich noch zusätzlich eine Art "Gedächtnisprotokoll" in Form einer Aktennotiz über den Inhalt einer
der letzten Aussprachen bei der Abteilung Inneres des
Rates der Stadt ▮▮▮▮▮▮▮▮▮▮▮▮.

Frage: Welchen Inhalt hatte das von Ihnen in der
Ständigen Vertretung der BRD hinterlegten Schriftstück,
daß Sie als eine "Aktennotiz" bezeichneten?
Antwort: Es beinhaltete im wesentlichen die von mir
und meiner Ehefrau vorgenommen Argumentation der Begründung unseres Antragsgeschehens sowie die Erklärungen des Angestellten bei der Abteilung Inneres, die auf
die Zurückweisung unserer Ersuchen hinausliefen. Auf

eine Zwischenfrage antwortend möchte ich sagen, daß die Möglichkeit besteht, daß ich diesen Mitarbeiter von Inneres beim Rat der Stadt, ███████████████, LEHMANN, namentlich machte. Das Schreiben hatte einen Umfang von einer Seite des Formats A4 schreibmaschinenschriftlich abgefaßt, das von mir geschrieben wurde.

Frage: Haben Sie noch weitere schriftliche Unterlagen bei Angehörigen der Ständigen Vertretung der BRD in der DDR vorgezeigt oder hinterlegt?
Antwort: Ja, beim ersten Aufenthalt in der Ständigen Vertretung ließ ich dort noch ein weiteres Schriftstück zurück. Es handelt sich um meine schriftliche Stellungnahme zu meiner Zugehörigkeit zur Kampfgruppeneinheit "Kurt Bertel" an der Technischen Hochschule ████████████████, die ich als Kopie hinterlegte. Das Original hatte ich seinerzeit dem Parteisekretär der TH ██████, Prof. ███████, zugeleitet.
In diesem Schreiben legte ich mein persönliches Verhältnis zu meiner Zugehörigkeit zur Kampfgruppe dar und schrieb darin, daß ich seit längerer Zeit mit den Zielen dieser bewaffneten Formation nicht mehr konform gehe, mich mit meinen Austritt getragen hätte, aber mich bis zu meinem Antragsgeschehen an deren Personen gegenüber in meiner Einstellung zur Kampfgruppe nicht offenbart hätte.
Weitere schriftliche Aufzeichnungen hinterlegte ich in der Ständigen Vertretung der BRD nicht und ich weiß auch nicht, was aus diesen Unterlagen wurde.

Frage: Aus welchen Gründen hinterlegten Sie diese schriftlichen Aufzeichnungen in der Ständigen Vertretung der BRD in der DDR?
Antwort: Ich wollte damit den Angehörigen der BRD--Vertretung meine persönliche und politisch-ideologische Position darlegen, die meinen Schritt, die DDR nach der BRD zu verlassen mitbegründeten. Diese mich bewegenden Probleme sollten meine Gründe zur Übersiedlung veran-

schaulichen und deutlich machen, wieso ich zu der Entscheidung kam, mein künftiges Leben in der BRD fortsetzen zu wollen. Auch versprach ich mir davon, daß man sich von BRD-Seite aus doch für mich einsetzt, da meiner Entscheidung zur Übersiedlung eine reale Basis zugrundelag und nicht von Abenteuermotiven beherrscht war. Letztlich wollte ich damit die Ernsthaftigkeit des Antragsgeschehens unterstreichen.

Frage: Nach Ihren bisherigen Aussagen suchten Sie in der Vergangenheit die Ständige Vertretung der BRD in der DDR auf.
Unternahmen Sie in der Vergangenheit noch weitere Aktivitäten zu einer Kontakt auf nähme zu ausländische Einrichtungen?
Antwort: Dazu möchte ich sagen, daß ich bereits im Juli 1983 einen Kontakt zu Angehörigen der BRD-Botschaft in der VR Ungarn in Budapest hatte.

Frage: Wie ist es dazu gekommen?
Antwort: Im Juli 1983 weilte ich gemeinsam mit meiner Ehefrau als Tourist in der UVR. Dort fanden wir gemeinsam die Möglichkeit, unser bisheriges Leben in der DDR gründlich zu durchdenken. Im Ergebnis dessen entschieden wir uns, aus der DDR auszureisen und die Staatsbürgerschaft der DDR abzulegen. Heute kann ich jedoch nicht mehr konkret sagen, wer von uns beiden dazu den entscheidenden Anstoß für die besagte Entscheidung getroffen hat. Sicherlich hatte ich daran einen maßgeblichen Anteil. Danach wollten wir unmittelbar nach unserer Rückkehr in die DDR bei den anständigen staatlichen Stellen der DDR die entsprechenden Anträge stellen.
Aufgrund dessen, daß wir über die notwendigen Verfahrenswege Unklarheiten hatten und über Formfragen keine Kenntnisse hatten, entschlossen wir uns in Ungarn, nach Budapest zu fahren und dort die BRD-Botschaft aufzusuchen. Wir versprachen uns davon den Aufschluß der uns

bewegenden Fragen. Mithin erhofften wir uns Rat in unseren Bestrebungen und Hilfe sowie gegebenenfalls entsprechende Informationen über ein mögliches Vorgehen
bei den staatlichen Organen der DDR.
In der Botschaft wurde unser Anliegen zur Kenntnis
genommen. Wir teilten mit, nach Rückkehr in die DDR bei
den staatlichen Stellen solche Anträge zu stellen und
gaben in der BRD-Botschaft unsere Personalangaben,
bestehend aus Namen, Geburtsdaten, Arbeitsverhältnis,
Wohnanschrift, im Haushalt lebende Kinder und Daten der
in der in der BRD wohnhaften Verwandtschaft an.
Auskünfte über die von uns angestrebte Vorgehensweise
konnten nicht erteilt werden, da die Angehörigen der
BRD-Vertretung darauf verwiesen, daß dafür die DDR
zuständig sei. Ebenfalls gebe es keine Möglichkeit, uns
mit Hilfe seitens der BRD beizustehen. An weitere Inhalte des dort geführten Gespräches entsinne ich mich
nicht.

Frage: Aus welchen Gründen wandten Sie sich im
sozialistischen Ausland an die diplomatische Vertretung
der BRD?
Antwort: Mein Verhältnis zu staatlichen Einrichtungen in der DDR betrachte ich als gestört und war daraus
folgend der Annahme, man würde mich und meine Ehefrau
abweisen. Daher wandte ich mich gemeinsam mit meiner
Ehefrau an die Botschaft der BRD in der UVR.

Frage: Entwickelten Sie noch weiter Handlungen die
auf die Durchsetzung Ihrer Ersuchens auf Ausreise aus
der DDR und Entlassung aus der Staatsbürgerschaft der
DDR gerichtet waren?
Antwort: Ja, in diesem Zusammenhang schalteten
meine Ehefrau und ich noch Verwandte und Bekannte in
der BRD ein.
Dabei handelt es sich um
███████████, Erich (Cousin meiner Ehefrau)
wohnhaft: ██████████, Sandwanne 39

und

      ████████████ , Edith   (Schwester meiner Ehefrau)
      wohnhaft: █████████████ , Rundstraße (Hausnummer
      unbekannt)

sowie

      ████████████ , Ursula (ehemalige Arbeitskollegin mei-
      ner Gattin im August 1983 in die BRD übersiedelt)
      wohnhaft: █████████████ , Kiefernstraße 17/34.

Postalisch setzten meine Ehefrau und ich diese Personen
von unserem Vorhaben des Übersiedelns in Kenntnis,
Insbesondere der Frau ████ übermittelten wir eine
Vollmacht, in unserem Sinne nach eigenem Ermessen zu
handeln.
Uns ging es darum, diese Personen zu beauftragen, uns
in unserem Übersiedlungsbegehren von der BRD aus zu
helfen und sich an weitere staatliche Einrichtungen zu
wenden.
Während einer Zusammenkunft mit Frau ████ im Dezember
1983 in der CSSR in Chomutov wurden wir von ihr informiert, daß sie in der BRD das Bundesministerium für
innerdeutsche Beziehungen sowie das "DRK" der BRD informiert habe.
Außerdem sprach sie von einer Information an ein Komi-
tee für Menschenrechte, das sich auch für Übersied-
lungswillige DDR-Bürger einsetze, mit Sitz in Frank-
furt/Main.
Bei diesen Stellen sind meine Ehefrau, ich und mein
Sohn mit Personalangaben als "Antragsteller" registriert.
Ferner sollten wir an unsere Verwandten nach Verlaut-
barung der ████ , die zu diesen in der BRD postalischen
Kontakt unterhält, noch konkretere Personalangaben wie
Name, ~~Beruf,~~ geboren am, erlernter Beruf, gegenwärtige
Tätigkeit, ob Geheimnisträger, ob mit dem MfS zusammen-
gearbeitet, welche Zugehörigkeit zu gesellschaftlichen
Massenorganisationen und politischen Parteien, Funktio-
nen in solchen gesellschaftlichen Organisationen, welche im Haushalt lebenden Personen noch übersiedeln

wollen, übermitteln.

Entsprechend dieser Vorgaben wurde von mir die entsprechende Liste zu mir, meiner Ehefrau und meinem Sohn Detlef zusammengestellt und in die BRD per Post übersandt.

Gleichzeitig zeigte mir und meiner Ehefrau in Anwesenheit von Detlef die ███ Antwortschreiben des Bundesministeriums und des DRK aus dem hervorging, daß unsere Begehren registriert worden seien. Eine Zusage, uns zu unterstützen konnte nicht gegeben werden.

Inwieweit durch die ███ noch andere Einrichtungen in der BRD verständigt wurden, oder unsere Verwandten noch aktiv wurden, kann ich nicht sagen.

Durch mich wurden dann noch solche Aktivitäten entwickelt, daß ich nach der 1. Zurückweisung des Antrages einen Brief an die UN-Menschenrechtskommission in Genf schrieb, in welchem ich auf unsere Sachlage aufmerksam machte und bat zu prüfen, inwieweit die DDR berechtigt ist, solche Ersuchen zurückzuweisen. Davon habe ich auch in Aussprachen gegenüber dem Abteilung Inneres informiert, wo man das zur Kenntnis nahm.

Weitere Aktivitäten, die auf die Durchsetzung unserer Ausreiseangelegenheit gerichtet waren, unternahm ich nicht.

Frage: Nach Ihren Darstellungen übermittelten Sie an ausländische Einrichtungen Angaben zu Ihrer Person. Inwieweit haben Sie diesen Stellen die Gründe Ihres Ausreisebestrebens mitgeteilt?

Antwort: Wie ich bereits sagte, liegen bei der Ständigen Vertretung der BRD in der DDR Kopien der Ausreiseanträge vor.

Darin habe ich, gleich wie bei der Vervollständigung der Personalangaben, wie von ███ verlangt, meine Gründe zur Ausreise dargelegt.

So bin ich gegen die in der DDR praktizierte Politik von Partei- und Staatsführung eingestellt, die als für alle und jeden in der DDR lebenden Bürger als verbind-

lich und doktrinär versucht wird durchzusetzen. Gleichfalls lehne ich die Art und Weise dieser Durchsetzung
der politisch-ideologischen Partei- und Staatslinie in
der Politik in der DDR ab. Ferner betrachte ich die
Ausbildung der Kinder in der DDR als unzureichend, da
das Primat auf die politisch-ideologische Schulung im
Sinne der Parteipolitik gelegt wird und andererseits
die fachliche Ausbildung nicht mit dieser Vehemenz zur
Geltung kommt.
Außerdem lehne ich es ab, daß die Jugend in der DDR
derartig massiert wehrpolitisch geschult wird und die
Aufnahme einer Lehrausbildung fast in allen Berufs-
zweigen an die Teilnahme der vormilitärischen Ausbil-
dung geknüpft wird.
Ferner bin ich Unzufrieden mit meinem persönlichen
Standard in der DDR, da ich mir für das erarbeitete
Geld nicht das leisten kann, was ich will und wie die-
ses meinen persönlichen Neigungen und Interessen ent-
spricht.
Verknappt gesagt, ist das meine Position, die mein
Ersuchen auf Übersiedlung für mich, meine Ehefrau und
meinen Sohn im wesentlichen begründet.

    Frage: Von welchen Zielen waren Ihre Aktivitäten in
der Vergangenheit bestimmt?
    Antwort: Die Genehmigung zur Ausreise zu erreichen
bestimmte im wesentlichen alle Aktivitäten, die ich
heute zu Protokoll gab.
Außerdem sollte den Stellen in der BRD, einschließlich
der Vertretung der BRD in der DDR bekannt werden, von
welcher Position aus ich die Antragstellung betrieben
habe.
Es sollte auch bekannt werden, welche persönliche Entwicklung ich nahm und wie es zur entsprechenden Entscheidung zur Übersiedlung gekommen ist.

    Frage: Konnten Sie dem Verlauf der Befragung fol-
gen?

<u>Antwort:</u> Ja, dem Befragungsverlauf konnte ich folgen und für die mir gereichten Getränke und Speisen möchte ich mich bedanken.

Ich habe das Befragungsprotokoll selbst gelesen. Die darin enthaltenen Antworten entsprechen vollinhaltlich meinen Aussagen. Die Bandaufzeichnung will ich nicht noch einmal hören.

gez. Unterschrift   gez. Eberhard
Hauptmann   Eberhard

., am 14.2.1984

Erklärung

Am heutigen Tage wurde ich, Eberhard ▓▓▓, geb. am 21.4.1937, einer Befragung unterzogen. Darin wurde mir bewiesen, dass ich gemäß § 219 StGB Nachrichten an ausländische Stellen übermittelte, die geeignet sind, den Interessen der DDR zu schaden. Mir wurde weiterhin mitgeteilt, dass von der Einleitung eines Strafverfahrens gegen mich Abstand genommen wurde und dies als eine großzügige Geste der staatlichen Organe der DDR zu betrachten ist. Es entspricht den Tatsachen, dass ich im Interesse der Durchsetzung meines Antragsverfahrens derartige Informationen übermittelte und mir klar bin, dass diese zum Nachteil der DDR gereichen können. Jedoch war für die Erreichung der Ausreise mir jedes Mittel recht und mein Handeln entspringt meiner damaligen persönlichen Lage und Situation. Seit dem 10.1.1984 habe ich alle Aktivitäten eingestellt und mein persönliches Verhalten ganz im Sinne der mir erteilten Auflagen ausgerichtet. Ich wurde belehrt, dass diese Auflagen, die ich unterschriftlich zur Kenntnis nahm, auch künftig bestehen und ich mich strikt an die Gesetze der DDR halten werde. Auch in Zukunft werde ich die Normen des gesellschaftlichen Zusammenlebens in der DDR achten. Ich wurde belehrt, daß ich bei Zuwiderhandlungen mit der Einleitung strafrechtlicher Konsequenzen zu rechnen habe.
                           gez. Eberhard ▓▓▓

47. Struktur der Bezirksverwaltung des MfS (1989)
    (Quelle: http://www.bstu.bund.de/cln_029/nn_711902/DE/Regionales/-
    Aussenstelle-Chemnitz/MfS-im-Bezirk/Struktur-Bezirksverwaltung/struk-
    tur-bezirksverwaltung__inhalt.html__nnn=trueI

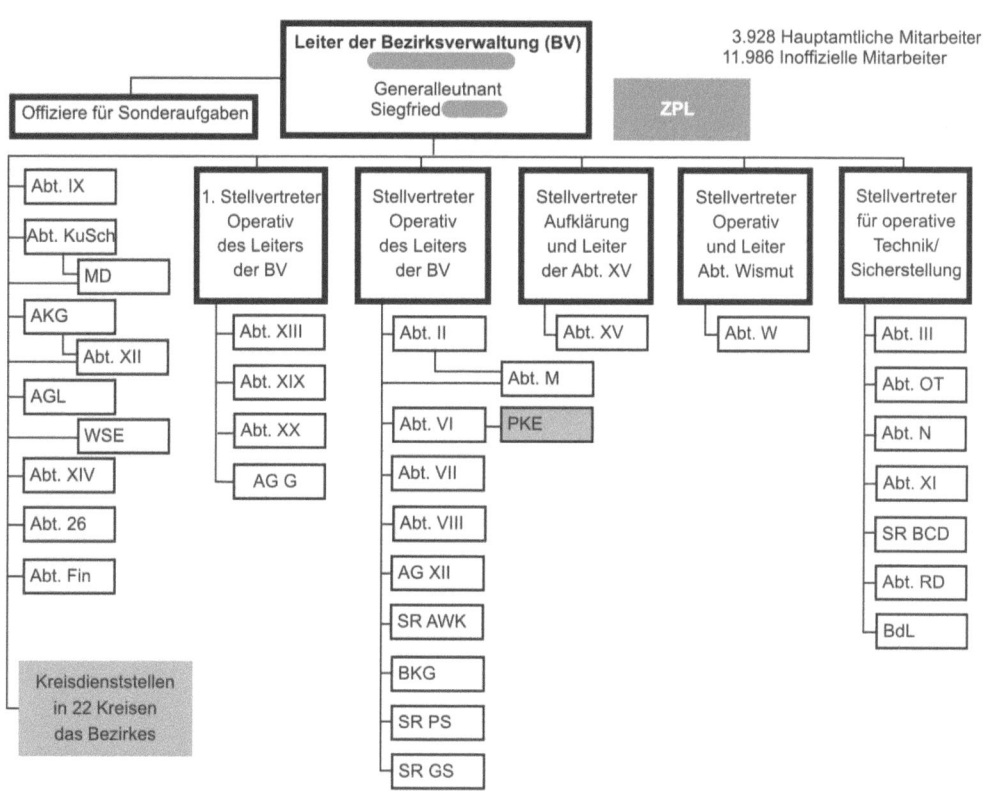

Leiter der Bezirksverwaltung ▮▮▮▮
Generalleutnant Siegfried ▮▮▮▮

(Angabe des Entstehungsdatums von Schriftstücken, die sich mit uns befassen)
Offizier für Sonderaufgaben
Abteilung IX, Untersuchungsorgan   4.2.84/14.2.84/15.2.84/
Abteilung KuSch, Kader und Schulung
Abteilung MD, Medizinischer Dienst

Abteilung AK G, Auswertungs- und Kontrollgruppe
Abteilung XII, Auskunft, Speicher, Archiv
AG L, Arbeitsgruppe des Leiters
WSE, Wach- und Sicherungseinheit
Abteilung XIV, Untersuchungshaftanstalt
Abteilung 26, Telefon-, akustische und optische Überwachung   17.8.83
Abteilung Fin, Finanzen
Kreisdienststelle ▮▮▮▮▮▮▮▮ 10.8.83 mehrere/11.8.83 mehrere/11.8.83/

1. Stellvertreter Operativ des Leiters der Bezirksverwaltung
Abteilung XVIII, Sicherung der Volkswirtschaft   21.7.80/29.7.80/8.8.83/
Abteilung XIX, Sicherung des Verkehrs- und Nachrichtenwesens

Abteilung XX, Staatsapparat, Kultur, Kirchen, Untergrund
11.7.80/30.7.80/1.8.80/ 1.8.80/ 5.9.80/13.10.80 mehrfach/20.10.80/28.7.83 mehr-
fach/4.8.83/10.8.83/18.8.83/22.8.83/30.8.83/30.8.83/1.9.83/2.9.83/7.9.83/-
7.9.83/7.9.83/7.9.83/13.9.83/20.9.83/30.9.83/1.10.8 3/3.10.83/12.10.83/3.11.83/
13.12.83 mehrfach/19.12.83/10.1.84/1.2.84/6.2.84/17.2.84AG G,
Arbeitsgruppe Geheimnisschutz

Stellvertreter Operativ des Leiters der Bezirksverwaltung
Abteilung II, Spionageabwehr 15.9.83/13.12.83 mehrfach/17.1.84/
Abteilung M, Kontrolle des Brief-, Paket- und Telegrammverkehrs
Abteilung VI, Paßkontrolle
4 PKE, Paßkontrolleinheiten
Abteilung VII, Volkspolizei/Inneres
Abteilung VIII, Observierung, Ermittlung, Festnahmen
Arbeitsgruppe XXII, Terrorismusbekämpfung
SR AWK, Selbständiges Referat Abwehr im Wehrkommando
BKG, Bezirkskoordinierungsgruppe   mehrfach
SR PS, Selbständiges Referat Personenschutz

Stellvertreter für Aufklärung und Leiter der Abteilung XV
Abteilung XV, Auslandsaufklärung

Stellvertreter Operativ und Leiter der Abteilung Wismut
Abteilung "Wismut"

Stellvertreter für operative Technik / Sicherstellung

Abteilung III, Funkaufklärung und Funkabwehr
Abteilung OT, Operative Technik
Abteilung N, Nachrichten
Abteilung **XI, Chiffrierwesen**
SR BCD, Selbstständiges Referat Bewaffnung und Chemischer Dienst
Abteilung RD, Rückwärtige Dienste
Abteilung BdL, Büro der Leitung

48. Lebenslauf bis 1983

Eberhard Neckel, Jahrgang 1937

Wohn- und Aufenthaltsorte
Wangern, Kreis Breslau, Schulhaus, **Langseifersdorf** Krs. Strehlen, **Rückers**
Kreis Glatz, wiederum **Wangern** Schulhaus, **Wangern** Untermieter **unterwegs** zu
Fuß nach Breslau/Güterzug nach Pirna, **Umsiedlerlager Pirna** (Sachs), Kaserne
Rottwerndofer Straße (Quarantäne), **Unterlöwenhain** bei Lauenstein, Kreis
Dippoldiswalde (Sachs), **Glashütte** (Sachs), Kreis Dippoldiswalde, **N.N.**, Stadt in
Sachsen

Bildung
Grundschulen, **Berufsausbildung** zum Feinmechaniker, **Studium** zum Ingenieur
der Fachrichtung Feinwerktechnik, **Fernstudium** zum Fachschullehrer, **Abendstudium** zum Hochschulingenieur (Maschinenwesen) der Fachstudienrichtung
Fertigungsprozessgestaltung - Umformtechnik, **Sprachkundigenprüfung** Ia der
tschechischen Sprache **Sonstiges** (Lehrgänge)

Berufliche Tätigkeit
Feinmechaniker, Soldat (Behördenangestellter) bei Kasernierte Volkspolizei
(KVP)/Nationale Volksarmee (NVA), **Werkzeugmacher**, **Zivillehrer** bei der
Nationalen Volksarmee Dienststelle Dresden, Offiziersschule. **Hauptamtlicher
Dozent**
An der Technischen Hochschule   : Leiter des
Weiterbildungszentrums, Wissenschaftlicher Assistent, Leiter der Abteilung
Weiterbildung, Wissenschaftlicher Sekretär für Weiterbildung, Wissenschaftlicher

Sekretär, Wartungsingenieur für Lehr- und Lernmittel
Schlosser

Mitarbeit in Organisationen und Parteien
Junge Pioniere, Freie Deutsche Jugend (FDJ), **Freier Deutsche Gewerkschafts-bund, Gesellschaft für Deutsch-Sowjetische Freundschaft** (DSF)
Sozialistische Einheitspartei Deutschlands (SED) 17.05.1965 bis 27.07.1983, Stellvertretender Parteigruppenorganisator Gruppe Direktorat für Weiterbildung und Verantwortlicher für Agitation und Propaganda, Parteigruppenorganisator Gruppe Direktorat für Weiterbildung bis 1972 bis 1975, Stellvertreter des Partei-gruppenorganisator Gruppe Direktorat für Studienangelegenheiten 1975 bis 1980(?), Mitglied der Leitung der Abteilungs-Parteiorganisation (APO) Rektorat/-Direktorate der THK; Verantwortlich für Propaganda 1977 bis 1980
Kampfgruppen der Arbeiterklasse bis 27.07.1983, Kämpfer ab 1965 (?) in der Hundertschaft VEB Buchungsmaschinenwerk; mit ärztlichem Attest befreit ab 1968, Kämpfer ab 1/1977 in der Hundertschaft der Technischen Hochschule▮▮▮▮▮▮
▮▮▮▮▮▮▮▮; mit ärztlichem Attest vom Kämpfer-Dienst befreit. Einsatz jedoch in der Küche
Hausgemeinschaftsleitung, Kammer der Technik